时间之雪

黄刚桥 ◎ 著

天路，向西呼吸。
信念，向上生长。
走过青藏线的人一辈子
都在回青藏线的路上。

时代出版传媒股份有限公司
安徽文艺出版社

图书在版编目（ＣＩＰ）数据

时间之雪 / 黄刚桥著. -- 合肥 ： 安徽文艺出版社，
2025．2．-- ISBN 978-7-5396-8242-6

Ⅰ．Ｉ267

中国国家版本馆 CIP 数据核字第 2024DL2113 号

出 版 人：姚　巍

责任编辑：卢嘉洋　　　　　　　　装帧设计：杨凤玲

出版发行：安徽文艺出版社　　www.awpub.com

地　　址：合肥市翡翠路 1118 号　　邮政编码：230071

营 销 部：(0551)63533889

印　　制：广东虎彩云印刷有限公司　(0769)85252189

开本：880×1230　1/32　印张：10.75　字数：230 千字

版次：2025 年 2 月第 1 版

印次：2025 年 2 月第 1 次印刷

定价：79.80 元

序
风雪落在手上

这是我生平第一次为作家写序。半个月前，我收到军旅作家黄刚桥从湖北邮寄来的一沓厚厚的书稿。寄稿前，他电话邀我为他的散文集《时间之雪》作序，起先我还以为听错了，因为我不是一个擅长写作的人。电话那头传来黄刚桥谦和的声音："李阿姨！请你多加指教，看能否写个序言、评论什么的。"我虽是口头答应了，心里却没有太大的底气。

接下来的半个月，我认真阅读了黄刚桥的《时间之雪》。该作品分九辑，每辑都从不同侧面反映了西部军人和藏族同胞真实的生活状况，以及他们向命运挑战的勇气。渐渐地，我被驻藏官兵或熟悉或陌生的故事深深吸引。

半个世纪前，我也是驻藏部队的一员，那里的太阳也曾照耀我美丽的梦想，那里的月亮也曾照亮我寂寞的心房。我和黄刚桥是在拉萨相识的，那时他是驻西藏拉萨部队一个小有名气的作家，曾经出版过多部反映西藏军旅生活的长篇报告文学、散文集等，还在《解放军报》《后勤文艺》《西藏日报》等报刊上发表过多篇美文，受到西藏官兵喜爱。值得一提的是，他在他的文学作品里也记录过我和《洗衣歌》的故事。

这是一部有深度的作品。《时间之雪》和他以往的作品既有相同之处，也有不同的地方。相同的是，描写的都是青藏线军人的平凡故事；不同的是，这次他时隔八年再次提笔书写青藏线军人生活。跳出青藏写青藏，让他的作品既带有藏地体温，也带有深刻思考。当我阅读完这部散文集时眼前豁然一亮，不仅为作品书写的天路军人群体塑像，更为作者艰辛的创作之路而激动不已。

这是一部有温度的作品。书里每一个字、每一句话都是从洁净的雪水里洗涤过的语言精灵。他把自己曾经爱过的每一座山、每一片湖、每一块石头、每一阵风的神圣与纯洁都写在被雪水洗过的天空和被激情燃烧的岁月里，写下树木的细语、太阳的芳香、雪雀的歌唱，这是对大自然最神圣的颂歌，也是对青藏线最虔诚的敬仰。

黄刚桥的写作道路曲折而漫长。为了追求文学初心，他向组织申请晚上守库房，只为了能与文学的星空为伴；他利用假期自费到青藏沿线采访，只为了能与官兵的心灵牵手。所以他从人生第一篇散文《不发我也写》逐步登上高质量写作的美丽阶梯。作为军旅作家，他的笔一直在高原军营里环绕，关注着时代发展在人们心灵中留下喜悦和忧思。他所写的都是自己所熟悉的人和事，写得有声有色、有血有肉。不论是前几年出版的纪实文学《心路拉萨》《走在雪域阳光里》《洗衣歌的故事》，还是这部散文集《时间之雪》，既展露出现实主义的具象，又不乏浪漫主义的美妙。这些都是黄刚桥在风雪高原上找到的文学力量，这力量让他的散文有了山的重量、水的流畅。黄刚桥笔下的西藏山水让我崇拜，让我亲切，好似我的前世就在这里，尽管我的头上顶着北京的太阳。黄刚桥的作品让我明白，生活需要努力，人生需要奋进，越努力越幸运。正如他所说，如果人是一艘船，那么努力就是一条河，划过生活的挫折，就会到达幸福的彼岸，绽放生命的精彩。

这些年，虽然军事文学作品深受广大读者的喜爱，但和平年代的部队生活很难写，写雪域高原上的一个哨所、一个泵站、一个兵站、一个机务站的普通士兵更难。没有烽火硝烟，也没有灯红酒绿，黄刚桥却在这片孤寂的天路上找到高原兵心灵的彼岸、生命的彼岸，让风雪落在手上，写出了一篇篇感人至深的散文。黄刚桥告诉我，高原上的每一个兵就像一片雪花的瓣，拥有绚丽的枝头，也经历落寞的归宿，这个枝头就是漫漫天路，这个归宿就是天路漫漫。只要花枝在，一片雪花就能活出一棵树的高度，活出一座山的重量。

世界在爱中成为世界。黄刚桥笔下的西藏军旅生活是一首爱的赞歌，是一片仰望的星空，是一部行走的兵书，笔在手上，词在云端，情在流淌。

生活还在继续，文学永不停步。散文集《时间之雪》的问世，既是黄刚桥十六年西藏军旅生活的回望，也是对西藏生活的总结。当你翻看这本书时，相信你一定能看到一片坚忍顽强的西藏大地、一个绝美诗意的雪域高原。

有一种青春经历了才会无憾无悔，这种青春就是军旅。

我希望你会和我一样喜欢黄刚桥留在西藏的文字，留在时间深处的信仰！

著名舞蹈艺术家、《洗衣歌》创作者

李俊琛

目　录

1

第一辑

那些落在爱情里的雪

那些落在爱情里的雪

比雪山更高远

比雪花更圣洁

比爱情更美丽

那些落在爱情里的雪

　　在青藏高原上，相对风而言，我更喜欢雪。风实在太忙了，忙着越过风火山、冈底斯山、唐古拉山，忙着为一场接一场的雪做嫁衣。雪就不一样了，自从它用一片雪花的坚忍打败了四季，便成为高原的主人。雪，飘飘洒洒，落在远山，成为远方的诗篇；落在军营，成为绿色的风景；落在爱情里，成为浪漫的回忆。

红雪莲

　　每次去昆仑山，看着裸露于地表的岩石，我都会想起昆仑哨所梁老兵那张坚毅的脸庞，那是一张有着十一年军龄老兵的脸，线条锋利、棱角分明，清瘦却透着岩石般的刚毅，黝黑但显沉稳冷漠。高高的颧骨在雪域阳光的照射下显得格外突出，那是昆仑山上一块裸露的岩石。

　　梁老兵和所有昆仑哨所的战士一样深爱昆仑山，爱寒风中随意散落的雪花，爱雪原上自由来去的雄鹰，爱昆仑山来了又走了的战友，爱手中紧握的钢枪。闲聊中，梁老兵对我说："我是老西藏军人的儿子，父亲曾经也是哨所的老兵，父亲在我出生后送我的第一件礼物就是他用木头自制的玩具手枪，从那时起手握钢枪就成为我人生的第一个愿望。父亲临终前的那个夜晚，我终于如愿穿上了崭新的军装。当父亲知道我也将进入昆仑山守哨时，父亲从胸腔里挤出了四个字：当个好兵。"

　　对于一个哨兵，枪机、枪架就是他的靠山。在雪的眼里，枪是唯一的景。回顾、追溯，当梁老兵踏着雪，在世界屋脊的孤岛上烙上足迹时，他才第一次品味到什么才是真正的孤独。放眼望去，哨所四周群峰无言，像站立在天地之间的木偶，风声是哨所最凄美的语言。

日子是撕不乱的云朵，在绛紫色的指尖上绕来绕去，把一张张年轻的脸庞冲刷得高原般内涵丰富。此时的太阳以一种宠爱的心态抚摸着哨所简陋的宿舍，把风沙肆虐时遗落的尘埃晾晒得温情满怀。在这种被美丽充盈的地域，活力却被抑制成蠕动的念头，在年轻的心房里驰骋成无奈的向往。那些鲜活的思路，经山峰与山峰的碰撞后，落成一地碎片，在目光能及的苍穹下，看不到一朵鲜花和一棵青草。这便是昆仑山哨兵守卡的日子。他说，既然如此选择，又能埋怨什么呢？他说绿色单调而乏味，十年过去了，他却更加坚信，越是艰苦的地方，越能寻到钢的精髓。

从进入哨所的第一天起，他就爱上了父亲曾经走过二万五千里长征的那双解放鞋，他要穿上这双鞋每天行走九百九十步，这是昆仑哨所到国境线的距离，九百九十步，不算长的距离，他却走了十年，十年啊！他将一步一步走过的地方，书写成一种无言的履历，以书签的方式，夹掖在高原和雪峰的一道道皱褶里，让所有认识或不认识他的人在阅读生活时，都能够轻易翻到有关奉献的章节。他说，九百九十步里有昆仑山的日出，有昆仑山的晚霞，也有昆仑山的风暴……他常常会走到第八百四十步的地方停下脚步四处张望，这是一条有军车出没的公路，他盼望着久违的家信，盼望着女友的情书，心总是掩饰不住向家的方向眺望。想家的时候，他便掏出爸妈的嘱言插在枪上，让云天白色的浪展翅翱翔。家园的温馨，早在昆仑山的雪层上流溢出忠诚。日子叠加着他的忠诚，在界碑上累积着历史的厚度，他如身边的雪峰一样，静默成高原上一处高耸的塑像。梁老兵把爱献给了昆仑山，而三十岁的他，至今还没有得到爱神的垂青，还打着爱情的擦边球，没有发生有效的碰撞。

深夜，无数个这样的深夜，他躺在自己的小木屋里，聆听南方杳无音信的雪，他渴望南方女孩来叩响他屋顶的声音，对着窗外满天的飘雪，对着写满春夏秋冬的情书，他又想起了那个南方女孩。她是梁老兵小学、中学的同学。上学的路上，回家的途中，灯光下面，田埂旁边，他们互相促进、互相帮助，随着年龄的增长，爱情便羞羞答答地在他俩之间搭上了桥。虽不火热，但很痴情，他们总是在平静中牵手诉情。

梁老兵入伍了，她还在那个南方小村。

梁老兵总是把在昆仑山白天做的事、晚上想的事一股脑地装到那个盖上三角邮戳的信封中，给她寄去。她也把那带着泪痕的素笺寄给梁老兵。

他们通了整整五年的信。

"小梁弟兄多，是老大，现在又在昆仑山当兵，如果和他结婚，必然是两地分居。"父母劝女儿不要跟他去受罪，他俩只好含泪分了手。分手了，老班长找他谈心说："不爱军人的女人不值得爱。"老班长话出不久，梁老兵还真的找到一个从小就对绿色偏爱的女孩。她是北方女孩，她崇敬军人，虽然穿不上绿色军装，但愿终生与军人为伴。

她是梁老兵的战友老邱介绍的，是老邱家里的邻居。他俩书信来往两年多，北方女孩的心被他打动了。她感到梁老兵就是她要找的人，应该把爱奉献给这位可敬的兵哥哥。女孩在信中说，她爱做带雪的梦……

他幻想着这不再是无声的童话，女孩在昆仑山待了三天，那个美丽的梦就消失了，就像雪花融化后留下一点湿痕一样消失了。

后来还有第二个、第三个、第四个北方女孩也做过同样的梦，却没有一个像梁山伯与祝英台一样留下爱的绝唱。

难道爱情之花注定要在缺氧中枯萎，要在寒冷中凋谢吗？女孩走了，只留下没有回头的背影。梁老兵没有悲伤，也没有沉默，而是去了一个地方，他要让"背影女孩"为他转过身来。他径直走了九百九十步，面前是国境线，他停下脚步，脱下手套、棉帽、大衣，捧起被寒风撕碎一地的雪花，一捧捧地把它们重新堆积在一起，直到深夜他才堆积出一个完美的雪人。昆仑山怕寒风把雪人吹倒，于是施展魔法把它冻结成一座完美的雕像。这是一个漂亮女人的雕像，骨子里留有北方女孩的神采、南方女孩的气质。此时，梁老兵笑了，昆仑山上的月亮、星星都笑了。在这个夜里，他似乎嗅到了风的香气，感受到了雪的温馨。

雕像从此成为梁老兵心中的"女神"，除了他的娘，世界上再没有任何一个女人能跟"女神"匹配。高兴时他可以对着"女神"放声大笑，伤心时他可以对着"女神"失声痛哭，他可以随意亲吻"女神"、拥抱"女神"，也可以将任何秘密都告诉"女神"。他会给"女神"讲南方女孩和北方女孩的故事，激动时他还会指着"女神"的鼻子责骂南方女孩如何狠心，北方女孩如何无情。骂痛快了，他又觉得十分地懊悔，于是又不停地乞求"女神"的原谅。他说："都是我不好，我不能给你爱，也不能给你家……"

"女神"总是像一个精灵躲在梁老兵枪的背后，擦亮他瞄准前方的眼睛，引导子弹穿越迷雾的视线。在陈旧的弹坑和无烟的日子里，"女神"伴随他度过寒冷和寂寞。

幸福的日子就这样过了一年又一年，梁老兵再过两天就要退伍了，在退伍前，梁老兵答应送给"女神"一件珍贵的礼物。那天晚上巡逻后回到哨所，在月亮只有一半的子夜，他再也无法安然入睡，他决定就在今晚攀登昆仑山顶。虽然老班长无数次告诉他这是死亡地带，但他没有停下脚步，他一定要摘下山巅上那朵开得最艳的雪莲花，亲手戴在"女神"的头上，这是梁老兵临走时最大的心愿。

途中的冰谷、冰柱、冰墙，他都蹚过去了，深谷如蟒、恶浪滔天、令人心惊胆战的卡岗滩，也被他征服了。那朵雪莲花就在他攀登的这座峰巅上，他已经看清了雪莲花，它在寒风中挺立着，它在月光下含笑开放着，是那样动人、那样美丽。现在只要他一伸手，一抬腿，踩住脚下的最后一块岩石，就可以将它采撷。于是，他使出全身力量兴奋地向上攀岩。这时，只听哗啦一声巨响，他脚下的岩石就这样坠入万丈深渊，在这一瞬间，他跃身拽住了那朵雪莲花，可是可恨的岩石还是让一个年轻的生命和一朵美丽的雪莲花凋谢了。

战友找到梁老兵的时候，洁白的雪莲花被梁老兵身上、脸上的血染成了纯粹的红色，就像红玫瑰一样鲜红。

梁老兵走了，走得没有一点遗憾。战友们从他随身携带的日记本里读懂了他与"女神"之间的故事，战友们用力掰开了牢牢攥在梁老兵手中的那朵雪莲花，小心翼翼地戴在"女神"的头上。他们将梁老兵的遗体与"女神"永远葬在一起，并祝愿他们的爱情天荒地老。

远离春天的爱情

你要问我在高原当兵十六年最大的收获是什么，我会毫不犹豫地回答是阳光般的心态。

阳光是世界上最纯粹、最美好的东西。我们的生活离不开阳光，但决定我们生活是否健康的不是头顶直射的太阳，而是自己心灵深处的阳光。

我至今仍难以忘怀的是在安多兵站当兵的那段充满阳光的时光，虽然安多四季的界限被永远也飘不完的雪模糊得难以分辨，但战士们把春天种在心里，把阳光写在脸上。

这里没有春天的种子，但是安多兵站官兵们的心中装满了春天的颜色，他们在生命禁区里培育着一盆盆碧绿火红的鲜花，蓬蓬勃勃。那些花儿努力地伸展着枝，向每一位来客展示它们不屈的生命力，嫩绿的叶子虽不厚实却水灵，怒放的花朵虽不硕大却明艳。

在安多兵站，每一名战士都爱养花。每当新兵到来的时候，老兵都会把自己花盆里的绿萝、吊兰、芦荟等耐旱易养的花分一枝给新兵养，手把手地教他们筛土、施肥、浇水；每当老兵探家的时候，他们回来时一定记得带各种各样的花种、花肥、花盆，为自己的宿舍再增加几抹新鲜的绿色；尤其是每当老兵退伍的时候，老兵总要郑重其事地把自己的花托付给最信赖的战友，并与每一朵花合影，依依惜别。

因为有了花，就有了战士甜蜜的梦。记得我认识的一个小战士在他的日记本里装着这样一首诗："养不好花就对不起老兵，养不好花就对不起安多，养不好花就对不起蓝天……"诗性的语言发自内心，简单、直白、热烈、感人！

在生命之巅，花是官兵们生命的象征，他们把花当成对美好生活的热烈向往。每当面对苍茫的群山、凛冽的寒风，鲜花对他们都有独特的意义，鲜花伴着他们如花的青春一起在高原上绽放，使艰苦有了温暖的基调，使寂寞有了活泼的音符！

有花香的地方就有动人的爱情。在我还没到安多兵站之前，兵站就传颂着这样一个动人的爱情故事：青藏兵站部领导为了解决兵站大龄青年的婚恋问题，与内地城市的团委青年开展联谊活动，山高水长，青年人只能以写信的方式联络。

联谊中，一位大都市的姑娘认识了一名兵站军官。军官在写给姑娘的信里说，为了让妈妈、朋友以及更多的人能吸上足够的氧气，他愿意在青藏线扎下根。这句话让姑娘的眼睛湿润了，姑娘爱上了他，想要见到他，嫁给他。于是姑娘只身一人踏上了去安多的路。在路上，姑娘碰上了一名记者，记者劝姑娘："仅仅凭几封信的交往就把自己的一生托付给一个人，这想法太过于天真烂漫，去那里看看就走吧！"

几天之后，记者又见到姑娘时，姑娘幸福地微笑着说："他比我想象中的还要好，尽管他很普通，工资、学历、工作条件都不如我，可是他身上有一种很好的品质，那就是责任。我在他身边心里非常踏实。我认为，这是一个男人最可贵的品质，它胜过任何外在的条件。他的宿舍特别干净，窗台上养着许多花，在高原性缺氧的地带，养一盆兰花，让它成活是非常困难的一件事。可是他竟然把它养活了，还开了花。那土特别细，是精心筛选过的。屋子里挂了很多照片，都是高原景色，每一张都让我心醉……"

当然，最让姑娘心动的是军官写给母亲的一封未写完的信："儿子在很高很高的山上给您写信，心里感到非常踏实，因为儿子能为妈妈拦住风雪。妈妈，儿子不能在您身边尽孝，唯一能做的就是给您寄点钱，让妈妈生活得舒坦一些。儿子离您太远了，纵有爱意万千，也难把一杯热茶递到您的手中。妈妈，您说找对象的事，儿子不知该如何对您说。但是请妈妈放心，儿子一定会找一个让妈妈称心的姑娘。现在有一个姑娘，儿子非常爱她，可是儿子身在高原，不知能不能让她幸福……"读完这封信后，姑娘已深深爱上了兵站这名有情有义的军官。

这个故事使驻守在安多兵站的所有官兵相信了爱情。在安多兵站，所有正在追求爱情和获得爱情的官兵肯定还记得那个安徽籍司务长的爱情故事。司务长军校毕业后被分到了安多兵站，刚到这里，未婚妻就来信问这个地方好不好。为了不让未婚妻担心，他就回信说："我们这里很漂亮，尤其是晚上，像香港一样，灯火辉煌，旁边还有一条河，比香江还要美，里面有很多鱼，这里的生活像天堂一样。"未婚妻听了很向往，想在这个美丽的地方举行婚礼，就和父亲一道千里迢迢赶往安多。

当时是 20 世纪 90 年代，铁路只通到格尔木，未婚妻和父亲搭了一辆车一路颠簸到安多时已是夜晚，到处黑漆漆一片，别说灯火通明，就连灯杆都没有一根。未婚妻杏眼一瞪："你说的灯火辉煌在哪里？"司务长赔着笑脸说："在屋里，在屋里。"未婚妻到了房间里，只看到两根蜡烛，还被从窗户钻进的风吹得忽明忽暗。未婚妻的心动摇了，有两三天她的心都像挂在失去平衡的秤上摇摆不定。父亲却对小伙由衷地喜欢和敬佩，便向着他说道："女儿呀，不是谁都可以在海拔这么高的地方举行婚礼的！"这句话像冲锋号一般，兵站里的兵立刻欢呼雀跃起来。未婚妻被打动了，他们不但在高海拔地方举行了婚礼，而且还是一个速度最快的婚礼。

尽管这个安徽籍的司务长因身体原因已转业，但这个故事坚定地留在了安多兵站。每当有新兵来的时候，就会有老兵讲这个故事，讲着讲着，大家都会笑起来，高原反应立刻会减轻许多。许多人的心里都在想，如果自己也能碰上这样的姑娘就不枉此生了。

日光城之恋

顾名思义，日光城就是太阳之城，西藏拉萨年日照时数 3000 小时以上，享有"日光城"的美誉。在拉萨，阳光是充足且热烈的。阳光如同金色的瀑布，倾泻而下，洒满大地。在拉萨，阳光是透明的，有着坦坦荡荡的明朗，它像高原人的心一样没有灰暗的死角。

拉萨，藏语的意思是圣地，走进这座城市的中心，你将看到位于红山之上的白色宫殿——布达拉宫。布达拉宫依山而筑，宫宇叠砌，巍峨耸峙，气势磅礴，是一座举世闻名的宫堡式古建筑群，始建于公元七世纪，距今已有 1300 多年的历史。传说远道而来的人，当你第一眼望布达拉宫的金顶时，如看见有光芒闪耀，你就是有福之人了。

来过拉萨的人，要说最美的地方，不得不说到这儿的天空。仰望纯净的天空，天宇像一块悬挂在半空中的蓝色玻璃，干净而透明。这样的蓝色，这样的清澈与辽阔，晶莹剔透，昭示万物。在拉萨，你若站在高处俯视拉萨河，便会发现拉萨河既有清丽动人的一面，也有孤傲冷漠的一面，时而蜿蜒曲折，柔情万种，时而一泻千里，豪迈自如,从城市到乡村,从荒野到牧区,这片河谷有过安详与宁静,有过血泪与征战,在昨天与今天之间,金戈铁马已成为远古的歌谣,无论历史的尘土与风烟怎样掠过,总似一位洞察世事的智者给人的心灵以安抚与启迪。

　　一座盛满阳光的城市一定盛满了爱情故事。不信,请听我讲一讲我的战友皮小海的爱情故事,他的故事是一缕爱情阳光的见证。小海说,自从他踏入拉萨这片圣土,他就成为精神上的"富翁",因此他给自己取个笔名——太阳。如果有可能,他希望在拉萨某一片空地、某一处湖泊建一所属于自己的家园,在这里生活,在这里老去。日光城有多美?美在哪里?在拉萨生活了十多年的小海最有发言权。他说:"拉萨的美美在雪山之巅,美在云海之上,也美在雪域之外,这里有那无处不在的玛尼堆,有迎风作响的经幡,有擦肩而过摇着转经筒的藏族同胞,有阳光下热烈盛开的格桑花。"他还说:"这里离欲望很远,离灵魂很近。"作为新兵蛋子,我好奇地问他:"你说这里这么好,为什么找个女朋友咋就这么难呢?他的回答很风趣:"高原军人的爱情之花在缺氧的土壤里很难成活。"

　　小海的爱情之花注定要在这片缺氧的土壤里夭折吗?带着这个问题,我走进了他的情感世界。他不能忘记那是一个晚秋之夜,无风、无雨、无星光,有的只是一股凉凉的秋意!这是拉萨绝少的夜色。落叶,悠悠地飘坠于地,川流不息的岁月,带走了他记忆中的许多事情。

　　那夜,他想起初恋女友,女友是他的同学,她相貌姣好,才华出众，从而使小海对她产生了仰慕之情。但是每当小海冷静下来仔细掂量他们各自的条件时，他就会产生自卑感。至此，他们的感情似乎不了了之。到部队几年后，小海以优异的工作成绩得到提干的机会，此时他觉得自己事业有成，于是鼓足勇气给她去过几封信，却总不见回音。

又过了一些日子，小海突然接到了一封信，他一看字迹便知道是同学写的，当时他心头一热，全神贯注地端详着这封信。他的内心是复杂的，这封信到底意味着再续前缘，还是分道扬镳？他没有马上拆开信，而是静静地闭上眼睛，他仿佛看见同学的目光像缕缕丝线一样在他眼前飘过。思考许久，他还是打开了这封信，同学只字未提婚姻及家庭，她更多考虑的是建设家乡的宏伟蓝图，来信的目的也是向他取经。虽然这封信如一盆冷水浇灭了他最后的希望，但小海也是明白人，他知道爱一个人是美好的，但并非每一场爱情都能得到想要的结果。他在回信中表明，虽然他和同学没有走到一起，但他还是会尊重同学的选择，在事业上默默地支持她，共同为家乡建设尽一份力，多做一点贡献。当兵第三次休假回家时小海听到了同学结婚的消息，他强颜欢笑参加了同学的婚礼。

那天，他在日记本中写道：小海同志！请你千万不要因为第一次起飞就遭遇突如其来的风暴，便怀疑永远不会出现蔚蓝的天空；不要因为失去了一朵艳丽的鲜花，便怀疑自己失去了整个春天。要相信，雨过自然天晴，冬天过后又是一个春天。

不复存在的恋情，恰如拉萨瑟瑟秋风中枯黄的树叶，冷风吹来，终究要随风而去。又过了一个冬夏，小海爱情的春天终于来了。在现实生活中最让人感动的爱情往往平淡无奇。小海与女友爱红的相识相似于很多平凡人的爱情。1996年的一天，通过爱红在拉萨工作的大姑介绍，小海踏上了相亲之路，相亲的地点是西安市，时间没有确定。不过值得庆幸的是他马上要去青海接兵，所以他还是有机会去见爱红一面。他的内心充满期待，但更多的是兴奋，坐在车上，他暗想，这个爱红究竟是什么样子？我们会有结果吗？

值得庆幸的是，小海见到爱红的那一刻印象很好。爱红是一个通达、明事理的女孩，她的美丽、善良深深打动了小海的心。爱一个人并不需要说出具体理由，因为爱是存在于心底的那种无法言喻的感觉。起初爱红对他并不是特别热情，只是因为爱红的父母、亲朋对小海的印象都比较好，她又是一个懂事、孝顺的孩子，就没对小海过于冷淡。而小海这个人又是属"驴"的，有一股倔劲，只要是自己认定的事，就算是十头牛也拉不回。从决定向爱红发起爱情攻势的那一刻起，小海只要没事就会去爱红温馨的小屋给她讲青藏线的故事，讲拉萨的美好风光，讲部队里发生的一些趣事。起初，爱红并不领情，但小海没有放弃。渐渐地，小海发现爱红脸上露出了笑容，这可是一个很大的转机，说明她对小海慢慢接纳了，而爱红的小屋里也充满了欢笑。小海很勤快，没事就给她家做饭、打扫卫生。人心都是肉长的，小海对爱红的好，爱红的家人也是看在眼里，记在心上的。爱红父母也常故意给他俩多留些沟通相处的时间。时间一长，爱红在小海面前的笑容也自然多了许多，有小海在她家的这段日子，爱红很快乐！她的嘴角常常挂着幸福的微笑。被爱包围的时间总是过得飞快，与爱红见面的日子就这样画上了句号。临走时，小海并没有对爱红说什么海誓山盟的铮铮豪言，而是静静地走了。

随着火车一声长鸣，把小海从爱红身边带走了，怀着眷恋、带着思念。飞速的列车可以带走爱红的情影，但时光的流逝卷不走小海对爱红的思念之情。回到部队，他像掉了魂似的，时常凝视苍茫高原上落日的余晖，倾听着无边的寂寞。

更多的时候他在想爱红会不会也像他一样如此思念自己呢？他心里可真是没底。转瞬间时间来到了1997年3月28日，这时小海已成为部队某油站站长。那天小海去了一趟爱红的大姑家，大姑说："爱红的心里很矛盾，她觉得你俩不合适……"还没等大姑把话讲完，小海心里就像结了冰花一样冒着丝丝寒气。他当时就一个念头：一定要让爱红知道自己是多么深爱着她。他怀着慌乱不安的心情，拨通了爱红的电话。令他失望的是，爱红说的话和大姑一模一样……在回部队的途中小海想了很多，他觉得自己和爱红已算相互了解，而且她的父母也赞成他们在一起。这到底是为什么？小海心神不宁地在院子里走来走去，他拼命地回忆着他们初识时的羞涩和往日通电话、写信时的温馨。他又反过来想，我们这些常年在青藏线当兵的人，真是损了身子，苦了妻子，误了孩子，当时他就一个想法，现在抓紧时间锻炼一下自己，等职务提到正连就转业回老家，然后和爱红幸幸福福地生活在一起算了。说实话，"老婆孩子热炕头"就是当时的小海心中最理想的生活。

拉萨的冬天非常寒冷，面对阵阵袭来的寒风，他突然想起了骑自行车，上中学的时候一遇到烦心事他就骑着自行车到乡村公路上跑好几圈，累出一身臭汗回来反而觉得全身一阵轻松。想到这儿，他便骑着自行车冲进拉萨的夜色中。拉萨的道路是他眼中最为熟悉的风景，记得他曾在不少晴朗的夜晚畅快地将一线散碎的思绪放飞，而今，却是为了挣脱一腔的苦闷。自行车的速度不自觉地越来越快，他狂呼，对着冽风和无人的道路。突然，眼前一片漆黑，小海连同他的自行车一起摔在了空无一人的马路上，他晕了过去。醒来后，他才知道自己的鼻子、脸上、身上到处流着血，伤口痛得钻心，他愣在那儿想："为什么不把我撞死？死了就什么事也不用想了。"他忍着伤痛，一步一晃地回到宿舍，看到他的伤势，战友们都心疼地给他擦洗伤口、上药。他心里一面恨自己给战友带来麻烦，一面还是想念着爱红。

第二天，大姑不知从哪儿知道他因失恋骑车摔伤的消息，来看望他。他本不想让爱红知道这件事，但是大姑还是在不久后将此事告诉了爱红，这件事也使爱红的父母更体会到小海对爱红的一片真心。他们心疼地站在小海的立场上重新审视女儿与小海的感情，二老下决心，要极力挽回他俩的这段感情。也不知是这件事对爱红的触动太大，还是父母的极力说服，爱红的心又慢慢被感化了。他们的爱情又重新迎来了和煦的春天。

1998年1月15日，这一天对于小海来说是极不平常的日子，因为爱红就要到部队来看望他。得知爱红来部队的消息，他彻夜未眠，他倚着窗台凝望着月亮，虽然心里忐忑但内心是激动的。就在前几个小时，他和油站的几个战友已把宿舍、院落打扫得干干净净，还采购了水果、蔬菜和一些必要的生活用品，像这种待遇在油站历史上除了迎接上级领导检查外，还是头一回。１５日一大早，小海就从床上爬起来，换上了一套崭新的军服，还在身上喷洒了清淡的香水。司机老杨更是把车擦得一尘不染，一切就绪，他坐上车，把车内的音响打开，兴致勃勃地驰向机场。

　　车内放着李春波的歌曲《小芳》，透过车窗，蓝天、白云尽收眼底，他的心顿时被浪漫的情怀包裹着，他当即提起笔写下了一首小诗《如果你是行云》：

　　　　如果你是行云
　　　　我愿是圣城蔚蓝的天空
　　　　以身躯做你生命的背景
　　　　给你一片自由生存的田园
　　　　纵使浓云翻卷
　　　　纵使阴晴无常
　　　　我将一如既往站在你身旁
　　　　与你一同度过每一个日升日落

　　爱红来了，小海见到她后只字未提伤心往事，而是很自然地和她一起聊着衣、食、住、行，聊着生活中的酸、甜、苦、辣，每夜长谈几个小时都不觉得累。当爱红的身体完全适应了拉萨的气候，小海便带她游遍了拉萨的古迹名胜，拉萨河、布达拉宫、大昭寺、罗布林卡、八廓街都留下了他们的欢声笑语。由于驻地条件有限，小海尽力让爱红在拉萨玩得开心，吃得可口。那几天他都亲自下厨，给爱红做她爱吃的陕西菜，如拌凉皮、臊子面、炒面、炒板栗等。爱红在拉萨的一段日子，也是拉萨阳光最灿烂的日子，在一段段用关爱谱写的清晨和黄昏，他们读懂了爱情的语言，爱红也读懂了"金珠玛米（解放军）"的心思。也就是从那时起，小海再没有了流浪漂泊的感觉，所有的孤寂，都被爱红柔美的笑容融化了。

相聚的日子总是短暂的，一晃几个月过去了，爱红马上要回家了，小海的心情异常低落。深夜，他抱着爱红，抱得很紧很紧，他真不愿让爱红离开他一分钟，由于爱红的事业，他又不得不忍痛割爱。爱红启程返乡的那一天，小海按预定的时间起床，他站在爱红身旁看着她沉睡的脸，不忍将她叫醒。送走爱红后，他在日记本上给女友写下一首小诗《思念》：

思念是一道彩虹

跨越在你我心间

思念是一把锁

锁住了我和你

思念是一根藤

拴住了你和我

哦！

思念是爱与爱的凝结

思念是心与心的挂牵

　　思念像钟表上的秒针一样不停地旋转着，不知什么时候，拉萨路边的树绿了、花开了，小海久盼的爱情火种也终于被爱红点燃了。1998 年 4 月 3 日，他们踏上了婚姻的殿堂，修成正果的小海感到自己的婚姻是一片硕果累累的果园，有美丽的景色供他们欣赏，有成熟的果实可以收获，更有幸福的历程能够回忆。

　　婚后一个月，爱红又来到日光城——拉萨。再次踏上拉萨这片热土，无论刮风还是下雪，他们的心都是晴朗的！

爱情散记

　　人到中年，总喜欢回望青春。我的青春最难忘的是初恋的感觉。二十多年前，带着对成长的依恋、对成熟的追求，我悄悄地踏上了青春的阶梯，步入了青春的大门。多晴多雨、多思多梦、多愁多感的季节到了，谁也无法抗拒，谁也无法回避。正是在那个秋高气爽的季节，我认识了一名叫艳的女孩。艳是个聪慧美丽、温柔大方、娴静中不失活泼的女孩。

　　和她的相遇是机会，也是缘分，后来，我们竟然成了同窗三年的同学。她的相貌，她的才华，渐渐地点燃了我心中的爱情之火，让我产生了倾心和仰慕之情。在校园的那棵老槐树下，那里曾埋下多少属于我们的相思果。无论是校园的夜色，还是灯下的沉思，她的倩影时时刻刻伴随着我。快乐的校园生活转瞬即逝，随着毕业的来临，我请同学和朋友在我的留言本上留言，并特意为她留下第一页，但她总是千万个不愿意。我知道，她并不是不喜欢我，而是怕看见同学们不可理喻的眼光，因为那时我们都才十八岁。

　　早恋在我们上学的那个时候，是一个尤为敏感的字眼，双方父母反对我们的来往也是肯定的。虽然当时我们在同一所学校，可只能靠鸿雁传书来传达彼此的思念之情。我很庆幸，因为我是唯一能得到她回信的男孩。很快，我们拿到了毕业通知书，这就意味着我们将要天各一方。离别，虽然是痛苦的，但也是值得骄傲的，它是新生活的开始。七月，火红的季节，但在这样的季节里，却增添了几许伤感的气息，因为在这个季节我们就要分别。我们的爱情难道真的要像丝丝微风一样吹过无痕吗？她说："相信我们的爱情是禁得起任何风浪考验的。"不久，她跻入了南下打工的行列，而我踏上了从军路。

　　部队在海拔3800多米的拉萨河畔安营扎寨。"氧气吃不饱，常年冰雪罩，四季穿棉袄，围着火炉烤。"这句顺口溜让人一听就会冒出一股寒气。然而，恶劣的自然环境并没有影响我对这片土地的热爱。她偶尔一封热情洋溢的来信，偶尔电话那端传来几句甜甜的问候，都是我快乐的源泉。每每收到她的来信，我恨不得让全世界的人都知道。手捧天外飞鸿，拨动我心的琴弦，我像一个忠实的信徒，虔诚地读着她的来信，一遍又一遍，心头荡起阵阵思念的涟漪……当高原的风雪伴我走过第四个年头的时候，我盼来了第一次探亲假，终于和阔别已久的她见面了。见到她时，她风采依旧，楚楚动人。只不过她身边多了一个人，男人的直觉告诉我，她身边这位穿着时髦、风度翩翩的男士一定是她的男朋友，虽然那天她没有介绍他，但我能看得出来他们的关系不一般。

　　第二天，她主动约我出来散步。她先挑开了话题，说："南方的市场很广阔，每天打保龄球、下舞厅，很消遣。我很敬重你的精神，可我不希望有你这样的丈夫，你太爱你的军营，就不能全身心地爱我，就让过去成为美好的回忆吧。"

那夜，喝醉酒的我开始反思爱情。醒来后，我才知道我们之间友谊的真、喜欢的纯。有人说："在高原当兵的人，找对象比爬唐古拉山、比在暴风雨中突围还难。"其实一点不假。说实话，我的恋爱道路就是极不平凡的，在亲戚朋友的张罗下，我开始频频相亲，又频频以失败而告终，因为常年与雪山为伴，因为这被无情的高原风沙吹得红一块、紫一块的脸……

是的，生活还在继续，我又回到了高原的怀抱，心情谈不上大悲大喜，日子就这样一天天地流逝，日历也在一张张地被撕去，所有的日子都写着同一个故事："孤独与寂寞。"

然而，生活像梦，在你不想做梦的时候，往往有人就会不经意地走进你的梦里。有人说这是缘分，我不否认，毕竟梦变成了现实。

她叫盈盈，是一个性格开朗、大方得体、很讨人喜欢的女孩，我在又一次休假中与她邂逅，她是那么平平常常地进入了我的生活。起初，我们只是好朋友，第一次交谈我们谈了许多，这里面有怕冷场而说出的话，但总的看来，我们的心灵是相通的。千古知音最难求！后来我们经常说些深情的话，渐渐地我已经觉得离不开她了，再后来，我们干脆就挑明了，这也就是我们恋爱的开始。在和她深入的交往中，我知道，在她的周围，有叱咤"商海"的"白领"男士，还有熟悉的亲友给她介绍的陌生人。和这些人相比，我只不过是一个穿了八年军装，肩上扛着"两条枪一条斜杠"的士官，一个一手持枪、一手握笔就全然不顾的战士，一个没有承受什么压力就学着写诗的"小老兵"。

我也知道，在与我交往中，也有人劝告她："选择一个在遥远的西藏的军人，你一定会后悔的。"她说："军人也是人，他们更需要爱。"是的！这样的选择是甜蜜的，也是严峻的。她曾告诉过我，她有一个非常要好的同学就嫁给了一个高原军人，而且两地分居。同学病重住院，她的丈夫因为工作忙，没能在床前照料。当病危的通知交到他的手中时，他心急如焚，而这时偏偏赶上泥石流，虽然日夜兼程，然而他还是来晚了，等他赶到医院时，同学已永远地闭上了眼睛。我想，这件事对她的触动一定很大，毕竟她亲眼看到同学临终前那带着遗憾、饱含着辛酸、饱含着痛苦离去的神情。

跟她在一起，我一开始就给她摆出了一大堆困难，怕她后悔，但她始终没有被我所说的困难吓倒，反而我们的话题更多了。和她在一起时，我们喜欢边走边谈，一直从喧闹的街道走到寂静的郊外。我不时地抬头看看她，我感觉她真的好漂亮：柳叶眉下的一双丹凤眼忽闪忽闪的，好像天上的星星点缀着美丽的夜空；桃花般粉红的脸；微风吹动着她的发梢，像风的线条。

相守的快乐总是短暂的，临行前的早晨，寒风撩起她的长发，泪水在她的眼里闪烁。当我为她擦掉欲落的泪滴时，她动情地俯在我的肩头，喃喃地说："我等你早日回来。"

此时，我的心一下子就软了。她那黑黝黝的瞳仁忽闪忽闪，没有让眼中的泪水流下，只是含情脉脉地注视着我。她用纤细的双手抚平我身上被寒风吹起的衣襟，温柔像一股清泉，滋润了我的心田。我从她那坚定的表情和坦荡的胸襟里，感受到一种前所未有的充实和温暖。

难挨的是分别后的寂寞，一声长笛，把她从我的身边带走，怀着眷恋、带着思念、含着热泪。飞速的列车可以带走她的倩影，但流逝的时光卷不走我对她浓浓的思念之情。来到部队后，我时常凝视苍茫高原落日的余晖，倾听着天边的寂寞，又勾起了我无尽的思念。此时，就连她那"吃饭要细嚼慢咽、冷了要多穿衣服"的唠叨也成了我记忆中的珍品。夜深人静时，记忆的窗口总是很准时地亮着两盏思念的灯，这灯就是她会说话的眼睛，我感觉她好像在对我说：思念的夜即将过去，伸开双臂，迎接相聚的黎明……

那时，我和她的交往全靠盖着三角邮戳的信。我把自己爱读的文学作品夹上眉批寄给她，把唐古拉山的壮美写成诗歌寄给她，她又添上自己的心得传给我。至今想来，这是一段多么美好的回忆呀！

时隔一年，再一次休假时，我们已经确定了恋爱关系。那时，我们的爱情只有两个字：心疼。我会为爱人冬天脸蛋和手背冻紫了而心疼，也会为她不好好吃饭而心疼，还会为她走路累而心疼……"心疼"两个字绝不是挂在嘴边的甜言蜜语。为了解决她脸和手生冻疮的问题，我把西藏部队配发给我的护肤霜带回家给她擦，结果不到一周就治好了她的冻疮。她不好好吃饭，我就给她买她爱吃的烤红薯、烤玉米等，冬天天气冷，我就把烤玉米和烤红薯揣在大衣里，从街上一路小跑送到她的小店里。担心她出行不方便，当时刚开始流行电动车，我就用了两个多月的工资给她买了一辆进口的电动车。

当你心疼一个人的时候，爱已经住进了你心里。在和她的交往中，我体悟最深的是，爱是一种心疼，只有心疼才是发自内心最深处的感受。温柔可以伪装，浪漫可以制造，美丽可以修饰，只有心疼才是最原始的情感。

原来我们一直寻找的爱情，其实就是一种被人心疼和心疼他人的感觉。为了找到这种感觉，我走了很多弯路。在没有和她确定恋爱关系前，我谈过六七场没有火花的恋爱。爱人和我结婚多年后还经常会问我这样一个问题："你老实交代，在我之前究竟和几个姑娘好过了？"我笑笑说："记不清了。"这还真是大实话。通过相亲认识的几个女孩，我早已忘记她们的名字，我只记得是谁介绍我认识的，咱得对得起媒人的一片好心啊！至今想来，那时我还没有找到真正内心心疼的那个人。

人为什么需要爱情？人需要爱情是因为需要一个真心疼她的人，我想这才是爱情最本真的东西。她对我的爱没的说，她知道我在高原上很辛苦，记得在我归队的那天凌晨五点，起了个大早给我准备好吃的，除了大包小包装满行李箱，还做了一桌子好菜。我知道她平时是不怎么下厨的，真想不到那天她竟然做了那么多好菜，有油焖大虾、红烧鲫鱼、红烧肉、牛腩火锅等，还有一瓶红酒。说实话，这是第一次一个女人专门为我做如此丰盛的一顿饭，我感动得眼泪都掉下来了，也正是从那刻起，我认定她就是我的妻子。

后来，我们结了婚，她按照军队有关政策随了军，但在部队一直没有工作。爱人是个闲不住的人，在随军的第一年她就打算自己创业，白手起家，做小本生意。记忆中，爱人和部队随军的另一个家属做过西藏旅游纪念品的小生意，说白了就是流动摆摊，主要给过往汽车兵提供旅游小纪念品，如藏式手镯、手工项链、牛角梳、玛瑙、天珠、绿松石等，或为他们代买旅游纪念品，赚取微薄的跑腿费。汽车部队收车了，爱人就骑着三轮车到旅游景点卖早餐。总之，爱人做的小生意都非常辛苦，但她从未在我面前提起一个"累"字。爱人每天回到家都会清算这一天的盈利。爱人如此辛勤地劳作是有动力的，她希望和我一起早日还清在老家购买婚房的银行贷款。

在妻子的辛勤劳作和我们的勤俭节约下，本身需要五年还清的贷款不到三年就还清了，手头还稍有一点结余。记得还清房贷的那天，我们高兴得相拥而泣，夜里十一点我们还兴奋得睡不着觉。我和爱人商量干脆起床到街市上吃顿烧烤好好庆祝一下。那晚，酒精过敏的爱人竟然端起了啤酒和我连喝了两大杯，害得她全身过敏，身上起了很多红疙瘩，直到第二天到医院打针才治好。

爱人心疼我，也心疼钱，她知道我很节俭，所以她也变得越发吝啬起来。我们结婚十几年，出外省旅游的次数屈指可数，每次旅游爱人都是精打细算。住宿、餐饮都是选择低价的，但是丝毫没有影响达到旅游放松身心的目的。爱人说："旅行其实只是幸福的一种表达，我羡慕的旅行不是景美如画，而是在小道上并肩散步的爱侣，是在小河边上不经意的搀扶，甚至是火车上靠在对方肩头的小憩，或者是对方为你打开饮料瓶盖子或者方便面袋子的时刻……"

陪伴是爱情最长情的告白。曾在网上看过一个话题："中年人的世界，还有爱情吗？"有个回答引得无数人共鸣："中年人的爱情很隐秘，它是一种基于理解之上的懂得和尊重，是两个灵魂在寂寞荒野中的搀扶前行。"跟年轻人轰轰烈烈、甜蜜爆表的恋爱不一样，中年人的爱情一字不提爱，却处处都是爱。就拿转业这事来说，爱人对我的支持就是满满的爱。在西藏部队服役十六年后，我选择回老家安置工作。这是艰难的选择，因为爱人希望我能回家帮她一把，和她一起创业，扩大超市的经营规模，我却坚定地选择安置工作，因为我在部队过惯了集体生活，真不知脱下军装还能否适应社会的发展，我心里是没底的。爱人看我已经作出了决定，不仅没有阻拦，还鼓励我好好干。

我的转业路总体来说走得还是挺顺利的，转业分配时安置部门根据我在部队的特长推荐我到党报工作。面对新的工作岗位，我快速适应了环境，还在担任记者的第一年就获得了省级好新闻奖。可喜的是，我进入报社不满两年就被组织挑选到市级纪检监察机关工作。面对新的挑战，我通过潜心学习，迅速成为纪检宣传战线的骨干，但正在这时，父亲病重住院，二爹突然病逝，自己工作掉队，仕途也不顺，我患上了焦虑症。当刚出现症状的时候，我只觉得身体不舒服，腰酸背疼，心慌气短，经常做噩梦，甚至出现濒死感，不得不经常跑到市里医院去检查身体，结果告知身体没毛病。

起先，我被误诊为慢性颈椎病，针灸做了个把月，却不见好。

后来，在省级大医院确诊焦虑症后，我遵照医嘱一边吃药治疗，一边开启运动模式，不到一年时间，我的跑步里程达到1000公里。再后来，我发现焦虑症不过是一场心灵感冒，没什么可怕的。

当然，当我心情不佳时，爱人的陪伴是最重要的。那段时间，爱人怕我下班回家后一个人寂寞，每天店里提前关门，每晚陪我唱歌，还专门给我买了一台智能唱机。除了唱歌，我每天还会朗读一篇散文，爱人是我忠实的听众……事实证明，爱才是治疗一切心病的良药。

说了这么多，我只想说，"陪伴"二字是对爱情最好的诠释，因为到了中年，上有老，下有小，各种不易相互交织，常常让人心力交瘁。此时，唯有爱人的陪伴能让你战胜一切艰难困苦。

换句话说，一个好的伴侣，可以抵消一半的人生疾苦！

从天堂到天堂

"老首长，您靠近奶奶一点，看着镜头笑一下……"2004年七夕节这天中午，随着我手中的相机咔嚓一声按下快门，浙江杭州退役老兵王运周夫妇在镜头前定格下幸福而甜蜜的笑容，老两口也终于在结婚四十周年纪念日完成迟到的军装婚纱照。

那天，高原的天空在阳光的照射下显得格外明亮，云朵像棉花糖一样轻轻飘荡，给人一种宁静而深远的感觉。那天拍完照，在我的再三恳求下，老首长答应接受我的采访，让我这个青藏线上的新兵有机会聆听这段特别的爱情往事。

这是一个高原军人的"两地情书"。从杭州到青海，从人间天堂到人间天堂，从随军到"随夫"，他们的爱情在雪山之巅开出圣洁之花。

他们爱情的第一个起点是从浙江杭州到唐古拉山兵站，第二个起点是从青海格尔木到唐古拉山。这是怎么回事呢？原来，青藏兵站部领导考虑家属上青藏线不能适应高原气候，所以青藏沿线兵站的随军家属统一安排住在海拔2800多米的格尔木，干部休假或来格尔木大站机关开会时，才能在这儿与妻子团聚一下。他们管这种方式叫"随军不随夫"。这个词很准确，意思就是说名义上随军了，实际上夫妻仍过着天各一方的生活。格尔木的这个家属院，住着不少这样的"留守妻子"，她们经常几个月才能与丈夫在此团聚一次。有人还给这个家属院起了个美好的名字——幸福院。自从幸福院落定在格尔木，青藏线已婚军人就有了牵挂心头的家。

王运周和他的妻子张苏梅是1964年结的婚。婚后第二年，王运周穿上了军装，来到风雪肆虐的高原，一头扎进海拔4000多米的二道沟兵站。从此，两口子开始了"'君'住长江头，'我'住长江尾，日日不见君，共饮一江水"的生活。

那是一段异常艰辛的日子，当王运周在海拔4000多米的兵站埋头苦干的时候，他的妻子却在碧水涟涟的江南故乡，抚摸着腹中的婴儿发愁。眼见分娩的日子就要到了，怎么办呢？还有双目失明的婆婆要照顾，自己再倒下来，怕是连口热汤也喝不上了。这时候的她想起了丈夫，做梦都在盼望千里之外的丈夫回到身边。但是，她知道这只是梦境。

几天后，张苏梅分娩了。没有医生，没有护士，甚至没有一个乡间的接生婆。只有双目失明的婆婆在谛听着孩子的哭声。

孩子生下来了。张苏梅告诉婆婆，生下来的是个女孩。老人轻轻地抚摸着孙女，露出了开心的笑容，随即又面带一丝忧虑，轻轻地对张苏梅说："梅儿，妈妈帮不了你什么忙，往后的日子辛苦你了……"

转眼，三年过去了，孩子小娥出落得像江南的山茶花。可自从她来到世界上，还没有见到过爸爸的模样。

1968年夏天，王运周披着高原的风雪踏上了故乡的土地，走进了自己的家门。望着孩子黑黝黝的头发、水灵灵的明眸、红扑扑的脸蛋，他思绪万千。孩子这么大了，自己还没喂过她一口饭，没给她洗过一件衣，全靠妻子一把屎一把尿地把孩子拉扯大。

妻子走过来，那双娇嗔中蕴含着一丝委屈的眼睛，盯着分别将近四年的丈夫："你心里还有这个家呀？"他憨笑着："没有这个家，我回来干吗？"此时，张苏梅眼睛里的泪水扑簌簌掉下来。她撩起衣角，抹着眼泪。

1978年，王运周当了唐古拉山兵站的站长，他远在家乡的妻子可以随军了。当他把这个消息告诉妻子时，张苏梅高兴得走路都要飞起来，连做梦都是甜美的。她梦见蓝蓝的天上白云轻轻舞动，一望无际的草原上到处都是白色的羊群、黑色的牦牛，它们逍遥自在地漫步低语。置身这样一个纯净的世界，一切都是那么澄澈、那么通透，仿佛世间所有的烦恼和琐碎都被自己的梦境净化得干干净净。

带着美丽的梦，安顿好母亲，这年4月，王运周把张苏梅和孩子接到高原，在格尔木安了家。窗衔昆仑雪，门对戈壁沙。这里离唐古拉山兵站还有500多公里。要是在老家，上一趟省城也没有这么远。

张苏梅来到格尔木的第七天，站里有车上去送菜，王运周便跟车走了。她坐在没来得及上漆的板凳上呆呆出神。来到高原她才真正体会到丈夫所说的"随军不随夫"的含义，说白了，虽然随军了，但还得过牛郎织女的生活。

随军后，按照当时的政策，张苏梅被部队安置到格尔木大站副食加工厂工作。5月的一天，在上班时张苏梅不慎扭伤了脚。这可怎么办？买米、买面、买煤、做饭、照顾孩子全靠她一个人。伤筋动骨一百天呀！她给千里之外的丈夫打电话，一边说，一边抹眼泪："这日子没法过了，你得赶紧回家。""我走不开，我实在忙不过来！""上前线打仗？""不，到安多河捕鱼。""捕鱼？你要鱼，还是要老婆孩子？""苏梅，别说气话，我确实离不开。""那……那你就永远甭进这个家！"

王运周知道这是妻子气头上的话，更清楚爱人不是那种禁不住事的人。但她想念丈夫，她得有个帮手，生活才有滋有味。感情在淤积，思绪在缠绕，牢骚发出来心里才畅快些。这牢骚也只能对他发。况且这气话不知说过多少遍，可每次他回到家里，苏梅对他就像客人一样招待。

张苏梅随军八年，除了上班、干家务，哪里也没去过，她也不想到天南海北散散心。孩子成长起来了，老王带出了个"红旗兵站"，年年受嘉奖，她就满足了。经年累月，镜子上蒙着厚厚一层灰，她几乎忘了自己的模样，只有当老王从兵站受嘉奖后的兴奋中冷静下来，愧疚地感谢她时，她才拂了灰尘照照自己，然后自言自语地说："是瘦了些。"

　　其实，在那个年代，像张苏梅这样守在幸福院的军嫂还有很多。她们就像高原上的格桑花，看上去弱不禁风，却无惧风暴雨雪摧残，不怕艳阳强光暴晒。它们虽然没有雪莲花美丽，但它们最耐寒，最抗紫外线，生命力最顽强。无论在路旁，还是在山谷，无论在乱石丛中，还是在悬崖峭壁上，它们总是傲然开放。

　　如今，幸福院已在青藏线上消失了，取而代之的是装修精美的干部公寓，但永不消失的是雪山上圣洁的爱情。我庆幸，用照片记录了青藏线上老军人的这一段永不褪色的爱情故事。

　　是的，这是一张"晚"美之照，也是一张完美之照！

半个月亮

在我的相册里至今还保留着四十年前一对老青藏线军人的爱情照片，这虽然是一张早已泛黄的照片，但我还会时常拿出来看看，每次回望照片背后的故事，对"爱情"二字便会多了一分敬畏。

照片上，男人穿着迷彩服，女人腰间系着花边围裙，小女孩穿着小红袄依偎在父母身旁，全家人围坐在一起吃团圆饭，那脸上露出的笑容纯真、灿烂，就像雪山上盛开的雪莲花，给人一种温情的力量！

照片背后的故事还得从幸福院说起。那是20世纪80年代，妻子蓝伟华最大的愿望就是能和青藏线上当兵的丈夫吃一顿团圆饭，这在现在想来简直是不可思议的。

那时，蓝伟华与赵国瑞结婚已经十三年了，还是头一回在一起过春节。妻子忍着从东北到高原万里路途的困倦和高山反应，为全家过第一个团圆年忙碌着。

万事俱备，只差丈夫一个大活人了。可左等右等却没有任何音信，明天就是大年三十，女儿小悦早嚷着要爸爸。蓝伟华只能一个劲地哄着："就回来，就回来了。"

好不容易等来了一个电话，却是丈夫赵国瑞从90公里外的兵站打来的，他说站里的战友休假了，他得留在山上和其他战友一起过春节。她拿着电话筒愣了一会："那……那好吧。"挂断电话后，她的泪水忍不住夺眶而出。

蓝伟华与赵国瑞是中学同学。那时候，他俩一个想当军人，一个崇敬军人。可她真正爱上赵国瑞却是几年以后的事。1980年夏天，赵国瑞从青藏高原回东北老家探亲，脸又黑又瘦，胡子长得像鞋刷，那模样真有点"对不起观众"，不知吓跑了多少姑娘，蓝伟华却托人找上门来。她觉得这时的赵国瑞才真正像个军人，姑娘找对象是找男人，男人就得有男人的样子，像一团火，像一块铁。

他们结婚了，蓝伟华如愿做了军人的妻子。

生活是实实在在的，不是浪漫的诗歌，也不是悠闲的漫步、缠绵的细语。蓝伟华心想，既然做了高原军人的妻子，就不能做一个普通的女人，这一点她有足够的心理准备。

婚后，她由于身体虚弱曾三次流产，但从未打电话告诉过在高原上当兵的丈夫。她一个人躺在床上，等待着身体慢慢康复。后来一个天使般的女孩"降临"到她的生活中。她终于做了母亲，但肩上又多了一副担子。没有男人的日子多艰难啊！她得挺着虚弱的身体，天天背着孩子上夜班。冬天来了，东北的男人们拖煤、运菜，她也得拖、运，一车又一车，背上还背着个孩子。

她的生活同男人们一样，她的痛苦却只属于自己。日子就如同她背着孩子在深秋的寒风中拖煤的车，那样沉重！孩子在蓝伟华的背上长大，她背着孩子上班，年年是局里的先进工作者，妻子虽然恪守着不拖累丈夫的诺言，可丈夫又怎么能心安理得呢？

1985年，部队编制大精简，赵国瑞动了心，探亲归队前给妻子甩了一句响亮的安慰话："你等着好消息！"妻子虽然嘴上没说，心里却很高兴，苦日子总算熬到头了。丈夫离开后，她就找了县里工商局的熟人。熟人说安排工作不成问题，房子也宽敞，她高兴得直想唱上一曲儿。笑声依旧像塔上的风铃一样清脆悦耳，可是，过去唱熟了的歌，却记不上词儿来了。这时候，她才意识到，歌儿已经追随着奔腾的岁月之河离她远去了。

不，歌声会伴着丈夫一起归来，他们已经为美好的愿望付出了青春的代价，不过幸福不算来得太晚。她这样想着。

但组织上把赵国瑞留下来了。

她知道这个消息是在夏天，丈夫很久没来信了，忐忑不安中她预感到将有什么事情发生。她本打算忙完这一阵再给丈夫写封信问问情况，可一位回来探亲的战友以委婉的口气证实了她的预感。那天，她正在埋头洗衣服，送走那位战友后，她觉得浑身软绵绵的。女儿默默地瞅着她，可她呆呆地望着洗衣盆里的肥皂泡，在阳光下一个个破灭……

"不让回，我就去！"盼了好几年的丈夫回不了家，蓝伟华决定去找丈夫。在一个秋高气爽的日子里，她把女儿从当地最好的东方艺术幼儿园领出来，到格尔木去安家立户。

"妈妈，我再也不能学小提琴了。"女儿把刚刚拉了一年的小提琴抱起来。

"小悦，爸爸最爱听你唱歌，到高原后，妈妈为你和爸爸做你们最爱吃的饺子。"

而今，女儿闹着要亲手给爸爸包几个饺子，她把馅儿笨拙地放在面皮上，把圆圆的太阳捏成月亮。

蓝伟华从遐想中回过神来，女儿依旧默默地瞅着她。这时，她觉得需要安慰的，并不是自己，而是渐渐长大的女儿："叔叔们都是远离家乡的人，爸爸该和他们一起过春节才对。"

"砰——啪！"邻居家的男孩子在燃放鞭炮。春节，这个阖家团圆的节日，就在稀稀疏疏的鞭炮声中来临了。

鞭炮声是从幸福院传来的。我常想为什么这样一个简陋的院落会有幸福院的美名呢？或许就是因为它饱含了太多军嫂们对幸福的期待与诠释。

留守在幸福院的孩子们是快乐的，但孩子们的父母觉得亏欠他们太多太多了。高原的天空虽然干净透明，却也少了些绚丽的颜色。一位作家在他的作品里记下了这样一个真实的故事：有一个生在高原、长在高原的孩子回到内地，蓦地见到一棵大树，惊奇地问妈妈："这么大的一棵白菜啊！"妈妈大声的笑和大滴的泪一起迸出来。

真是令人心酸的童稚啊！

在幸福院的日子里，月亮从未失明，军嫂和孩子们一起打开向月的窗口，默默守护着半个月亮，一年又一年，直到天明。

用一座雪山丈量爱情

爱一个人到底有多深情才算真爱？我想可以用一座雪山的圣洁来斗量，或者用它擎起的蓝天的深邃来斗量。当然，这只是我个人浅薄的理解。下面我提到的这个故事也许能够让你找到答案。

说到雪域边关，人们脑海里会浮现出巍巍冰峰、皑皑白雪、铁马冰河等画面。殊不知，冷的边关热的血，边关军营里也有很多温馨且浪漫的故事。

故事的主人公叫许杰，是湖南某机关的一名干部，三年前他响应国家号召志愿来到西藏山南走上援藏路。"湖之南"牵手"山之南"。来到山南，他接到的第一个任务就是以驻村工作队队长的身份参与脱贫攻坚。他所在的村庄是一个资源贫瘠的贫困村，人均耕地少，生产条件差，群众收入低。更重要的是，村民对许杰这个"世外来客"不理解，村民认为许杰来这地方无非就是镀镀金。许杰从村民的眼神中捕捉到了这一点。怎样才能让村民相信自己呢？许杰决定以实干说话。他向村党支部申请了一大片荒地作为试验田，他要用这片试验田证明只要勤劳就可以致富。

正当他着手准备大干一场时，一个村民对许杰说："当时我们家承包了几亩荒地种起了苹果树，好不容易碰上好年景，收获了上千斤苹果，因为运不出去，放在家里坏了一大半，真是太可惜了。"

老乡的话令他辗转难眠，但丝毫没有动摇他"开荒"的决心和信心。对于开荒种地，许杰除了胸中澎湃的热情，其他什么也没有。没有大型机械，他就扛起铁锹、十字镐，一锹一镐地劳作；没有运输工具，他就人工背土。手磨出泡了就找块布包着继续干，饿了就吃几口干粮。当时许杰在荒地里主要栽种的是玉米、土豆这些比较容易成活的农作物，可这一年偏偏遇到干旱，辛苦种出来的庄稼没有得到什么好收成。他咬咬牙，决定到市里自费买几台抽水泵，按照《高原种植技术》书上说的对这块坡地进行深耕细作。功夫不负有心人，汗水浇灌的苗儿看得见地往上蹿，就等着秋后"算账"了。果然，第二年他种的玉米和土豆得到丰产。

许杰的试验田取得成功后，他立即带领村民修通了水渠、道路，祖祖辈辈冲出高山的梦想变成了现实。行动是有声的证明，村西头穷得叮当响的扎西也迅速转变了观念，他贷款在城里买了一辆半新的货运汽车跑起了运输，很快还清了贷款，并重新买了辆豪华中巴，跑起了长途来。他在外面打工的小儿子听说家乡如今的面貌，赶紧跑回了家，承包了村子里的苹果园，他家的日子一天天红火了起来。

"知识改变命运"这句话虽然不是一句空话，但在偏远村讲好这个道理并不简单。许杰在走访中发现，有些偏远村的村民觉得让孩子上学没用，还不如在家放牛、挖虫草挣钱，所以导致部分适龄儿童没能走进校园。于是，他暗下决心必须改变这种现状，让村民重视教育，让适龄儿童上学。为此，他挨家挨户筛查适龄儿童，动员村民送孩子上学。刚开始，有村民一看到他就把孩子藏起来，甚至说孩子找不到了。当他不厌其烦地讲上学的好处时，村民把他当成"空气"不予理睬。但他没有气馁。他把自己当成了"娃娃头"，利用孩子的求知心理，通过讲故事、一起看连环画等方式给他们讲大山外面的世界。他还选取了几个内地贫困生艰难求学成长成才的励志故事，把这些故事拍摄成生动的短视频，作为做家长思想工作的有力"武器"。经过耐心的思想教育，村里适龄儿童家长主动把子女送进了校园，很快圆了孩子们的读书梦。

扶贫重在扶心与扶智。面对村党支部引领软化、干部队伍弱化、土地分散化、产业传统化、村民传统守旧思维固化等突出问题，许杰本着向书本学知识、向实践求真知、向先进学经验、向同事求帮助的态度，走村串户找答案，点灯熬油出方案，最终创新构建了"组织共建＋产业育建＋活动互建"支部结对"三建"的工作法，破解了贫困村发展制度、机制的难题，硬是为贫困村发展蹚出一条崭新的道路。

转眼间，许杰就要离开雪域高原了，这时他想起了家人，家里年迈的父母是他最大的牵挂。对于一个离婚快三年的人，他没有幻想还能邂逅一段不老的爱情。许杰的婚姻不是走到了尽头，而是对工作的狂热让他在婚姻与工作之间失去了最后的平衡，最终妻子平静地离开了他。援藏的这三年，爱情的种子偏偏在格桑花盛开的地方发了芽。一位年轻漂亮的藏族老师拉姆从报纸上看到许杰的事迹后便爱上了他。他们的爱如亲人般温暖，尤其是最近一年，拉姆几乎每周都要把许杰请到家里吃饭聊天，亲手给他打酥油茶。许杰高兴时还喝上几杯青稞酒解解闷。

美好的时光总是飞着走。几天后，许杰就要下高原了，拉姆竟然神奇地说服了家人和许杰一起来到了江城。从教的学校对拉姆的挽留没有起效，临走时对她说："你心脏不好，要是在内地生活不适应，欢迎你随时回来，我们需要你。"

时间又过了两年，拉姆还是没有回来，许杰却带着拉姆的遗憾回到了高原。这两年拉姆到内地和许杰一起生活，过得很开心，但是拉姆经常感到身体沉重，就像有一块石头压在胸口上，她能很清晰地听到自己心脏搏动的声音。拉姆一直没有告诉许杰她的这种感觉，直到一天她从新工作地的私立中学上完课回家，感到胸口剧烈疼痛，她才说出这些年一个人默默与病魔在斗争。许杰急忙将她送往医院，但最终没有抢救过来。

湖南离山南不远，中间只隔着一座雪山的距离。拉姆走了，许杰把她的骨灰带到了高原，也把自己带上了雪域高原。这一次，他要像拉姆一样，用自己的全部生命在山南续写爱情的答卷。

第二辑

冰雪与玫瑰

冰雪与玫瑰

两种极致的颜色

都象征着爱情

雪色温柔

红色热烈

冰雪与玫瑰

　　青藏线是我记忆的线条，离它越远，看得越清。离开高原很久了，有些故事的内核才刚刚从我的笔墨里晕染开。说实话，我从没想过离开西藏后，我会写一本关于西藏的书，更没想过会把我在高原采访过的爱情故事重新唤醒，与亲爱的读者们分享。

　　接下来，我讲的故事可能会让你失望，但它确实是从时光宝盒里出来的。作为驻藏部队的一名文学工作者，我采访过不少高原官兵的爱情故事，苦涩的爱情故事似乎占据多数。那些边防军人听我询问女朋友、心上人、未婚妻、亲爱的之类的问题，常常仰头长叹一声："苦啊！"鬼使神差地，我记下了这样一些故事。

九十九朵玫瑰

　　我至今仍保留着李老兵送我的那把食品雕刻刀。这是一把雕刻命运的刀，李老兵用这把刀刻下诗意的军旅生活。

　　垂柳依依、绿波溶溶、睡莲朵朵、鸳鸯戏水……好一幅"曲荷莺图"！这幅色彩艳丽、意象翩翩的图画，不是陈列在美术馆的画廊上，而是盛放在洁白的大瓷盘里。兵站炊事员笑盈盈地将它端上了餐桌。围坐桌前的上级领导一下子被这花色拼盘吸引住了。

　　这哪里是一盘菜肴？这简直是绝妙的艺术！拉萨兵站以蓝天、白云为背景的湖光山色已经令人陶醉，再品尝到色、香、味、形俱佳的珍馐名肴，怎能不使前来参观的领导动情呢？他们提出要见一见制作"曲荷莺图"的大厨。

　　大厨出来了，一身洁白的工作服，高高的白帽子下是一张被高原的风沙吹得紫黑的脸庞。只见他脸上堆满了笑意，在领导热切的询问和赞语面前，还带着点局促不安呢！

　　这已不是他第一次给兵站做庆功宴了，他很敬佩那些战斗在抢险一线或是奋斗在平凡岗位上的英雄，所以每次做庆功宴时，他都会精心制作花式冷拼犒劳英雄们。

李老兵在进炊事班前就在家乡学了一手好厨艺，他的食品雕刻和花色技艺已达到国家二级厨师水平，在青藏线上更是首屈一指。为了食品艺术，李老兵费尽心血。干厨师，刀工是基础，他原是左撇子，为了适应工作需要，他强迫自己改为右手。锋利的刀口割破了手指，疼得钻心。敷上药，包扎一下，继续练。渐渐地，厨刀在他手里听话了，刀工规范，手法娴熟，游刃自如。老班长夸奖道："这小鬼，将来准有出息！"

兵站领导注意到这棵好苗子，送他到军队举办的厨艺培训班学习。培训班设在西宁最热闹的一条街上，他并没有被这里的繁华所吸引，而是如饥似渴、孜孜不倦地追求厨艺的提高。半年下来，他以优异的成绩获得了优秀学员证书。

他尤为喜好食品雕刻，这在学员队里是众所周知的。于是，学员队里一间低矮的瓦房里经常出现一个奇怪的场面：一个学员下课后回到宿舍，在房间半步不出，一个劲地雕呀刻呀，他的面前乱堆着萝卜、土豆和南瓜，有的千疮百孔，有的碎成屑末，有的如线如丝。

刚开始雕刻刀在他手里怎么也不听使唤，雕一只普普通通的飞燕，一会儿圆刀，一会儿三角刀，一会儿签子，捣鼓了两个小时，好不容易成了个囫囵样子，横看竖看，怎么瞧也不像。丢开！拿个大土豆，从头再来……慢慢地，雕刻刀下的金鱼、孔雀、白鹤、小鸟等图形渐显，有那么点味了。

李老兵爱好食品雕刻爱到入骨。记得一次妻子来队探亲，买了一篮蔬菜、瓜果放在厨房里，准备晚上做菜吃。李老兵拿起来就雕，一个又一个，待妻子从外面回来，菜篮早已空了。看屋里桌子上摊满了喜鹊、飞鹤、凤凰……贤淑的妻子好气又好笑："你晚上就用这些吃饭吧！"李老兵瞅瞅她，再瞧瞧满桌的"成果"，挠挠头皮，憨厚地笑了。

李老兵从对雕刻痴迷渐渐发展到"走火入魔"的程度，妻子起初还能忍受，可有一次妻子骨折住院，他还在家里练习食品雕刻技术，不仅忘了给她送饭，还搞得满屋子垃圾，这下妻子恼火了。妻子出院第一天，看他还在练习食品雕刻，气不打一处来，一下子把李老兵的雕刻箱扔进兵站垃圾桶里了。

李老兵也是个倔强人，硬是从垃圾桶里找回雕刻工具箱，藏在炊事班操作间偷着练习雕刻技术。妻子为此和他冷战起来。郁闷的李老兵让我给他出个主意，缓和这冷战局面，我思索了一晚上，终于想出一个办法。

第二天一大早我找到李老兵，第一句话就问他："你爱嫂子吗？""这不废话嘛，不爱我还让你小子出什么主意！"

有了李老兵这个态度就好办了。"听说再过两天就是嫂子的生日，建议你发挥自己的特长，雕刻九十九朵玫瑰花送给她。玫瑰代表天长地久，是爱意的表达。"我说。

他听着我的建议，小声嘀咕着："这行吗？这行吗？……"

我接着说："道理很简单，过去你忽略了对嫂子的关爱，现在你要为她献出你的爱。"

李老兵照我的话做了，经过两天的夜战，一个个圆鼓鼓的红心萝卜在他手里变成了一朵朵绽放的"玫瑰花"。

李老兵和妻子闹别扭后，他们虽没有分床睡，但睡觉都是背对背。李老兵爱人生日的那天清早，兵站出早操的时间还没到，我早早地来到李老兵的住处，拿着一袋饼干，把李老兵十岁的女儿叫到身边，然后轻声对她说："小姑娘，只要你去亲一下母亲的脸，然后轻轻地把这个礼品盒放在你母亲身边，这袋饼干就是你的了。"不知是因为饼干起了作用，还是懂事的女儿已经明白了我的计划。只见，女儿轻手轻脚地走进母亲的卧室，悄悄地在母亲脸上亲了一下，然后放下李老兵事先准备好的礼物，又悄悄地走出房门。

其实这些天妻子心里的气早就消了，只不过不想自己先示弱。妻子睁眼看着只有自己和丈夫的房间，摸着自己刚被亲吻过的脸，心想丈夫还是挺浪漫的，脸上露出了窃笑。此时她就连心跳也变得小心翼翼起来，生怕吹落脸上的绯红印记，惊扰了美丽的幻境。

女儿深情的一吻轻轻地化解了母亲的怨气。

妻子转过身，立刻被一个红色的纸盒子吸引住，打开一看，全是火红的"玫瑰花"。这是她第一次看到这么特别的"玫瑰花"在向她微笑，这世上除了爱，还有什么能与玫瑰的美好相匹敌？一股暖流涌遍全身，她一把抱住丈夫，丈夫被她这么一抱，心里一阵激动，两颗心紧紧锁在一起，就这样他们和好如初。

　　李老兵在组织派我到西宁学厨的那年退伍了，退伍前他把心爱的雕刻刀交给了我。接过刀具的那一刻，我看见一个炊事兵的信仰在刀尖上闪光！

雪山上的"爱情花"

千百年来，藏北高原一直保持着冷峻的线条，这里所有的石子像流沙一样叹息，所有的云彩像溪水一样游离，所有的一切似乎都在尽力衬托这片深沉静寂的土地。

打破这片宁静的是过往汽车兵潮水般的拉歌声：一连的来一个！来一个一连的！一二，快快！一二三，快快快！一二三四五，我们等得好辛苦！一二三四五六七，我们等得好着急……叫你唱你就唱，扭扭捏捏不像样……

这是来自藏北高原安多兵站一次寻常的拉歌号令。拉歌是汽车兵上青藏线执勤到兵站休闲的保留节目，这些穿透高原风雪的声音像一团团燃烧的火焰，瞬间光芒万丈，直到大片的歌声烧掉最后的激情。

汽车兵为自己再一次战胜高海拔而陶醉，唱高兴了他们使劲地跺起脚拍巴掌，有的还疯狂地捶自己的胸膛，好像要把征战高原的困顿全部发泄出来。在安多兵站采访的一个多月里，我几乎每天都能听到那肆意洒脱的拉歌声。兵站官兵最喜欢听这沸腾的拉歌声，听着听着他们手中的菜刀就会飞舞起来，听着听着一顿丰盛的饭菜就做好了。

在远离春天的世界里，兵站官兵太寂寞了，一年中他们最盼望的事就是冰雪消融，汽车兵回到兵站食宿，这时他们才会感到兵站活过来了。

兵站二十多岁的兵对异性高度敏感，连石头都能看出公母，尽管他们的爱情大多从雪花般的浪漫开始，以冰雹般的突袭结束，我还是常常会从他们没有结局的爱情中找到丰富的标题。此时，我想起兵站通信员小周，他是我的小老乡，属于脑子比较灵活的"小湖北佬"。一次在他生日的小型宴会上，我问过他一个我一直感到好奇的问题："小周，你说你长得也不帅，怎么隔三岔五能收到美女的信？还有那么多靓女照片呢？"那夜他可能是真喝多了，没有对我隐瞒实情，他悄悄凑到我跟前对我说："其实信都是我自己写的，然后自己跟自己分发信，照片上的美女都是学校毕业时收藏的……"面对这个小弟，我不知道说什么好，后来我写了一篇改头换面的小小说《信封里的爱情花》，这个秘密直到现在都不曾被揭穿。

安多兵站其实只有四十个人，四十个人相加等于五湖四海。在兵站采访时，我总是会被这来了又走，走了又来的四十个人的故事包围着。常年驻守在藏北高原的安多兵站炊事班班长汤定国像一只高原"留鸟"，在这里"筑巢搭窝"，一待就是十四年，参与保障进出藏人员就餐五十余万餐次，用青春、热血和忠诚，在雪域之巅演奏着锅碗瓢盆的交响曲，烹调出逐梦强军的兵味人生。2008 年 3

月，兵站奉命担负内地上高原执勤部队食宿保障任务，他第一个向党支部递交"请战书"，配合兵站干部制订详细的接待安排和食谱。时间紧、任务重，他一个人干两三个人的活，每天休息不足 5 个小时，体力和精力消耗很大。当执勤官兵满意地离开兵站时，他却因过度劳累而倒在了病床上。

兵站炊事班蒋班长提起自己的疾病来神情显得十分轻松，其实他这些年并不容易，三年的高原性耳鸣始终伴随着他，只要稍微安静下来，耳内就会嗡嗡作响，像火车的轰鸣声，怎么也赶不走。兵站军医说："这是长期缺氧引起耳蜗毛细胞、耳蜗螺旋神经节细胞受损导致的。"长期的耳鸣并没有影响他的工作。更奇怪的是，他在炊事工作中找到掩盖耳鸣的方法，只要锅碗瓢盆传递的杂音盖过耳鸣声，耳鸣症状就会立即消失。从此，他白天感觉不到症状，晚上他就戴上耳机听收音机，这样症状也就被压下去了，所以他也没把这当成什么大病。

我在当兵第十六年的时候不幸得了高原肺水肿，不得不从高原退回到平原，说起来挺遗憾的，当时我已报考了西藏公务员考试，但现实让我只得返乡。于是我带着西藏"未了情"转业回到了内地。随着海拔的降低，我的病情逐渐好转，但"念藏病"逐渐加重。

下山后，我多么希望时光能够倒流。如果时光能够倒流，我还会选择当一名宣传兵，再陪安多兵站站长查一次岗，将那钩晓月重新安放在战士的梦中。让我再感冒一次，再吃一次病号饭，让炊事班还放那么多红烧肉罐头；让兵站教导员再夸一次："没想到你一个笔杆子做饭还这么专业。"让我再帮驻地老阿妈捡一筐牛粪，然后毫不客气地让她请我喝一大壶青稞酒，而后再行一次世界最高的敬酒礼，敬天、敬地、敬自己……

如果还有可能，请让我当一回微信群主，建一个兵站战友连心群，一个永不解散的群，谁走了就安葬在群里，如果都走了就让它成为一座小小的公墓，让雪洒在上面，孵化成一粒粒怀春的种子。

离开安多时，我轻轻收起沉入心底的深情，而后将安多的故事统统写进散文里，用文字点亮思念的语言。

一个兵站五个兵

　　羊八井是藏北名镇，它的名声源于地热电厂。羊八井地热电厂是我国目前最大的地热试验基地，也是当今世界上唯一一座利用中温浅层热储资源进行工业性发电的电厂。膨胀的地热，千百年来一直往外喷射，煮不熟荒凉，煮不熟冷漠，却煮熟了羊八井兵站官兵艰苦创业的激情。

　　2002年初，我在羊八井兵站采访，一走进兵站就被一个现代化的蔬菜大棚吸引。我真没想到，在这么偏远的一个兵站还能种出这么多蔬菜来，我大概数了一下：韭菜、辣椒、菜花、西红柿、茄子、黄瓜、西瓜、香瓜等，至少有十多个品种的瓜果蔬菜。

　　"这里真是冰火两重天啊！棚外风雪弥漫，棚内绿意盎然、瓜果飘香、温暖如春……"我不由得感叹起来！

　　"我们这个大棚可是有来历的，过去做梦也没想到在这鸟不拉屎的地方还能吃到自己栽种的瓜果。"兵站叶老兵高兴地说。

　　我立即对叶老兵的话产生了好奇，也正是从他的口中，我才知道了兵站创业的艰辛历程。

那是 2000 年前，当时羊八井兵站被青藏沿线官兵称为"养老院"。因为兵站离拉萨只有七八十公里，大家都觉得这里是过路兵站，如果没有上级安排的紧急接待任务，就自我躺平了。时间久了，兵站官兵觉得在这里待着也挺好，每天除了站岗巡逻没啥大事，倒也落个清闲自在。

这一状况的改变出现在 2000 年春节后，兵站迎来新站长王化海。他经过仔细分析，发现兵站的困境：一是没有经费来源，二是人员少。一个兵站只有一个干部五个兵，大家都觉得人少干不出什么大事来，于是产生了守摊子、混日子的思想。

困境有时像一张白纸，可以大胆描绘希望的底色。于是，他决定带领五个兵从养羊、种菜开始向这片土地宣战，这是兵站创收的唯一可行途径。

他喜欢忙碌的工作状态，他说有活干和在老家吃羊肉泡馍的滋味一样美，可他万万没想到这劳动的号角刚一吹响，责怪、怨恨、风言风语像冰雹似的向他袭来："你算哪个庙里的和尚？""我们没法过日子，你也别想快活！"……

面对战士们的不理解，他总是一笑了之，笑却是苦涩的。他能不急吗？他是羊八井兵站的负责人，如果就这样天天混个"三饱一倒（吃饱三顿饭，倒床睡大觉）"，起码过不了他的良心关。

王化海是甘肃人，他的老家一年四季只种一种农作物，就是土豆。因为那里干旱，其他抗旱能力差的农作物要么种不活，要么就是收成极低。那就种土豆吧，总比让温室荒废了强。在高原上种菜比生孩子还难，对他来说就更难了，一没技术，二没人才，三没经费，仅有的就是刚从拉萨购买来的土豆种，还有从书店买来的《高原蔬菜种植技术》一书。砖头一样的专业书，他抱在怀里如获至宝，晚上干完活回来，他一字一句地啃，然后嚼碎咽下，消化掉。在理论走向实践的过程中，他的第一目标选择了试种土豆，没想到过了几天，土豆地里果真露出了新芽，这使他精神为之一振。接下来，有了底气的他带领大家维修了破旧的温室，试种起辣椒、西红柿、黄瓜、大蒜等反季节蔬菜。在冬季种植这些菜的要求比夏季高，技术难度大，一旦管理跟不上就会前功尽弃。为了不使自己的辛勤劳动付诸东流，他几乎天天都在温室里泡着。

他的工作逻辑很简单，白天没干完的活就晚上加班干。几个月下来，他明显比以前更消瘦了，脸黑了，眼窝陷了，原来乌黑浓密的头发渐渐变得稀疏了，还涂上了一层淡淡的霜……

创业总是要付出代价的，每一次成功都是痛苦的新生。可是只要一看着这些蹭蹭长起来的菜，他觉得心里有种说不出的高兴劲。正在他高兴的时候，一场飓风光临羊八井，不偏不倚，把温室大棚的地膜撕得零零碎碎，地里的菜也被狂风糟践得不成样子。

这场灾难几乎使他精神崩溃。大风过后，凄凉的原野上弥漫着一股冷冷的气息，天空中透着丝丝悲凉。眼见着满地破碎不堪的地膜，他的心痛得要流出血来。

高原的雪，说来就来。没想到入冬以来竟然接连下了两场雪，雪降落的样子像鹅毛，像柳絮，像蒲公英的茸毛。眼前的雪让他想到连续几个月死掉的雨，高原天气就是这样，要么干旱至极，要么风雪突然来袭。

雪过天晴，高原很快恢复了元气，从风雪中站起来的王化海和五个兵开始总结"雪殇"，他们想尽一切办法迅速加固了温室大棚。

吃过一次大亏的王化海感到要想种好菜，除了能吃苦，还要多学习。后来，随着西藏经济开发力度的加大，这个偏远封闭的小镇不断涌进新生事物。羊八井优越的地理条件和旅游的开发逐渐吸引了一些外来蔬菜种植户，羊八井大棚经济全面启动了。他经常跑去看外来蔬菜种植户的大棚，看人家大棚里种了什么菜，是怎样进行管理的。

王化海看在眼里，记在心上，他回到兵站立即研究试种。他们渐渐由不懂到懂，由不会到会，最终成为行家里手。如今羊八井兵站大棚里自产的蔬菜根本吃不完，他们就装车送到上面的拉萨兵站和下面的当雄兵站，偶尔也送给附近的牧民品尝。

他说种菜就是种心，心到了，菜就长起来了。种菜这件事让他感到欣慰的是挽救了一个有心理疾患的兵。这个兵已经三十岁了，早到了谈婚论嫁的年龄，好不容易在老家谈了个对象，当年休假时订婚宴都吃了，女方却突然变卦了。原因是在婚前体检时女方发现他的身体机能有点毛病，医生判定为高原病。女方怎么也不想嫁给一个病人，就这样他们便不欢而散。回到兵站，本身少言寡语的兵性格变得更加沉闷忧郁，有时他一个人拿着已经过期半年的报纸能够看上整整一天，关键是报纸都是倒着拿的。战友们发现他的这些不寻常举动后都曾试着帮他解开心结，可是那段时间谁劝他，他就望着谁不停地流泪。时间久了，大家也不再刻意理会他。这种状态直到王化海让他看护大棚时才渐渐"多云转晴"，他脸上终于露出了笑容。

第二年，这个兵回老家探亲时总算找到了真爱。这个兵的爱情故事与蔬菜大棚紧密连在一起，与脚底下的阳光和泥土连在一起，他爱人是他老家邻村的种菜能人，他们的爱情就这样接上了地气。

这些只是兵站艰苦创业故事的一角，还有更多故事藏在一个干部五个兵的心中。

隐秘的角落

　　厕所是一个开放而又隐私的地方，承载着生活的重要功能，不管你是西装革履，还是华裙艳服，即使有皇帝的尊贵，也不可抽掉每天与厕所的关联。

　　在我当兵那阵儿，高原军营的厕所都是公用的。一个公厕分八个蹲位，每个蹲位一个小格子。格子隔着隐私，有时也暴露出隐私。在兵站工作期间，记得有一天我在上厕所过程中无意间发现一个秘密。那时，我是兵站思想骨干，或者说是思想"侦察兵"。

　　思想骨干按照兵站的规定是有具体任务的，每个骨干都要包保五个新兵。我包保的一个外号叫小熊的兵有一段时间情绪波动很大，我就每天对他的行动路线进行暗中观察，包括上厕所也悉心"监视"。那天晚上，我发现他躲在厕所里用手机打电话，当时也没觉得有什么异常，后来几天他经常到厕所打电话，而且每次都提到同一个女孩的名字，我这才意识到小熊失恋了。

　　后经我了解，小熊确实失恋了！女朋友是甘肃老家的丹丹，分手的原因很简单，丹丹不愿守着家乡甘肃一个小县城生活，更不想和小熊过着两地相望的日子。于是，她打电话提出要和小熊分手……

厕所的秘密我没有向任何人提起，包括小熊在内。接下来的日子里，我密切关注小熊这个失恋兵的动向，并特意靠近他，与他交流关于爱情的话题，甚至还放大了自己悲惨的失恋经历。

有时，"黑暗"能修复光明。我的良苦用心就是想让他明白，失恋是一件好事，有助于辨别对方是不是一个真正值得爱的人，然后用平静接受不可改变的，用勇气改变可以改变的，并用智慧辨别它们的区别。事实证明，我的思想工作是奏效的。不久，我看见小熊脸上灿烂的笑容又回来了。

有关厕所的故事没有结束。2009 年开春的一天，央视七套（CCTV-7 国防军事）《军旅文化大视野》电视栏目组记者袁兵到兵站采访，随行的还有红色经典歌曲《洗衣歌》创作者李俊琛、传承者王勉之等。这次采访随行人员大多是女性，如厕保障自然是接待重点之一。可是当时兵站没有女厕所，怎么办呢？站长一早就给我安排一个任务，让我到兵站西头临时启用的公用女厕值守。

那天，袁记者采访任务安排得很紧促，她急匆匆上完厕所就走了，全然忘记手提包还落在阳台上。我发现这个包后赶紧追上采访组的车，袁记者从车窗里探出头，这才发现包是自己落下的。这时大家不约而同地将视线扫向我，兵站站长在一旁不停地介绍我的从文经历"小黄是我们兵站的才子，还出过散文集……"袁记者听了站长的介绍后，走下车对我进行了一次短暂的采访，临走时还动员随行人员在我出版的新书上签名留念，并互留联系方式。因为这段缘分，后来我和《洗衣歌》创作者李俊琛成为忘年交，还有幸为《洗衣歌》的传奇故事代言，撰写了长篇报告文学《洗衣歌的故事》。

兵站正式设立女厕并挂上"牌照"已是后来的事了。2010年，军队调整驻藏部队士官家属随军随队门槛，这时家属来队自然多了起来，厕所建设作为兵站"一号工程"立即建了起来，自此兵站结束了没有女厕的历史。

军营厕所，这个暗地发光的地方却深藏着新兵的小心思。当过兵的人都知道，部队是禁止新兵们抽烟的，想抽烟的新兵们往往会躲进厕所里去抽烟，在他们眼里，打火声音越小的火机越受欢迎。他们想尽办法不让班长发现，但每次还是被发现了。被班长抓住后，处罚也随之而来，扫一个星期的厕所是最轻的处罚，有时还要以纪律处分"敲警钟"。

其实班长都是从新兵过来的，对新兵们的心思了如指掌，你的一个小动作、一个小眼神立马会被班长看穿。在高原上，不让新兵抽烟是有道理的，因为高原本身就缺氧，抽烟对身体会产生极大的伤害，这种严格要求其实是对新兵们的一种关爱。

你一定不会相信手机遇到新兵会发生那么多的故事。按照部队规定，新兵不允许使用手机，一是怕泄密，二是怕影响训练。因此新兵到连队后，要将手机上交统一保管，周末发给大家使用。大多数新兵都会按要求上交，少数人则玩起猫捉老鼠的游戏。我记得新兵小秦训练时总说肚子疼，只要一从厕所出来就活蹦乱跳起来。后来小秦隔三岔五地说肚子疼，班长以为病情加重了，决定带他去大医院检查治疗。一次走进厕所看到的那一幕让班长傻眼了，这个天天嚷嚷着肚子疼的新兵从厕所墙缝里掏出隐藏的手机，正全神贯注地打着游戏。班长见状，用两道刀子般的目光看着小秦，等待他自投罗网。

　　当兵十六年后我离开了高原，不知还有多少隐秘的故事，留下高原军营生活的神采。

生命之氧

　　青藏公路起自青海西宁，止于西藏拉萨，全长近 2000 千米，穿越昆仑山、唐古拉山、风火山等 9 座崇山峻岭、雪峡冰川，穿越400 千米水冻地带，以及绵延不绝的戈壁与沼泽。这条线平均海拔4000 米，年平均气温为零下 6 摄氏度，8 级以上大风天气平均 120天……如果用这样的方式来描述青藏线，便漏掉了青藏线最致命的特征——缺氧！

　　生活中看似平凡的东西，往往又是最宝贵的。水、空气、阳光可以说是最平凡的。在高原上，尤其是在海拔 4000 米以上的兵站，恰恰缺乏的是这普普通通的氧气。在青藏线，兵站官兵要接受的最大挑战就是高山缺氧，并由缺氧所引发的高山性昏迷、肺水肿、心脏病、高血压等高山性多发病。

　　青藏线兵站官兵无时无刻不在"为氧所困"。因为缺氧，沱沱河兵站仪表工张生贵在一次修理仪表时，胳膊不慎被锥子扎破，顿时血流如注。但不一会儿，张生贵忽然觉得浑身轻松，他后来才弄明白在高海拔地区，自己的血色素是正常人的两倍，心脏的负荷必然会很重，而这种"放血疗法"是减轻心脏压力的妙方。于是他立即到卫生室要了点酒精棉球和一个针头，每到工作忙时，便使用这种办法来延长工作时间……

还是因为缺氧，唐古拉山兵站年仅 25 岁的柴宗斌的头发一根根脱落，不是因为他的血色素太高，也不是因为唐古拉的荒凉令他难以忍受，而是因为他在噪音高达 120 分贝的油机房里干了整整 6 年。他负责的油机班，机器保持一尘不染，工作没有出过半点差错，可他的血色素很高，这是一个危险的信号，因为一旦再高些血液就会凝固。柴宗斌却不这么看："等我闲了回内地休个长假，一切都会恢复正常。"

都是缺氧惹的祸。怎么办？

总不能眼睁睁地看着兵站的战士常年饱受缺氧之痛吧？"必须建制氧站！"青藏兵站部贾政委斩钉截铁地作了回答。

"关注官兵健康就是关注战斗力，绝不能因为我们工作没有做到位，让官兵日复一日地透支健康。"兵站部翟部长经常对部属们强调，凡是关系到官兵健康的事，必须一件一件落实。

2008 年 3 月 17 日，对于黑河兵站来说是个特殊的日子，因为那天执行任务的武警官兵抵达黑河兵站，这么大规模的接待对于兵站来说着实是第一次。

时间紧、任务重、标准高，拉萨大站副站长皮小海在队列前作了简单动员，便投入紧张的准备工作之中。

黑河兵站属于高海拔地区，这帮铁骨铮铮的男子汉终究没有经受住缺氧的考验。半个钟头不到，初上高原的武警战士，一个接一个地昏倒了。

"他们是高山反应。"兵站军医关切地说，"大家不要慌，不要紧张，我们已为你们准备了氧气。"兵站制氧站的战士们马不停蹄地行动起来，有100多斤的氧气罐被兵站两个身强力壮的战士迅速抬到病人面前。

氧气输上了，武警战士一个个清醒了。

武警官兵驻进兵站的第二天早上，一名战士突然眼冒金星，四肢酸软，晕倒在训练场上。战友们把他背到宿舍，兵站军医闻讯后以最快的速度赶到现场。大家吓呆了，他鼻孔血流了足有一碗。

情况十分紧急，军医根据长期高原行医经验，判定是严重的高山反应导致高烧，须立即吸氧。话音刚落，新鲜的氧气已经通过这名战士的鼻孔弥漫到全身各个细胞。氧气输上了，想着总算逃过了生命劫难，谁知他的身体实在是太虚弱了，恐怕仅靠吸氧是挡不住病魔的袭击。

他再次昏迷。

军医没多加考虑，立即拨通了当地120急救电话。

救护车迅速赶到现场。

"不惜一切代价，一定要把他抢救回来。"

政委焦急地看着救护车远行，心中不由得打起鼓来。

那曲人民医院抢救室中，经过医护人员3个多小时的抢救，这名武警战士脱离了生命危险。组织抢救的医生罗布次仁握着兵站军医的手说："他得的是高原肺水肿，幸亏你们送得及时，氧气供得及时，要不然我们也无能为力了。"

武警战士杨中华得救了，获得了第二次生命。和杨中华一样得到兵站及时供氧从而挽救生命的人有很多。我记忆最深的是2009年盛夏的一天，来自河南南阳的年轻女摄影家小俞突然晕倒在兵站门前，正在兵站执勤的司务长见状立即把小俞背进兵站卫生室进行抢救。当氧气一步步达到心脏时，小俞的神志开始慢慢苏醒。小俞醒来后从手提包里拿出几百元钱向司务长表示感谢，司务长说啥也不肯收她的钱。后来，小俞转危为安离开了高原，临走时他们互留了联系方式，没想到他们的爱情从这时悄然开始萌芽，一年后他们"修成正果"，在南阳老家举行了婚礼。再后来，我以他们的爱情故事为原型写了一篇通讯稿《缺氧，不缺爱》，这篇报道受到广东某慈善协会的关注，迅速组织爱心人士向高原偏远部队送来急需的氧气设备。

如今，青藏线大部分兵站制氧站拥有了全天候供应能力，氧气就像暖气一样通过管道输送到每个战士床头，由过去的"救命氧"变成了"保健氧"。

前几天，我给兵站战友打电话，战友说青藏线上很多兵站正在建设"有氧书吧"，听到这个好消息，我真为他们高兴！作为青藏线退伍老兵、新闻工作者，我此时便在心中暗想，希望有一天能站在文字的云端，为兵站送来氧气的种子。

第三辑

车辙向西生长

路，向西呼吸

信念，向上生长

神奇的车辙解开冻土的密码

旋转的车轮

豪迈着青春的誓言

机油的芳香

滋润着壮美的三江源

车辙向西生长

天路，积雪与沥青激情拥抱诞生的名字。

天路汽车兵，叫醒这个名字的歌者。

天路指的是青藏线，又称青藏公路，西起西藏拉萨，东到青海西宁，全长1937公里，是世界上海拔最高的公路之一。

有人说，青藏线是"除了月亮之外最神秘的地方"，白雪皑皑的连绵雪山，一望无际的高原草甸子，巍峨耸立的昆仑与唐古拉，神秘浩瀚的可可西里，还有青藏高原上的生灵，都会令人怦然心动。

比起天路地理上的柔美，我更欣赏汽车兵碾碎风雪的壮美。许多年来，天路汽车兵承载着特殊的运输使命，因此也留下了许多动人的故事。

车流旋转的秘密

　　尽管三十年过去了，我始终忘不了天路上一名普通汽车兵，他的名字叫郭群群。

　　他的故事得从 1993 年那个冬天说起。那年冬天，他在青藏线上当汽车兵已经是第四个年头了，组织批准他回家成亲。离回家的日子越近，他的内心越激动。夜深人静的时候，他不停地在脑海里想象着未婚妻长什么样子。起先他只是听大哥说姑娘身材很苗条，但一直没有盼来一张照片，越是见不到照片，越是急切盼望着早一天见上面。大家可不要觉得奇怪，过去青藏线上很多官兵谈恋爱就是这样，平时全靠书信往来，到成亲的那一天或前两天才见到那个要成为妻子的姑娘。

　　郭群群休假的事本身是定下来的，可就在这时，他接到连队一个加运任务，要给西藏部队送年货。连长说："回去探家的人大都走了，只能委屈你再跑一趟，送完回来你马上就回家。"没啥说的，接受紧急任务不是头一次，于是他开着车就上路了。

　　那是隆冬腊月，是青藏线上气候最恶劣的季节。车一开进唐古拉地界就遇到暴风雪，天地混沌一片。严重缺氧，不但人缺氧，车也缺氧，一缺氧，汽油燃烧就不充分，车也受不了。车抛锚了！

饥饿、严寒没什么可怕的，可他偏偏患了胃穿孔。唐古拉，那可是风雪的"天花板"，高原上的高原。又遇到雪阻，顿时唐古拉的飓风与雪山摩擦的声音像骨裂，那场风以闪电般的速度越过山巅，像一支奔袭的军队，紧张、匆忙，义无反顾。战友们尽全力将他往山下送，可紧赶慢赶还是输给了时间，郭群群年轻的生命永远留在了执勤的路上。

他走后，部队安排一名中尉军官到他的家乡慰问，中尉坐了很久的车才来到他的家中。中尉进入他的家门，只见到整个院子都是空的，只有一个大酒缸，缸上贴着一张菱形的大红喜字，这是他的母亲为他精心酿造的喜酒。他的母亲当时已有六十多岁了，早年患有眼疾，几乎失明。母亲虽眼拙，心却不拙，当听到儿子不幸的消息时，她强忍悲痛，平复情绪，然后颤颤巍巍地走到那个大酒缸边，用双手去摸酒缸。母亲突然用巴掌使劲拍打那个大酒缸，一下又一下，使劲拍，边拍边呼唤他的乳名："群儿，娘给你找到媳妇了，你咋不回来呢？……"

中尉拿出 500 元抚恤金、600 元生活补助费，双手捧给郭群群的老母亲。母亲叫着他嫂子的名说："收下吧，让群儿他哥再借点，加上，到集镇上去买头牛，开春犁地。"

中尉军官被这一场面感动，不停地流眼泪。中尉军官对郭群群的母亲说："自己也是农民的儿子，家里也有老母亲，知道一头牛的价格。"这时郭母坚强的话语像一道闪电劈在他的心上，他立即把差旅费全掏出来，顾不得如何买票归队。他说："我没有想到我带来交给群群他娘的钱，还不够买一头牛。"

可是郭母坚持不收："按部队的规矩，我们不能多收。"军官就跪下去了："娘，娘，这是我的钱，也就是群群的钱。"

青藏线的昨天和今天一样，从风到风，从雪到雪，千吨的雪也不能把春天搬空。恶劣的气候对于长期行驶在青藏线上的汽车兵来说不算什么，青藏线上最大的敌人是寂寞的环境。常年在青藏线上开车，面临的是无穷无尽的"雪海孤岛"。汽车兵杨浩对抗寂寞的唯一法子是香烟，从当兵的第三年抽第一根烟起，他就将所有的痛苦、快乐、遗憾统统融进细细的烟丝里，一天两包雷打不动。后来，烟抽得越多，肺病越重。面对嗜烟如命的杨浩，军医放出狠话说："你要是再不戒烟的话，到时恐怕连神仙也救不了你的命。"

杨浩终究是没听进军医的话。当他最后一次带着徒弟小刘上线经过唐古拉山的时候，不幸的事情还是发生了。当车行至唐古拉山时，狂风卷着漫天的大雪，杨浩指挥着小刘小心翼翼地行车。山越来越险，天越来越冷，空气越来越稀薄。钻山风像刀子一样割在脸上，车每挪动一步都十分吃力。接近山顶处，寒冷、缺氧、疲劳一齐袭来，这时车也被困在雪中。杨浩下车观察车况，忽然感到呼吸困难，顿时眼前一黑，栽倒在雪地里，呼吸越来越微弱。

小刘上前将他扶起，泪跟着就下来了："班长，快醒醒，快醒醒！"一小时后，当车队找到杨浩时已错过抢救时间，他因急性呼吸衰竭失去了年轻的生命。小刘在整理杨浩的遗物时发现杨浩口袋里装着半盒香烟和一个笔记本，笔记本有一页折叠起来，里面写道："亲爱的妻子！如果我遇到不幸，请你不要难过，早点嫁人开始新的生活，我这几年积攒的几万元钱都在存折里。我最放心不下的是咱们的儿子，你要尽力医治儿子的孤独症，如果儿子病好了，长大后送去当兵……"

杨浩走后，小刘成了带车的老兵。小刘每次驾车经过老兵倒下的地方都会下车点燃一支烟，然后默默祈祷班长在天堂安好。只有他懂得雪山上车流旋转的秘密，只有他懂得班长与香烟的心思。

将军脚下的路

　　每走一次青藏公路就是生命的一次升华。在青藏线当兵十六年，我把青藏公路当作一个故事，尽力用双脚读懂它与风雪的内涵。

　　我是以一名青藏线军人的身份踏上青藏公路的，那是在慕生忠将军和筑路大军与恶劣自然交战之后留下的一条胜利之路。每当坐在载满货物的军用大卡车上，看着窗外流动的沙丘和陡峭的岩壁，我就会想起老青藏线人对这条路的描述。他们说旧西藏没有一条公路，更没有一座像样的桥梁，只有云梯缆索独木桥、羊肠小道猴子路。相传，有两个牧人各赶一头牛，走入狭窄的小道，中途相逢，一边是崇山峻岭，一边是万丈深渊。结果，双方达成协议，把更不值钱的一头牛推下山崖去……没有路的青藏线，运输全靠人背畜驮、筐载索溜，运输工具是奴隶娃子，代步的是马牛。

　　几千年来，青藏高原就这样把一个个冰冷的日子悄无声息地埋在雪层之下，让高原孤独的太阳，叹息着在单调的天空踽踽独行。终于有一天，鲜艳的五星红旗染红了这片土地，历史的老人再也不甘于昏昏沉睡。从北京发出了一声号令，慕生忠将军和筑路大军来不及抖搂从战场上沾上的尘土，就把战场上胜利的红旗插在了布满艰辛的青藏高原上。在北京，慕生忠将军手捧彭老总的敬酒，咕咚咕咚倒进肚里，他的血燃烧了，他向首长表示："彭总，你等我的捷报吧！"三杯酒下肚，慕生忠将军向彭总汇报了修路计划，并大胆提出了自己的要求。彭总被他的信心与决心征服了，立即下令从西北军区给他调拨十辆大卡车、一辆吉普车。

慕生忠将军顾不上看一眼北京的风光，就踏上了青藏高原。他放眼打量着青藏高原的样子：沙是灰黄黄的沙，石是青溜溜的石，山是光秃秃的山……沉寂的高原只有苍鹰在空中低旋，只有骆驼、黄羊、牦牛在四蹄疾奔。偌大的高原到处都是路，齐嵩的青藏高原没有一条路，难道这就是无人区吗？慕生忠将军率部向这里开进，行至沙漠的一条河流处，有人问："格尔木在哪里？"慕生忠将军拿出一把铁锹，往地上一插："这就是格尔木！"于是，这里成了修筑青藏公路的前沿阵地。在这里，筑路大军靠原始木轮马车开道，战士们紧握钢枪的手握起了铁锹、钢钎、铁锤。他们轮流打锤抡钎，青春的军装在悲壮的僵硬中，挥动阳光般炽热的十字镐，与满是顽冰的唐古拉作最后的决斗。他们虽然手上划裂了一道道伤口，却填平了一道道凹凸不平的路面。夜间，战士们以月亮作"天灯"轮番战斗，这劳动的强音压倒了山涧里的流水声，吓跑了自古以来在峡谷中乱窜的野兽。战士们的哲学是望穿黑夜就是黎明，填平险滩就是通途。

有了青藏公路，也就有了青藏线的诗与远方，也就有了雪原兵站的白天与黑夜。擦着夜色走在天路之巅的唐古拉山，我突然想起了从青藏线走出的军旅作家王宗仁的诗歌《唐古拉山夜灯》："藏北的夜／空寂／无人／我睁大漆黑的双眼／寻找光源／远方的远处有一粒亮光／把暗夜撞疼／我朝它走去／它离我越来越近／放大的美丽／我知道那是兵站的夜灯／专为四野的夜行人亮着的夜灯／冬夜已闭上眼睛／它亮着"。

　　汽车再次行驶在哈达飘摇的地方，我望着前进的路基，便看见火车穿过雪山草原。火车的轰鸣声代替了驼铃声，脚下的车轮与千百年前的足迹重叠，那些充满危险与恐怖的过程全被轻轻忽略，使同样有目的的行程没有了迷失方向的惶恐。

　　天路之行，脚下的故事写满了属于创造者的奇迹。青藏公路沿线许多地名，都是慕生忠起的，修到哪儿，起到哪儿。由于慕生忠的普通话讲得不标准，译电员将地名译走了样。比如可可西里，慕生忠取的是"霍霍西里"，译电员译成了"可可西里"；沱沱河（长江源头）因为沙多，人下到河里，沙子立刻就把脚面埋住了，像个鞋套，慕生忠便将此河取名为"套套河"，而译电员却译成了"沱沱河"。毛泽东主席还曾称赞这些地名很有革命乐观主义精神。

　　快到拉萨的地方有座陶儿久山，山下有一片旷野，名叫韩滩。这是慕生忠为修筑青藏公路累病而早逝的宁夏驼工小韩而命名的地方。慕生忠率领数百名筑路员工为小韩举行了葬礼。坚强的慕生忠落泪了："好兄弟，你走得太早！最苦难的日子都过来了，拉萨就在眼前了，我本想到拉萨亲手给你戴上大红花，可连这一天你也没等到……这地方就叫韩滩吧。"

生命中有些东西是不能被忽略掉的，走在这条路上，我看到了一棵树，那是一口气打了1944锤的壮士的栖息地。战友们为了纪念他，就在他的坟头上插了一根杨树枝。树枝在风雪的冲击下倔强地生长着，一年、十年、二十年过去了，树枝变成了一棵欲吻蓝天的大树。一天，儿子的母亲指着那棵大树对他说："这就是你的父亲。"他抱着树，行走在青春的征程上，在父亲修筑的公路上，他化作了一部永恒的历史。儿子当了汽车兵，一直从汽车兵当到团长，那年他四十岁，谁能想到四十个春秋的漫长岁月竟然会止于一场突如其来的雪崩？他去了，他所指挥的车辆安全地驶向雄伟的布达拉宫。这里又多了一座坟，又多了一棵同样的树。每当走到这里，我都会停下脚步，走上前紧紧拥抱这两棵树。这雪与血印证他们存在的昨天，我虽然没法握住他们的手，却抱住了他们伟岸的根。

依然是走在这条路上，我想起了青藏线英烈张鼎全作家记载于这条路上的文字："拖着千万辆汽车飞翔的不仅仅是这飘忽如缎的沥青路，它还是97位永驻昆仑山的英灵。不！不只是97位永驻昆仑山的英灵，还有近5000名带有高原性心脏病、高原性高血压、高原性肺气肿而凯旋的兵……"

我是在格尔木烈士陵园想起作家这段文字的，在烈士陵园，我还想起了筑路英雄张焕民营长。在两次青藏公路改建中，他明知自己肝脏有病，却仍然带领部队奋战在施工第一线。1978年的一天，当他带领技术人员爬上海拔5000多米的高山勘查料场时，突然腹部右侧痛得像刀割一样，他和往常一样用手捂住腹部，坚持爬上两个山头，直到选好料场才返回营部。这时他已筋疲力尽，一进门便栽倒在床上。当团领导把张焕民送到山下医院抢救时，他还说："我不能下山，工地上还不能没有我……"他对来看望他的同志说："放心吧！用不了几天，我还要重返工地……"但是，他哪里知道，罪恶的癌细胞正在吞噬着他的生命。说完这话的第二天，他就离开了人世间，他把自己的期望、梦想全都留在了昆仑山上，唯一的遗憾就是没有亲手把自己埋在昆仑山。

　　在青藏公路上行走，当我再次仰望远方时，一条路的故事都在复活。

天路出征

在青藏线上，雪的简历很简单，就一个字：风。只要有风的地方，随时可能下雪。

每当乘车途经唐古拉山的时候，看着漫天的雪花，我都会想起跟随汽车部队采访的那段经历。那是 2006 年立冬后的第一天，雪下得很大，车过唐古拉山的时候突然有一台车陷进雪窟里，四周白茫茫一片，风刮得人站不住脚。

我采访的车队里有个战士是第一次随老班长上线，班长命令他下车去铲雪，他一边拼命地铲，一边抹眼泪。小伙子本身身体壮实得像头小牦牛，自打上山以来，日夜奔忙，又不肯休息，眼里布满了血丝。雪越下越大，可能因为太过用力，只见他突然一下瘫坐在地上，我立即扶他起来，给他递了块面包、一瓶矿泉水，他咽下去几口，又接着干。车轮长时间打滑，他只好把大衣脱下来垫在轮胎上，才勉强把车开出来。我在一旁劝他："不要急，慢慢来。"我这一劝，只见他的眼泪一下子涌了出来。事后我开玩笑说："你要是再多哭一分钟，我的眼泪也出来了。"可能有人会问，为什么老班长在现场不去帮忙呢？后来我才知道这是一次上线考试，作为第一次上青藏线的战士都要经历的一次考试。只有战胜了风雪，把车顺利驶进拉萨，他才能过关。

如果说新兵的情感稍显稚嫩，那么老兵的情感多少有几分苦涩。采访中，我结识了一名有着十年军龄的士官老杨。老杨常年在青藏线上开车，一年下来与妻子团聚的时间屈指可数，结婚三年了还没有孩子。组织看他年龄越来越大，几次找他谈话，批假让他到内地大医院去好好检查一下。他每次都笑眯眯地说："还年轻，孩子可以慢慢要。"其实他心里也很纠结：当爸爸和工作究竟哪个更重要？最后他还是选择了在格尔木当一名汽车兵。

其实，老杨有不少下高原的机会。一次他回家探亲时去了一趟广州，一家运输公司的老板听说他在青藏线上开车，觉得他正是自己需要的司机，当即对他说："你来我的公司，最低给你月工资一万元。"这是他当时工资的两倍。老板表示，他不仅看重汽车兵过硬的技术，更认为能在高原上当兵本身就体现了一种卓越的能力和品质。老杨当时也有些心动，可当他一回到部队就后悔了，因为他明白自己身上这套绿军装的重量。他告诉我，他是穿着这身军装完成了从普通老百姓到一个青藏线军人的转变。从立正稍息、队列训练到言谈举止、军容风纪，从第一次上线执勤到带出十几个徒弟，这套军装承载着自己成长与快乐的秘密……

在汽车团有很多像老杨这样的老兵，他们在退伍前，即便换上了便装也依然会在连队帮助新兵检查车辆，排除故障。老杨回忆，车队有一个老兵临走时流着泪对营长说："营长！一定要把咱们连队带好，拜托了！连队有好消息，千万别忘了给我打个电话。"营长和这个老兵紧紧抱在一起，在场的人全哭了。

在汽车团，每个老兵都是一杆旗。新兵小刘一下连就被分到汽车三团一营工作，营长得知他文笔不错，便让他到营部当文书，可他执意要到连队开车，而且理由还很充分。他说："到了汽车团不当汽车兵，就等于白当一回兵。"小刘跟着班长老刘学开车。班长是出了名的红旗车驾驶员，性格刚硬，对他要求特别严。青藏线是检验汽车兵驾驶技术的大试验场，刚跟随老班长上线，他一上车就莫名地害怕，手一摸到方向盘就瑟瑟发抖。班长很有耐心，从不因为小刘学得慢而不耐烦，对车辆操作细节他都严格按照操作规程一步一步教，不急不躁，每一把方向，每一脚制动，都要求做得恰到好处。有时遇到紧急情况处理得不够完美时，他都一一纠正，不厌其烦地讲解。

小刘第一次上线，天很冷，由于上高原时间不长，对高原环境不适应，快到唐古拉山时，他昏昏欲睡。班长在旁边不停地提醒他，唐古拉山这个地方海拔高，如果睡着了就有可能再也醒不来了，还命令他不停地吃东西，增强抵抗高原反应的能力。在班长不停地提醒下，小刘坚持到了唐古拉山兵站。下车后，班长让他在山上慢走，后来他才明白，这是提高抵抗高原反应能力的一种有效方法。现在，无论什么时候上线，他都觉得这个"偏方"灵。班长告诉他，不要因为顺利爬上了唐古拉山就觉得没事了，其实困难多得是。青藏线天气喜怒无常，一路上阴晴不定。一次，小刘刚下唐古拉山就遇到了冰雹天气，冰雹像鸟蛋一样，噼里啪啦地砸在车窗上。雪上加霜的事就在此刻发生，他驾驶的车突然抛锚，他和班长只好下车，赶紧换轮胎，在冰雹中拧螺丝。平时换轮胎只需十来分钟就能搞定，而这次换轮胎却花了半个多小时。等车修好后，小刘的脸基本失去了知觉，手冻得红通通的，什么东西都拿不住，就连轻飘飘的馒头在他手中拿着也像座大山一样重。馒头没嚼几口，他就累得晕倒在兵站食堂里。班长把他背进卫生所，输液一整晚才逐渐转危为安。医生让他在兵站好好静养，可他就是不听，硬是和班长一道上线了。

其实，高原汽车兵也有柔软的一面。那年冬天，张老兵的妻子就要临产了，她是多么希望丈夫能与她一起共同迎来新生命的降临，但此时的张老兵驾车行驶在荒无人烟的青藏线上。说实话，张老兵此时比谁都着急，但因任务确实脱不开身，只有在心里干着急。天底下哪个丈夫不想守在妻子身边与她共同迎接新生命的到来？可当时他还在青藏线上执勤，不能撒下工作而去享受做父亲的快乐。直到孩子一岁，他才拖着疲惫的身子回到家看孩子。望着日渐瘦弱的妻子，他心里涌出一股难以下咽的酸楚。300多个日日夜夜，他不知道妻子是怎么熬过来的。张老兵在家里一句话都不敢说，生怕引出妻子的责怪与委屈。那些天，他就是拼命地干活，拖地、擦窗户、洗油烟机……似乎要把这几年欠下妻子的感情债全部还清。

休假的时间总是过得很快，他不得不带着歉疚再次走向了高原，驾车上线了。又是一次上线，又是一次走向不可预知的归期，他的感情会像他亲密的青藏公路那样平坦吗？生活的导演并没有宠爱这个汽车兵，妻子的散伙信比唐古拉山的暴风雪来得还要突然。离婚！一个只在电视言情剧中听到的词语，竟然真真实实地和张老兵的生活联系起来。至于离婚的原因，张老兵跟我说得很轻飘飘，工作忙、顾不了家、长期分居、婆媳矛盾不好解决，婆媳争吵时偏向谁都不行，但我细想，这又是大实话。他说这些话时满脸苦涩，我却始终没有找到恰如其分的话来安慰他。

青藏线上的每个汽车兵都是一部行走的书，书里的酸甜苦辣只有自己知道。汽车团一个大胡子排长在接受我的采访时，从上衣口袋里掏出儿子的照片给我看。他说："这小子很懂事，是个小男子汉，小小年纪就知道保护妈妈。一次妈妈的钱包被小偷抢去了，他二话不说，硬是拼命从小偷手中把钱包抢了回来，尽管受了伤，也没有输在一个'怕'字上。"

当提及儿子的病情时，大胡子排长一阵酸楚涌上心头，他忍不住把头埋在方向盘里，痛哭流涕。儿子越发懂事，他却对他越是充满愧疚。他的儿子患的是白血病，比较难治疗，除了休假，平日都是妻子带着孩子在老家治疗。妻子的苦他也知道，但只能把愧疚埋藏在心里。只有夜深人静躺在床上时，他才悄悄地从衣兜里掏出儿子的照片，在脑海里一次次回忆儿子甜甜的笑脸。可车队一出发，他又把这一切抛在脑后，全身心地投入到日复一日的运输工作中。进藏运输任务一趟接着一趟，回家的梦就在这来来往往的路途中一次次破灭了，儿子治病的最佳时期也一次次被延误。说到这，大胡子排长眼眶湿润了。情绪稍稍平息，他又面带微笑对我说："等转业了再好好补偿妻儿，未来一切都会好的。"

　　青藏线有多苦，汽车兵们都知道，那他们为什么如此留恋青藏线呢？其中的力量究竟在哪里？我好奇地问起大胡子排长。"对于我们汽车兵来说，路途就是生活，路上有多少惊险，我们就有多少胆量，我们的力量是对高原汽车兵身份的珍惜……"顷刻间，大胡子排长的一席话让我对天路汽车兵有了超越思想的认识。

五道梁的暖流

在千里雪飘的青藏线上，雪是季节的主人。五道梁这个地方盛产雪，也害怕雪。因为有太多的雪压垮了士兵的身体，还有过路的司机。

2018 年 12 月 27 日清晨，雪花已经赶在路上了，飘洒、落幕。没有阳光的早晨，雪花是亮丽的光影，也是迷人的陷阱。卡车司机倪师傅和妻子在五道梁吃饭休息时出现了高原反应，当天在车里过夜时忘记把车窗留一点缝隙，结果不幸在睡梦中失去了生命，这件事让很多人扼腕叹息。

雪是昨夜下的，可惜人们都在梦中。醒来后的五道梁官兵感觉山比过去重了，面前的雪下得像一场白茫茫的葬礼，大地托着一个没有文字的花圈，道路两旁是苍白的挽联。山的硬怎抵得过哭泣的凉？雪的白就是时间的白，落下的雪花再也飘不起来。雪的祭奠就是死亡的祭奠，擦肩而过的人们默默地在这场突降的大雪中鸣笛告别。

从那件事后，青藏线管线团官兵都在思考怎样汲取"雪"的教训，避免类似遗憾再次发生。这时团里的李老兵提议，将原油料检查点闲置板房改造成为民应急驿站，取名"雪域兵心"，作为向过往司机、游客提供应急救助服务的场所。想法一经提出，立即得到全体官兵的大力拥护，也得到了上级党委领导的大力支持。

清理卫生死角、修理桌椅板凳、检查用电线路、粉刷墙面……官兵们冲破风的阻力，擦去雪的脚印，一片片雪飘走的是期待，迎来的是温暖。在建设"雪域兵心"驿站的过程中，有的老兵把自己的被褥清洗、消毒后捐献出来，有的战友捐出了配发到个人的抗高反药品。一切准备就绪后，他们还在门口庄重地插上了一面鲜艳的五星红旗。

寒冷冻走了太阳，官兵们就把它找回来。从提出想法到驿站正式建成，用时不到半个月，一座"雪域兵心"驿站就开始迎接过客了。

"因为使命，我们官兵扎根高原无怨无悔；因为缘分，我们军民相识相知四面八方；因为艰苦，我们见证困难群众急切期望；因为初心，我们愿意竭尽所能倾力相帮！""雪域兵心"的外墙上，一封写给广大司机、游客朋友的信格外醒目。

信里还写明了"雪域兵心"驿站可以为大家提供免费的抗高反药品、高反人员临时吸氧、突发疾病应急救治、数码产品充电等服务。

一名从拉萨下行的安徽籍骑友从其他人口中得知了"雪域兵心"驿站，到达五道梁当晚就找到官兵"拎包入住"。"一路上我都是自己搭帐篷住，室外天寒地冻、风雪交加，夜里很难休息好，但没想到这里有水有电，还有暖气，实在太意外了！"

温馨的小屋面积不大，布局略显紧凑，摆放着桌椅板凳，还有脸盆水壶、床榻柜子、台灯插座，医疗药品和图书杂志也都是官兵们捐献来的。

"平时大家有空都会主动去驿站打扫卫生、增添物品，问问过往司机、游客有什么需要帮助的。"四级军士长刘老兵说，"在五道梁，很难见到生面孔，只要有人来，就感觉像亲人一样。"

官兵们最期待翻看的留言本就静静地摆在小屋的桌面上，里面密密麻麻写满了来自五湖四海的司机、游客的心里话。

游客"湖南摩托浪人"在留言本上写道："此次西部摩旅，时间过半，路上遇到了很多好心人，有藏族同胞、修路修桥架电工人，以及五道梁的官兵。你们很热情，自发组织为经过的路人提供应急帮助，这让我们非常感动。你们扎根高原，奉献着自己的青春，向你们敬礼！"

来自四川达州的一名游客写道："小战士再一次走来邀请我们进屋休息，此时我们已在风中站了快五个小时，滞留期间经历了下雪、下冰雹和刮大风。小战士的三次邀请让我们心里久久不能平静，这群最可爱的人用青春守卫着这里。在这样恶劣的环境下还有这样一群人，让我们感到了亲人般的温暖。"

"雪域兵心"驿站不是起点，也不是终点，但是它无声连接着拉萨与格尔木的春天。从驿站建成至今，官兵们已累计为百余名过往司机、游客提供救助和医疗服务。有一年春天，青藏公路由于交通事故和气候原因引发了长时间大面积的交通拥堵，此时的内地早已是春暖花开，但海拔4000多米的五道梁依然是冰天雪地。从早上9点开始拥堵，直至下午2点才交通恢复正常，官兵们戴着棉帽在寒风中为滞留的司机、游客提供姜汤、开水，他们还在现场为身体不适的司机、游客提供免费医疗诊治。刘老兵用传统针灸法为司机、游客缓解高反头痛，组织发放常用抗高反药品。临近中午，炊事班准备了热粥、咸菜，还煮了100多个茶叶蛋，并将这些东西送到群众手中，全力帮助滞留群众解决实际困难。

这是一场离春天最近的雪。这件事也启发了驻军领导，驻地基层点位分布在青藏公路沿线上，外地司机和游客来到五道梁、昆仑山口、唐古拉、安多等地，都容易产生强烈的高原反应，他们决定将这一做法推广到其他点位，让更多的司机和游客在青藏线上感受到温暖。官兵们说，无论风里雨里，世界屋脊的"雪域兵心"将永远为祖国、为人民跳动！

穿越遥远的春天

没有火车，家的方向被遥远的雪线拉得很长很长。以前从拉萨回湖北探亲，要乘坐二三十个小时的长途汽车才能到达青海格尔木市，然后再转乘火车回家，一路顺利的话也得四五天时间才能到家。

2006年7月1日，格尔木到拉萨的铁路全线贯通，终止了西藏不通铁路的历史，从此，青藏线有了日光月华的归宿。作为世界上海拔最高、线路最长、穿越冻土里程最长的高原铁路，它连接了原本遥遥相望的西藏和内地，将铁路时代铺上了雪域高原。

铁路的诞生，让藏族同胞爱上地图上的旅程。火车仿佛是行走的信徒、攀爬的蜘蛛侠，雪山、草甸子、湖泊是诠释信仰的一页页史册。不过他们走得再远，转经筒始终牢牢地握在自己的手里。

伴随着火车的轰鸣声，我首次乘坐火车从拉萨抵达西宁，这次去西宁的主要任务是参加青藏兵站部组织的新闻采访活动。此行共有十名来自兵站部各条战线的新闻工作者，到兵站部集合后，我们立即组成雪线采访团接受采访任务。作为常年活跃在青藏线上的新闻战士，我自然成为资深的向导。首次乘坐青藏线火车采访，我们的情绪异常兴奋，女兵们还高兴地唱起歌来。进藏火车和内地火车不一样，都是有氧火车，每个座位都配有吸氧装置，有专职医生，旅客一旦遇到高原反应马上就能得到专业救治。最重要的是，乘坐火车可以亲历这条堪称"世界屋脊"的高原铁路。

　　很快，我们来到采访首站地——长江源头沱沱河兵站，兵站沿线是藏羚羊、野驴和雪豹等野生动物的重要栖息地。过去，一些不法分子受利益驱使，四处盗猎，严重威胁了野生动物的生命安全。兵站官兵自发成立了野生动物保护巡逻小分队，轮流执勤，协助当地自然保护站工作。在采访中，我了解到这样一个动人故事。一次，兵站巡逻小分队发现了一只失散的小藏羚羊，就把它抱回营区，精心给小藏羚羊搭建了一个窝，官兵们每天争着给它喂肉、喂水。可是没过两天，小藏羚羊不吃不喝，精神忧郁。卫生员小张闻讯后，赶紧给小藏羚羊体检，发现有点发烧，而且小腿也受伤了，给它包扎后，小张这才放下了心。不到一周，小藏羚羊终于站起来了。经过一个多月的朝夕相处，小藏羚羊和兵站官兵已经成了亲密的伙伴。他们早就知道藏羚羊是国家一级保护动物，就决定将它放归草原。放归草原的那天，小藏羚羊围着院子徘徊了很久，不停地叫着，官兵们赶都赶不走。在僵持了足有一个小时后，小藏羚羊才在官兵们的注视中，恋恋不舍地离去，后来小藏羚羊只要想念官兵了，就会顺着兵站军号声找过来。

　　藏羚羊是高原的精灵，也是通人性的。兵站官兵其实也很想念那只可爱的藏羚羊，但是又不能收留它，怎么办呢？于是兵站有个炊事兵想了一个主意，他在藏羚羊头上挂了一个小铃铛，相当于兵站准入证，每隔一段时间，只要战士们远远听到铃铛声就知道小藏羚羊回来了。这时，战士们就会聚集到兵站操场上，和小藏羚羊共享美好时光。有一回，小藏羚羊突然在一个风雪交加的天气飞快地奔跑到兵站，铃铛声也变得急促起来，兵站门口执勤的战士见状，预感到一定有什么事情发生，立刻大声呼叫班长的名字，让他出门一探究竟。班长披起军大衣迅速出门，顺着小藏羚羊奔跑的足迹快速探寻，果然就在离兵站门口五百米处发现一个开着越野车的中年男司机师傅倒在雪窝里。此时救命要紧，班长立即将师傅背进兵站卫生室，经过卫生员检查，发现师傅是因为缺氧而导致昏迷，幸亏发现及时，否则后果不敢想象。后来，经过吸氧和打点滴，师傅很快转危为安。师傅醒来后告诉班长，他是内地野生动物保护专家，此行就是来做藏羚羊保护课题的。真是无巧不成书，这次他不仅近距离见到了可爱的藏羚羊，还被藏羚羊救了一命。师傅说，往后余生自己的使命就是研究藏羚羊保护工作。临走时，师傅向班长提出一个建议，让他把小藏羚羊头上的铃铛给取下来，理由是这样会让它在羚羊队伍里不合群，甚至成为异类，更会成为它奔跑时最大的"负担"。

说实话，因为高原记者的身份，我采访过不少藏羚羊保护者，也非常清楚藏羚羊的习性。对于藏羚羊来说，奔跑就是它的快乐，它们从站起来那天起便在高原上自由驰骋，尽情地展示顽强的生命力。每当看着藏羚羊那轻盈而有力的身姿在高原上跳跃，听着它们奔跑时发出的清脆蹄声，感受着高原风在耳边呼啸而过的畅快，那一刻，我仿佛与这片土地、与这些生灵融为一体，共同呼吸着这片高原独有的气息。

班长很快领会了师傅的意思，决定召开班务会商议卸下小藏羚羊铃铛的事，结果多数人同意师傅的建议，就这样小藏羚羊的铃铛卸下了。后来小藏羚羊长大了，再后来怀孕了，它来兵站的次数也越来越少，但它的故事永远留在了雪原深处。

在兵站采访时，兵站野生动物保护巡逻小分队队长说起保护藏羚羊的事一脸骄傲。他说，每年5月至6月，分布在可可西里一带的雌性藏羚羊集结成群，长途跋涉前往卓乃湖、太阳湖等地产崽，每年有两万多只幼小的藏羚羊降临在可可西里这片神秘的土地上。一个多月后，雌性藏羚羊再带着新生的小藏羚羊返回原栖息地。为了让藏羚羊母子安然地回归故里，汽车兵们停止了喇叭声，兵站也停止了播放高音喇叭，每次集会传达任务都由兵站通信员传达信息。这些细致入微的工作，使国家一级保护动物藏羚羊带着它们的新生儿女欢快地通过青藏铁路，欢快地重归故里。

告别沱沱河兵站一路向西，我们采访团来到了素有"风城"之称的安多。安多位于唐古拉山脚下，平均海拔4000多米，这里的天气常常阴晴不定，云霭低垂，雪山与乌云连接处仿佛不断地制造着天地之合，带来诸水汩汩奔涌，在广阔的塘坝里肆意横流。安多的壮美是流动的，青藏公路、青藏铁路纵贯羌塘草原，穿越唐古拉山。长途货车、高原火车行于其上，往来奔驰不绝。现代交通书写的画卷明快、亮丽，勾勒出新的历史图景。青藏公路，1954年通车，改变了西藏人民千百年来人背畜驮的运输方式，在"人类生命禁区"的世界屋脊创造了公路建设史上的奇迹。格拉输油管线，1977年竣工，为全球海拔最高、距离最长的输送成品油固定管线。兰西拉光缆，1998年开通，被称作"世界通信史上施工条件最艰苦的工程"，它以最小的代价、最快的速度和优异的质量创造了世界通信建设史上的奇迹。

世界上总有许多极致的东西，让人欢喜，也让人望而却步，安多的壮美便是其中之一。我敢说，内地人能在安多扎根的绝非一般人，据说许多常年在青藏线的司机宁愿赶夜路，也不愿在安多住宿。当我坐着火车来到兵站的时候却看到了另一番景象，兵站再也见不到昔日的荒芜，广场上大大的音响和着涓涓的泉水不断传出悦耳的乐声。从《我心依旧》到《命运》，每首曲子都让人神驰在五彩斑斓的音符里。广场周围有一些花坛，花坛里面有各种各样的鲜花竞相吐蕊，似乎在向每位到来的客人倾诉美的意义。

兵站的变化还被呈现在超市的货架上。汽车兵们可以在超市给女友、爱人买一件藏式旗袍，既高雅又实惠，给老人买一顶皮帽或买一双皮靴，或给小孩买项坠、手镯等。货架上摆放的还有牛头、羊头、手工织毯、牛皮画，都是赠送亲友的佳品。藏区最难得的灵芝、虫草、藏红花、红景天、麝香、熊胆等药材也可以在超市货架上见到。

一路前行，进入我们采访团视野的，或是苍茫的高原荒野，或是覆盖着冰雪的巍巍群山，或是厚厚冰雪覆盖着的小河。很多地方没有一片绿色，没有一只飞鸟，甚至看不到生命的迹象，但是兵站官兵们都很乐观，他们以爱站如家的炽热情感，在艰苦的环境里找到了春天的风雪，也唤醒了春天的风雪。

采访结束，离开青藏高原时，我抬头看见一辆火车正穿越春天的风雪。

第四辑

远方的烟火

高原兵站的炊烟

总是和黎明一道升起

和星星一道睡去

那袅袅炊烟下

有保障有力的秘密武器

有战友们征战沙场的火热胸膛

有一个炊事兵的诗和远方

远方的烟火

　　提起炊事兵，相信大家都不会感到陌生。他们整天围着灶台转，与锅碗瓢盆为伴，经常从早上忙到晚上，很少休息。他们所做的一切只为了战友们能够吃得开心，吃得健康，保证战友们的战斗力。

　　从军十六年，我最美好的青春留在了青藏高原，最火热的情怀献给了天路兵站，虽没有上过战场冲锋杀敌，但守卫和平的日子一样令我难以忘怀。

我是炊事兵

在高原兵站，我的第一个岗位是炊事兵，没想到我会在这个岗位上一干就是整整十年。十年来，那身洁白的炊事服不知留下了多少油盐酱醋的味道。炊事班的工作细致而又繁重，为了保障汽车部队能吃好饭，我几乎每天早上都要提前两个多小时起床，简单洗漱后来到操作间，开始为战友们准备早餐。那时叫醒我的不是闹钟，而是一名炊事兵的职业习惯。

都说炊事工作是众口难调，我认为众口虽难调，但并不是不能调。要想把饭菜做得一称"百人心"，先得摸透"百人心"。我先从汽车部队的生活习惯入手，每次开饭都在饭堂里仔细观察大家吃饭的表情，业余时间主动到连队里征求意见，新兵来了我就逐个问，了解他们爱吃什么、不爱吃什么。慢慢地，我基本掌握了连队来自东南西北兵的口味，在自己的心里建立起了一本"口味账"，做饭时也就有了谱。为照顾不吃辣的同志，在放辣椒之前先盛出一些不辣的。夏天凉拌一些可口的凉菜。汽车兵劳累后就注意改善食品花样，备一些开胃增欲的葱、蒜和小咸菜。有时兵站或汽车兵有病号，我查书或请教医生，看病号吃什么饭合适，给消化不良的同志吃稀粥，给肠胃不好的同志做青菜和烂熟的食物。我还根据汽车部队官兵体力消耗热量情况，自创了既营养又科学的各种滋补鲜汤，让汽车部队官兵吃得满意。

在我当兵第十一个年头，正在主持炊事班工作的时候，我突然接到一个命令，让我立即到拉萨大站司令部报到。军令如山倒，执行是对军人最底线的要求。临走前，我把汽车部队官兵最喜爱吃的辣椒酱和开胃小菜秘方，毫无保留地传授给了炊事班的新同志。

当菜刀、勺子已不是我工作的重心时，我干起了与做饭完全不同的文案工作。我曾跟战友开玩笑说："在炊事班我干过红案、白案，如今又要从事文案工作，看来这辈子是离不开案子了。"

说实话，对于到司令部工作我是没有思想准备的，心里直打鼓，主要是担心干不好工作。后来，参谋长一直鼓励我说："只要肯学，就没有办不到的事，人都是被逼出来的，我就不信活人能被尿憋死！"参谋长说话嗓门很大，符合他直爽的个性。

接下来的半个月时间里，我每天的工作就是翻阅过去司令部办理过的文件。对于公文写作，我以前接触得并不多，只是偶尔给兵站写写倡议书、决心书之类简单的材料。参谋长早知道我以前零零碎碎写过一些散文、诗歌、报告文学等，对于公文写作，他知道我以前接触得少，在基层也没有时间和机会练练笔。于是他关切地对我说："小黄，你还得下一番苦功夫，我给你半个月时间适应，到时再检验你学习的成果。"我的回答也很干脆："参谋长！请放心，保证完成任务！”

　　表决心很简单，只需要张张嘴、拍拍胸脯，可是写材料远远没有想象中那么简单，再说参谋长是个极其认真的人，这我早有耳闻，所以在学习公文写作时，我不敢有半点马虎。其实我与参谋长相识是在他任某汽车团教导员的时候，那时我是某部联合运输办公室联络员，因为是老乡，方言接近，业务来往频繁，我们很快就熟悉了起来，还经常聚在一起聊家乡变化、部队见闻、兴趣爱好等。

　　我们都爱好文学，他还在某汽车团任过宣传股股长，那可是个玩“笔杆子”的地方。共同的兴趣爱好让我们的距离一下子拉得很近，他说他读过我的散文集《走在雪域阳光里》，而且买过这本书。我感到非常惊讶，虽然我们同属一个师部，但部队远隔千山万水，他能读我这个“无名小辈”的书，让我倍感荣幸，并为他能关注我这个小兵而更加觉得他可亲可敬。对他这些不深不浅的印象，我一直在脑海里保存了好些年，如果他不担任我的领导，我可能就会与他擦肩而过，下文自然也就没有了。记得从他担任营长时我们便失去了联系，一是因为他工作繁忙，二是我到总后创作室跟班学习了一年。往往事情就是这么微妙，如今他成了我的领导，我曾暗自欣喜，原因是跟着参谋长一起工作很痛快，也很有挑战性。回想在司令部工作的两年里，我接触最多、帮助我最多的人就是参谋长，他不仅让我懂得了公文应该怎样写，怎样才能写得更好，更重要的是材料以外的东西，那就是做人，尤其是如何做一名青藏线军人。一起工作的两年里，从他的身上，我感受最深刻的是“责任”二字的分量，参谋长是一名从基层普通士兵成长起来的干部，历经基层连队的摸爬滚打，更能深切地感受到战士的苦衷。他说："参谋长作为管兵的干部，如果不知道兵在想什么、需要什么就是严重失职。"

所以，即使工作再忙，他一个月都要下站好几回，每次与战士交流，他都能找到在办公室里百思不得其解的问题的解决方案。司令部工作事务性强，学习充电的时间都在晚上。我到司令部工作后，总能发现参谋长办公室里亮着灯，起初还以为他出门时忘记关灯，时间长了才知道他有"挑灯夜战"读书看报的习惯。学习中，发现好的文章他都摘抄下来，分门别类地建立各种卡片。在司令部，大家都佩服他那股认真劲，但也有少数同志惧怕他那股认真劲，我就是其中一个。记得一次在给一个战士开退伙通知单时，我由于一时疏忽，多计算了一天的伙食费，被狠狠一顿批。还有一次，他在汽车排检查车辆，正好赶上一名新战士在修车，由于新战士不熟悉情况，把一个如绣花针大小的零件随手扔进垃圾桶里，他发现后硬是让战士把零件找出来放进工具箱里。他感到事情虽小，但反映的问题不小，以此为例，他对汽车排战士进行了"爱装管装"教育。

参谋长对我十分信任，他说这种信任源自我的细心。"小黄写的稿子不一定是最好的，但基本没错字。这些年和小黄在一起最大的好处是不需要闹钟，不会担心开会迟到，因为他会随时叫醒我……"参谋长这些肯定的话语，一直激励着我兢兢业业地工作。

在司令部工作六年后，我光荣地退伍返乡。那是2014年的冬天，刚刚脱下军装的我转业分配到随州日报社任记者，成为一名新闻兵、一名党媒记者。从一开始，我的工作职责便贴上了社会责任的标签，盖上了新闻使命的印戳。在抗洪抢险一线，我用笔尖和镜头找到新闻兵的站位。在脱贫攻坚一线，我用双脚和毅力负起新闻兵的使命……为了一条新闻线索，我常常辗转于城市和乡村的各个角落。虽然每天工作很累，但心境变得安详、超脱。

人生就是这样，每一点努力都会见证新的成长。在报社工作两年后，我的工作岗位再次面临调整，进入随州市纪委监委宣传部工作，从此成为纪检宣传兵。在宣传岗位上，我以高原兵的激情乐此不疲地工作着，留下的是圆满完成任务后的欣慰和欢笑。从事纪检宣传工作五年来，我也亲身感受到了这个大家庭的温暖和亲人般的关怀。一次，我父亲重病住院，就在此时，收到了纪委领导发来的微信："小黄，你安心照顾父亲，不要为工作担心，祝你的父亲早日康复。"当看到这条充满温情和关心的短信时，我的眼睛湿润了。后来父亲出院后，领导和同事们还纷纷来家中探望。组织和同志们的关怀都记在心里，我无以为报，只有更加投入地工作。

人到中年，常常会不由自主地回忆起自己年轻时所走的路。我深感这些年我踩得最深的脚印是兵的足迹，最怀念的也是兵的身份和那段永不消逝的军营时光。我始终不会忘记参谋长在我离开高原前对我说的话："作为高原兵回到了家乡，尽管海拔降低了，但工作标准不能降，兵的站位不能降。"

如今我离开青藏线部队八年多了，每每回首走过的路，当兵的经历就像烙印一样刻在我灵魂的深处，时刻映出"我是一个兵"。

炊烟里的军魂

在高原兵站当兵十六年，我深深地被兵站炊烟背后的故事所打动。那是一次偶然的机会，大站领导派我整理站史馆资料，在整理资料时，我读懂了拉萨大站原政委郭生杰与兵站"四菜一汤"的故事。

时间回到1986年春，四十六岁的郭生杰正在为心中的梦想而四处奔忙。他决心通过努力让拉萨大站所属五个兵站全部执行"四菜一汤"的伙食标准，这在当时几乎是一个遥不可及的梦。

为实现这个梦想，郭生杰决定带领官兵分阶段推进实施，按他的计划，将在两年内使每个兵站的伙食标准达到"三荤一素一汤（四菜一汤）"的目标。他制订了两套完整的方案：一是开荒地、建蔬菜大棚、养猪养牛养羊，实行自产自给；二是召开兵站伙食保障大会，统一思想，形成方案，向"四菜一汤"发起总攻。

一切有条不紊地进行时，大站军医拿着化验单出现在会场外，军医手里的化验单显示郭生杰的病情已到了最后的施救期，随时面临生命危险。这时兵站领导才知道，眼前这个像打了鸡血的政委竟然患上了严重的肝萎缩。

军医见自己怎么劝说政委住院都没用，于是让五个兵站站长轮番做他的工作，他这才勉强答应住院治疗，条件是不能超过一个星期。

住院那些天，病痛把他折磨得不成样子，整个人全身肿胀，人已脱了相，但坚强的他在疼痛难忍的时候仍然咬牙忍着。渐渐地，他对剧烈的疼痛失去了知觉，医生说这是不祥之兆，他却始终没有把疾病当回事，他相信奇迹一定会出现。实在是还有太多的事情等着他回去处理，尤其是他最关心的"四菜一汤"的事。躺在病床上，他对前来探视的老首长说："我得再干几年，等兵站伙食改善了，再转业或调到内地去好好养病。"

躺进医院的第一天，郭政委就被医生挂出"黄牌"，报了病危，但他仍然对自己的病情很乐观。他对来病房看望他的官兵如数家珍地念叨着："要自力更生改善兵站的伙食，要坚持自己捕鱼、种菜、磨豆腐、生豆芽……"官兵们望着政委日渐消瘦的身子，心头泛起阵阵酸楚。

"可以说，他的身体是被自己拖垮的，我劝了几次他都不听，假如早点去西安治疗，他或许还真能创造奇迹。"郭政委的随行司机回忆说。1986年2月中旬，郭政委本来准备到西安去检查治疗，可到了西安，工作会、政工会、工程会，一连好几个会，他不愿站里再派人赶来参会，自己都一一代劳，接着又马不停蹄地赶回去组织传达落实。

会议刚传达完，上级又来人检查工作，他亲手写汇报材料到凌晨四点。他说机会难得，上级领导来拉萨一趟不容易，一定要认真地准备，把官兵心声和兵站建设中需要解决的问题作个详细汇报。可他哪里料到自己的生命已到了尽头？住院不久，郭政委的病情突然恶化，需立即抢救，抢救时需要紧急输血，大站二十多名战士纷纷来到医院为他献血，但插在血管里的针头已流不进血液了。这时他的最佳搭档王站长来了，他吃力地睁开眼，握着王站长的手说："对不起！我把担子留给你一个人了，希望你领着大伙早日实现'四菜一汤'的梦想，这是我最后的愿望！"

1986年6月3日傍晚，微风吹拂着天蓝色的窗帘。郭政委最后望了一眼窗外夕阳映照下银光闪闪的雪峰，匆匆地走了，永远离开了他奋战二十八年的高原军营。

郭生杰带着遗憾走了，留下了他最放不下的妻儿老小。妻子刘秀英是他的同乡，十八岁嫁给郭生杰。早年，妻子还没有随军资格，他在青藏线上开着汽车连续奔波，妻子就带着子女在陕北的黄土地上艰难生活。熬到随军，也难得团聚。妻子在格尔木，离他2000里，女儿是哑巴，格尔木没有聋哑学校，可女儿十岁了，该上学了。父亲没空，母亲独自把女儿送到西宁的聋哑学校去寄宿读书。

还记得几个月前，他到西宁开会，匆匆看了一次女儿。女儿在聋哑学校，离母亲2000里，离父亲4000里，一年到头难得见到父母，一下子扑到父亲身上就哭了。不会说话的女儿，哭泣的声音跟会说话的孩子是不一样的。那哭声中蕴含着一种独特的韵律，仿佛是在以另一种方式诉说着她心中的故事。此时，父亲也泪流满面。

　　但是，只能匆匆一见，父亲甚至没有带她上西宁的大街去转一转买点什么，就要分别了。分别的时候，已经十二岁的女儿忍住了哭泣，泪水汪汪地举手跟父亲再见……这是一个从小就学会的动作，她生在高原的军营，在还被母亲抱在手里的时候，每当车队出发，就有家属抱着孩子到营房门口来送行。

　　"再见！跟爸爸说再见！"在这里，这是一句祝愿、一句吉利话。平均海拔4000米以上的青藏线，年平均气温在零摄氏度以下，冰封雪阻，什么样的危险都有可能发生。女儿说不出来，但女儿从小就学会了"再见"这个动作。西宁匆匆一面，爸爸又要走了，哑女含泪举手再见，这是对爸爸的祝福！现在，这一对父女，一个在青藏线的起点，一个在终点，遥隔4000里，还能再见一面吗？

　　妻子刘秀英随军后在军中的家属缝纫组为军人缝补衣服，在军营的加工厂、军人服务社都干过。丈夫去世后，组织上把她调到西宁，以便照顾哑女。与此同时，在格尔木读书的儿子也转学到西宁。刘秀英自己在陕北农村只读到四年级，现在丈夫去世，留下哑女和学习成绩很差的儿子，刘秀英嘤嘤地哭了："生杰，我怎么办啊？"

　　好在有一个女儿长大后考上了西安第四军医大学，1990年毕业时，根据总后勤部对老高原子女的特殊照顾政策，女儿郭莉敏可以分配到北京的解放军医院工作。但是，刘秀英要求让女儿回来。

　　我见到刘秀英时，她告诉我："兵站部的部长王根成把我叫去，骂了我一顿。"当时，王部长说："人家想要调北京还去不了，你要让女儿回来？"刘秀英说："我没办法，还有一个哑女没工作没出嫁，我一个人怎么办？"部长说："你就为了你自己，不为女儿前途着想？"刘秀英于是流着泪说："好吧，那我不叫她回来了。"

可是，女儿撇不下守着寡拉扯几个孩子长大的母亲，写信回来说："妈妈，我从小在高原长大，我就去支援边疆吧！"女儿自己要求分配回来，至今在高原医院。

这也许就是"藏二代"的无奈。正是这一代代青藏线人的无悔付出，才换来青藏线美好的明天。

郭政委生前最担心的"四菜一汤"早已成为过去，现在连火锅、自助餐、西餐也上了战士的餐桌。为了把部队建设成汽车兵的温暖之家，全站官兵在他举起的旗帜下集思广益、锐意进取，探索出食宿接待正规化、科学化的新路子。目前的大站，不仅是后勤保障的拳头部队，还是竞技成才的摇篮。

如今郭政委与"四菜一汤"的故事很少有人提起，但他的精神还在大站延续着。每当新兵下连，参观站史馆是必不可少的内容，我作为站史馆讲解员，每次都会认真讲述郭政委与兵站炊烟的动人故事。每次讲到最后，我都要重复那句话：郭政委的这份档案里还装着他醒来的梦想和活着的灵魂。

风雪里的奇迹

盛夏时节，假如你乘坐火车进入西藏，当火车经过那曲站一路南行时，透过车窗你会发现，这里的牧草更加茂盛，周围的高山也因这些青草而显得柔和、润泽。

当雄县处于这辽阔丰润的草原中，犹如美丽的雪莲花盛开在藏北草原上，而当雄兵站的营地就驻扎在这里，这里也成为兵站官兵艰苦创业、不断书写荒原神话的起点。历史的车轮转向1956年3月，念青唐古拉东麓的当雄河畔，兵站第一任站长常元堂身后，齐刷刷地站着他精心挑选出来的十几名战士。地上摆放着兵站的全部家当：一个水桶、两口铁锅、三把菜刀、六顶帐篷。建站当日，常元堂抡起铁锤，砸下固定帐篷的第一颗铁钉，自此一座帐篷兵站定格在藏北草原上。

当雄兵站刚刚建成时，除了雪山下长着一些青草外，连一棵树都找不到，于是官兵们开始做起植树的梦。树种了一棵又一棵，却没有成活的。有一年春天，冰雪消融的时候，一个兵站战士发现他从内地背来的一棵小树苗竟奇迹般地冒出了一点小小的绿芽，他喜极而泣，连忙跑去把他的发现告诉每一个战友。很快，全站官兵都围在小树边快活地欣赏着难得的绿色生命。战友们知道那名战士为这棵树所付出的辛劳后，还专门把他的事迹创作成小品搬上兵站春节联欢晚会上。

许多年过去了，小树苗在官兵的精心照顾下茁壮成长起来，给官兵们带来了绿色的希望。后来，当那个战士面临退伍时，兵站领导问他有什么要求，他说："我只希望每年的今天都能收到一张这棵树的成长照片。"

"在雪域高原种树，种的是心，是一种责任。"这是兵站教导员挂在嘴边的话。于是他把兵站的每棵树都分包给战士来看护，战士们又给每棵树取了一个好听的名字，并在红布条上写了树的名字，然后小心翼翼地系在树枝上。于是每棵树都有了梦想。兵站司务长初到兵站时，朝着太阳升起的地方，种下了一棵叫"向阳"的杨树，希望它能够一直向阳生长。兵站二级士官张班长已经在兵站种下了九棵树，第十棵树是他种得最艰难的一棵。因为不久前他和女朋友分手了，内心非常痛苦，他希望能够遇到一个真正懂他的女孩，于是他将第十棵树取名为"转运"。三级士官老董比他幸运多了，去年种树的时候盼着和女友结婚，于是将他亲手种的这棵树取名为"正果"，果然愿望实现了。今年又喜得贵子，他便将这棵树的名字改为"双喜"。

回顾、追溯，建站初始不仅生存环境差，物质条件也十分艰苦，那时想吃一顿饱饭都是件很困难的事，餐桌上一年四季都是脱水蔬菜。当时，炊事员王开维、胡德芝夫妇心疼官兵，不由得萌发了生豆芽的念头。种子发芽，原本是自然而然的事，可这里天寒地冻，除了贴在地皮上的芨芨草，什么植物也看不到。于是，他俩抱着试一试的心态，按家乡的办法，把黄豆放在铁桶里，每天浇水、观察，盼着奇迹出现。由于气温太低，前几次，白嫩嫩的豆芽没见着，见到的却是生了霉斑的黄豆。尽管有些失落，但夫妇二人并未放弃。总结经验后，胡德芝找来装罐头的木箱，选用当年新进的豆子，放在火炉旁。一天、两天、三天，豆子由黄变白，渐渐地鼓胀起来。第四天，当看见嫩白的豆芽时，胡德芝的眼泪不禁夺眶而出，她成功了！

当大家品味着鲜嫩的豆芽菜时，一个新的创意又开始在夫妇俩的头脑中酝酿——在兵站养猪。可猪苗从哪里来？休假结束后，王开维从四川老家背来了一个沉甸甸的背篓，里面就装了一只小猪崽。头几天小猪崽吃食还挺欢，可没出一个星期就蔫了。那时，要在驻地找个兽医比登天还难，尽管夫妇二人细心照料，但没过多久，小猪崽还是"牺牲"了。

第二年，他俩又从老家背来两只猪崽。"死一只，总还能剩一只吧。"经过上次的教训，他们给小猪垒了个背风朝阳的窝，找来一大堆旧棉絮、破麻袋垫在窝里，每天定量定时喂养。没出一个月，两只小猪油光水净，渐渐长大起来，后来母猪还怀了胎。从此，官兵们吃上了新鲜猪肉。

王开维夫妇的成功经历为当雄兵站开了一个好头，官兵们的脚步便走得更大胆、更自信了。

世界上所有的第一都来之不易，在高原种菜也一样。经过大风、冰雹、低温的考验，官兵们找到了在高原种菜的窍门：菜种出苗后，到了夜晚或遇到天气变化，及时用草席遮盖；待菜"发育"时及时施肥，最好施牛羊粪。这是官兵们的集体智慧，接地气且管用。

如今，西红柿、油菜、白菜、青椒、香菜等都在"五谷蔬菜不能生长"的藏北草原扎下了根。

当雄兵站种菜的经验后来被当地农技站的研究员编辑成书在当地推广，当地群众称赞他们"解决了藏北牧民世世代代未能解决的大问题"。

我是以一名军事记者的身份走进当雄兵站的，在兵站采访的日子里，我深深地为他们艰苦创业的故事而感动，从他们身上我深切感受到"老西藏精神"已浸入兵站官兵的血脉，成为他们永恒的追求！

开花馒头

2022年4月的太阳还没探出头，一场突如其来的疫情降临随州，由于身在封控区，我不得不居家隔离。宅家时间长了，就想找点事干。我突然想起高原兵站的主食——开花馒头，于是通过社区代购买来面粉和酵母，首次在平原蒸起开花馒头来。

"爸爸，爸爸，馒头真的开花啦！馒头开花啦！"看着五岁的儿子捧着馒头手舞足蹈的样子，我的思绪一下回到了高原炊事班。

"过了唐古拉，馒头就开花。"常年在高原奔波的青藏线官兵都知道，这说的是安多兵站"馒头大王"徐庆蒸的开花馒头。我当兵时徐庆刚从炊事班班长被破格提拔为司务长，他的故事就像开花的馒头，成为兵站美丽的传奇。

认识徐庆那年他虽只有二十八岁，但看上去有点老相，高原的风把他原本年轻的脸吹得黑一块、紫一块。他的眼角过早地爬满了鱼尾纹，脊背有点驼，手上裂出一道道血口。然而，历经十年部队洗礼的他始终把扎根高原、立足三尺锅台建功立业作为人生准则。和许多高原战士一样，他怀着到军队这所大学校学一点过硬本领的想法，于是打算应征入伍，来到了拉萨大站。新训结束后，他向连长主动申请到拉萨大站自然环境最差、气候最恶劣的安多兵站去锻炼自己，磨砺自己。安多尽管是藏北的一座县城，但高原上的县城还不如四川老家的一个乡镇繁华。刚到兵站那阵子，由于气候干燥，他几乎天天都在流鼻血；由于缺氧，他明显地感到脑袋又胀又沉，胸口像压了块石头，气都喘不过来，走路像喝醉酒一样，深一脚浅一脚，一天到晚昏昏沉沉，没有食欲，晚上难以入睡。面对如此差的自然环境引发的严重的高山反应，他当时很沮丧，但一想到越是艰苦的地方越能锻炼人，他的心里就舒坦了。

在兵站，他被分配到炊事班工作，这就意味着长期要与锅碗瓢盆打交道。当时，他脑子里怎么也转不过弯来。如果要学烹调技术，他可以去地方的宾馆、大酒店学，根本用不着违背父母的意愿，千里迢迢到西藏来当"火头军"。况且，他在家对烹调技术就不是很热衷。这期间，兵站教导员见他整天闷闷不乐的样子，便关心地对他说："小徐，你是病了，还是遇到了不愉快的事？"面对教导员的询问，他坦率地说："我既没有病，也没有遇到不愉快的事，只是觉得当兵前的愿望与现实相差甚远，而且兵站的条件差，生活枯燥单调，所以不想干了。"为了让他安心下来，教导员不厌其烦地给他讲"三百六十行，行行出状元"的道理。教导员还对他讲，老兵刚上青藏线时，住的是地窝子，吃的是脱水菜，喝的是雪水，他们靠"三石一顶锅、四石一顶案"，风餐露宿，在人迹罕至的青藏高原先后修筑了青藏公路，架设了国防通信线，铺设了地下输油管线。教导员还拿来《昆仑英豪》《风雪青藏线》等反映青藏线官兵艰苦奋斗的书让他看。通过教导员的帮助，他慢慢认识到，自己的这种状态与青藏线的前辈们相比，无论是思想境界还是工作作风都相差甚远。他想到，老兵们能在极其艰苦的条件下扎下根，创造出人间奇迹，现在的条件比过去好多了，我为什么不能安下心来为部队建设尽些力，干出一番成绩呢？从此以后，他决心面对现实，一门心思干好自己的本职工作，潜心学习和钻研烹调技术，全力以赴地为汽车部队的战友们服务。从那时起，他认定一个目标：在三尺锅台上实现自己的人生价值，用勤劳和智慧去吹奏最美的锅碗瓢盆交响乐。

　　作为兵站的一名炊事员，最基本的职责就是为汽车兵做好饭、服务好。这既是汽车部队评价兵站工作最基本的标准，也是制约兵站建设发展的瓶颈。说实话，要在安多兵站改善伙食很不容易，单是馒头这一关就很难攻破。由于安多海拔高、气压低，兵站很长一段时间里蒸出的馒头不是又黄又硬，就是黏黏糊糊的。汽车兵起早贪黑地跑车，本来就很苦很累，而在兵站连一个松软的馒头都吃不上，这怎么说得上为汽车兵服务呢？每当看到汽车兵痛苦地咽着馒头时，每当看到汽车兵由于难以咽下那黄硬的馒头而常吃方便面时，他的心便隐隐作痛。于是他想，要是能让汽车兵在安多吃上可口的开花馒头该多好啊！为了早日实现这个愿望，他下决心在安多攻下开花馒头这个难关。俗话说："世上无难事，只怕有心人。"他说："前人能在高原上创造人间奇迹，我就不相信在安多这个地方蒸不出开花馒头！"刚开始，他仅凭热情，用大火、多加碱、多放气的办法来蒸馒头，可是蒸出的馒头不但不开花，反而像蜡黄的玉米饼子。这免不了要受到冷嘲热讽，有的人在私下议论："徐庆这小子出什么风头？那么多炊事员在安多蒸了十几年的馒头也没有蒸出开花馒头，他逞什么能？"无论别人怎么议论，他都认为，只要能改善汽车兵的伙食，这个"风头"就该出。

于是，他便给母亲发了一封加急电报，让母亲从家里寄来了《面点制作技术》《厨师须知》等几本烹调方面的书。一有空闲，他就认真学习，对照书中的理论，在具体操作上反复实践。终于，他总结出了一套前所未有的用 pH 试纸来判别发酵面团酸碱度的新方法，打破了前人尝、听、抓、拍等传统的"感观方法"。他蒸的开花馒头终于成功了，从此结束了汽车兵在安多兵站吃不上松软馒头的历史。

一个炊事员最大的悲哀莫过于他所做的饭菜没有人动筷子，而最大的快乐莫过于他做的饭菜都被人吃得一干二净。这一点，他感受最深。当初，他蒸的"铁馒头"被汽车兵毫不吝惜地扔进了猪食桶里，而开花馒头成功以后，大家的食欲大增，一人一顿可以吃下好几个。汽车兵们纷纷反映"过了唐古拉，馒头就开花"，临走时还要带上几个在路上吃。当炊事员近十年来，根据兵站接待餐次，他蒸的馒头累计约 5 万笼屉。蒸这些馒头，需要至少 25 万斤面粉，用 10 吨的大卡车来拉的话，可以拉 20 余车。这个数量是十分可观的，其中凝聚着他的多少心血和汗水是外人所不知的。但与此同时，蒸这些馒头所带来的欢乐也是一般人难以体验和享受得到的。由于他蒸的馒头在站里甚至青藏线上已有名气，于是汽车兵送给他"馒头大王"的雅号，有的战友还亲切地称他"馒头班长"。听着这些称呼，他感到这既是一种鼓励和褒奖，又是一种压力和鞭策。为了进一步改善汽车兵的伙食，他决心知难而进，再创佳绩。

刚让汽车兵吃上开花馒头的徐庆，脑中又在想着一个计划，今年一定要让汽车兵吃上我们自产的新鲜蔬菜。以往兵站要吃点新鲜蔬菜，必须到千里之外的羊八井或拉萨去买。由于路途遥远、价格昂贵，兵站所购的蔬菜远远满足不了过往汽车兵的需求，所以在兵站的餐桌上，吃得最多的是土豆、萝卜、粉条和罐头，鲜菜极少。每当看到汽车兵你让我我让你，将仅有的一点青菜让给新兵时，他的心里便有一种说不出的滋味。所以他决心在蒸好开花馒头的基础上，力争在兵站做出经济实惠和受汽车兵欢迎的特色菜。根据兵站的条件，他首先与炊事班的同志利用业余时间修复了一台已尘封多年的磨豆腐的机器，然后自学磨豆腐，并用自己磨出的豆腐给汽车兵做出了色鲜味美的砂锅豆腐。当然，特别受到汽车兵欢迎的还是他以绿豆、花生米、小米、红枣等原料熬制的八宝稀饭了。

经过和战友们的努力，兵站的伙食有了很大改善，但此时的他并未因受到战友们的夸奖而自满。为了更好地改善汽车兵的生活，他还不断地向当地的厨师取经，学会了生豆芽、炸春卷、做酥肉、烧牛排等绝活。"功夫不负有心人"，当青藏线上的官兵们正在迎接他们为国戍边执勤五十周年大庆的时候，安多兵站的蔬菜终于端上了官兵的餐桌。此时徐庆脸上露出了笑容，我敢打赌，这绝对是世界上最美的笑容！

在绿色加方块的军营里，他也曾有过徘徊和苦恼。当火热的军营伴随他走过第三个春秋的时候，他的父母来信说："小庆，该尽的义务你都尽了，该吃的苦你也吃了，现在你的服役期已满，希望你能抓紧退伍。家里开的副食品加工厂效益非常好，但人手紧，希望你回来尽一份力。"那时，当兵已三年的他还没有休过一次假，他也想回去看看含辛茹苦把他拉扯大的父母。可是当时炊事班的人员少，工作量大，接待任务重，况且战友还未完全掌握蒸开花馒头的技术。站领导在退伍前对他说："小徐，尽管你的服役期已满，但为了兵站炊事班工作的连续性，站里希望你留下来。"面对领导的信任和兵站建设的需要，加上对兵站工作的执着，他二话没说就愉快地服从了组织安排。就这样，他被一留再留。当和他青梅竹马一起长大的对象得知他不能退伍，要长期在高原干炊事工作时，她就与他断绝了恋爱关系。当时他很痛苦，也很伤感，但一想到自己的付出能让汽车兵满意，看到汽车兵乐呵呵地吃上自己做的饭菜时，他的心里就很踏实。

军营里有句俗话："铁打的营盘流水的兵。"那年冬天，与他朝夕相处的老班长退伍了，兵站领导让他接替了班长的工作。任班长后，为了使大家都掌握蒸开花馒头的技术，他根据自己长期总结出的经验，结合高原地理环境、气压和高压锅的特点，撰写了3万字的指导材料《如何制作开花馒头》，并将这些材料打印成册，下发到所属部队学习推广。他的事迹很快在青藏线上传开，西藏电视台分别以"炊事班班长的风采"和"馒头大王"为专题，报道了他扎根高原、潜心蒸馒头和刻苦钻研烹调技术的事迹。拉萨一家饭店的老板看了专题报道后，对他动了心思，就托人告诉他："如果你现在退伍，饭店每月以 5000 元的高薪聘请你去当厨师。"这在当时是他工资的两倍多。他考虑再三，最后还是婉言谢绝了。有的战友说他脑子不开窍。他说："当兵是用金钱难以换来的人生阅历，我的烹调技术是在兵站学到的，就应该用到兵站建设中去。"

关于徐庆奋战高原的故事其实还有很多，但诸多光环都被藏在开花馒头背后。于是，我常这样想，如果没有当过高原炊事兵，我也许永远不会知道三尺灶台上也有"真枪实弹"，拿着锋利的刀，撑起巨大的锅，在风雪高原也能调出战斗力的味道！

守望的高度

　　行走在藏北高原上，你会看到大朵大朵的流云缓缓地从头顶掠过，天地之间的距离似乎一下子缩短了好多，离天空最近的太阳如一盏点燃灵魂的灯，放射出夺目的光芒。放眼望去，一座一座的石山嶙峋怪异，整齐排列着伸向远方，视线之内很难看到植物生存的迹象，人们会以为这儿是一个没有生命的世界。其实，安多兵站早在六十年前就在此扎营了。

　　安多兵站是过往汽车部队温暖的家，也是汽车部队从青海格尔木进入西藏的首站。这些年来，兵站接待任务越来越繁重，但兵站一直只有三四十个人，接待、炊事、卫生、发电、锅炉，几下一分，可以说人手紧得一个萝卜一个坑。光说吃饭这档子事，就够招架的了，淘米、切菜、烧菜、蒸馍、下面、烤面包，哪一样活路都离不开人。

　　兵站曾站长常说："要是学会分身术就好了。"但有时候即使分身也无用，因为兵站时常是饭做好了，车队迟迟到不了站，饭菜只好凉了又热，热了又凉。有时兵站炊事班前脚刚封了火，后脚呼呼啦啦又来了一批汽车兵，几十副饥肠等着填。这也怨不了车队没计划，青藏线的天气说变就变，特别是进入冬天大雪封山，等车队赶到安多兵站时天已擦黑了，有时汽车部队官兵还来不及吃饭就接到上级通知卸货去了，开饭时间只得往后推。

那时，安多兵站通信还不发达，为了确保汽车部队准点开饭，青藏线上每个汽车连都有一台"报饭车"，凡是上线执勤的汽车连队，都要派一台车提前几小时出发打前站，与前方的兵站联系车队人员的就餐、住宿等事宜。但难以避免的是，"报饭车"有时也会抛锚，停在半路上，这样全车队的同志可就遭罪了，只好到兵站后临时做饭，临时收拾客房。

曾站长深知在青藏线上跑车的苦处，一旦遇到大雪封山，就专门安排站领导和炊事班值班员等候汽车部队就餐，确保汽车部队什么时候来都有热乎饭吃。作为兵站领导，他经常教育兵站官兵，要像一家人那样对待长年累月执勤在青藏线上的汽车兵兄弟。

等待汽车兵进站的时间也是曾站长了解战士心声的最佳时机。2001年立冬那天晚上，藏北高原突降暴风雪，汽车部队直到凌晨都没有到站食宿，曾站长一边焦急地等待汽车部队的到来，一边和当日值班的王老兵聊起了家常。

聊天中，曾站长得知去年休假时，王老兵的女朋友看着他年纪轻轻就掉光了头发，接受不了这"秃"如其来的相貌而与他"吹灯"了。其实，王老兵见女朋友时是戴着假发的，当时可能因为急着见女友，假发没戴好而被女友发现了。女友恨王老兵戴假发没告诉她。女友没想到，才一年多未见面，男朋友的头发就掉光了。听着王老兵讲着失恋的经历，曾站长沉默了许久，才缓缓开口安慰王老兵说："不爱咱军人的女人也不值得咱们爱，相信你会遇到真爱的。"其实，在兵站像王老兵这样失恋的老兵不在少数。

兵站炊事班班长老金，长得瘦高清秀，有着一张帅气的脸庞。可他摘下厨师帽，确实有些显老，二十八岁的他，头发竟然掉了近一半，看起来像三十八岁。对于掉头发，老金一开始压根没在意。父母亲和爷爷奶奶都不掉头发，他觉得，可能是海拔太高、氧气太少的原因，自己刚来，不适应。可慢慢地，老金有些慌了：头发越掉越厉害，越掉越稀疏。每天早上起床，床单上到处都是他掉的头发；每次洗完头，脸盆里的水面上漂浮的都是头发。以至于平时他都不敢梳头，不敢用手揪头发，因为一梳就掉一地，一揪就是一大把。等他转三级士官时，发际线已经后移到后脑勺了。因为这，他陷入了苦恼：每次照相都要戴帽子，到炊事班就戴着厨师帽，从来不敢光着头。一次老兵退伍连队照合影，要求不戴帽子。拿到照片，老金偷偷地哭了！因为在密密麻麻的人群中，他光秃秃的脑袋特别显眼。与王老兵相比，金班长是幸运的，因为他在有头发的年纪就结婚了。

王老兵找对象的事成为曾站长的一个心病，他看在眼里，急在心里。曾站长给王老兵策划了一套恋爱方案，第一步解决"头等大事"。怎么解决？先是动员休假的战友帮他购买生发产品慢慢试用，实在不行就植发做抢救性治疗。结果王老兵在使用生发产品半年后见效甚微，曾站长看着王老兵油光锃亮的脑袋也很是头疼。经过多方咨询打听，曾站长建议王老兵走第二步：抢救性治疗。但是这种治疗是有前提条件的，那就是自身的剩余发量需要达到一定数量，才能确保有效果。经专业植发机构评估，最终采取"后方支援前方"的方法进行头发移植。又过了半年，王老兵的头发终于长出来了，尽管看起来有些稀疏，但起码是有发人士了。

找回了头发，王老兵自信多了，每天到炊事班工作都是哼着小曲去的。看着王老兵重现阳光般的心态，曾站长决定实施第三步。他决定把找对象这个艰巨的任务交给自己最信任的妻子。妻子不负众望，经过一番苦功夫，一个月后，王老兵找对象的事便有了着落——曾站长爱人所在医院的一名聪慧、善良的李护士将"红绣球"抛向了他。王老兵喜得良缘，一年后走进婚姻殿堂。

王老兵成功的婚姻让兵站里的其他大龄青年看到了希望，纷纷与站长套近乎，目的就是想通过他让嫂子帮他们介绍对象。尽管曾站长是个热心人，但也确实爱莫能助。后来，曾站长想出了一个好办法，那就是由兵站党支部牵头，联合当地共青团持续开展"军地之约，军民有情"主题"鹊桥会"，牵起官兵心中的那条"红线"。没想到，这座牵起军地男女青年之间缘分的"鹊桥"很快变成了"喜桥"，让兵站不少大龄青年告别了单身。

曾站长守望的是战士的心灵。下面，我要讲的这个故事和自己的一段经历有关。故事得从我所在的师部的一个贵人贾政委开始讲起。

生命中总会遇到一些贵人，他们或许只是匆匆过客，却能在我们成长的路上留下深刻的印记，成为人生航路上的灯塔，贾政委就是这样的人。那是 2007 年，他开始关注作为师部万分之一的一个兵的我的主要原因是，我"不务正业"。当炊事兵期间，有一段时间我对文学的热爱超过了对头顶上的厨师帽的热爱。那时我一直自得其乐地写着散文、诗歌，题材全是青藏线上部队的生活，其中兵站生活最多。一个长期驻扎在兵站的战士，连上街买把牙刷都要请假，自然少有机会采写青藏线上遥远的兵事。

越是看不到的风雪，越觉得神奇，于是我开始利用休假的时间关注那一座座覆盖了雪的远山。远山远看虽美，近看却有不少缺憾。我记得曾经采访过一个兵站，这个兵站在当年有三个兵够提干资格，却都因他们体检不达标而被拒之门外，只得等身体好转了再走提干程序。为此，我写了一篇散文《无声的擦肩》。

在高原上，随着翻越雪山的次数增多，我的散文见报率也在悄然增加。2005 年前后，我认识了总后创作室主任王宗仁，一见如故，我很快萌发了出书的想法，自此我和他电话交流也频繁起来了。终于有一天，我拿着一大摞打印的散文稿来到北京找到他，并很自信地说要出书，请他写序。他很痛快地答应了。后来王主任将那本散文集《走在高原的阳光里》和当年中国文史出版社出版发行的《我喜爱的 100 篇散文》一书推荐给贾政委，书里收录了我的散文《昆仑女神》。

　　以书为友，从此贾政委对我的关注多了起来，只要他下部队到拉萨，就会专门抽出时间过问我的工作和写作。与他熟悉了，我就盼望着他突然出现，但是首长不是那么容易见到的，有时打电话也不一定能联系得上。

　　记得一次我写了一篇散文，希望得到他的指教，于是鼓起勇气给他打电话。当时兵站部首长的电话一般情况下要通过总机接转，总机询问我的单位和姓名，我一想，如果报上真实姓名，总机也许不转我这个电话，肯定会让我有事和办公室联系。我灵机一动，便对总机说："我是贾政委的侄子，叫贾小黄。"电话接通了，贾政委一听是我，哈哈大笑："我的侄子，贾小黄！你小子真会弄虚作假。"我赶紧道歉，说明原委。贾政委说："你找我要办什么事吗？"我便向政委汇报了我的创作情况。我永远不会忘记贾政委那番语重心长的嘱托："小黄，你的文章都是写咱们兵站部生活的，你是在帮着我们做思想工作，一定要多写些好作品。"

　　贾政委留给我最深的印象是文学之外的事。他曾经向我讲述了一个关于他调研兵站的故事：一次，他来到一个兵站调研，兵站司务长非常热情，他刚下车，司务长就迫不及待地把他领进蔬菜大棚。一走进大棚，他就感到眼前一下子亮了起来，嫩绿的黄瓜爬满藤子。司务长顺手摘了几条黄瓜递给他。他对随行人员说："吃了黄瓜要给钱啊。"司务长满脸笑意地说："反正今年黄瓜丰产，吃不完也是喂猪，要是你们确实要给钱，那就'秋后算账'啦……"听着司务长的话，他感到一阵好笑。

接着他来到兵站食堂就餐，兵站的伙食确实不错，那天中午他吃得很饱。饭后他摸着肚子说："你们的伙食太好了，我都吃撑死了。"司务长紧接着说道："首长，你撑死了我们才高兴！"贾政委说，不知为什么，这次他还真笑不起来。很快调研结束了，他正准备上车赶往下一个兵站，只见司务长又出现了，他向贾政委敬了个礼。贾政委正准备上车，因为是越野车，需要踩着踏板上。司务长见贾政委试了一次没上车，然后朝他大喊了一声："首长，小心你的头！……"

贾政委给我讲他调研的这段经历时，脸上的表情是严肃的。他说兵站的官兵太纯朴、太可爱了，但也说明他们太寂寞了。于是他通过"雪线政工网"的"博客"社区开设了"老贾博客"，面向基层官兵开辟了"日有所思""政工心语""老贾热线"等十多个栏目。在开博之初，他就郑重承诺："各位网友，你要有什么苦、难、烦啊，都可以在这里倾诉。"从此，无论工作多忙，他都要挤出时间上网，耐心回复每一条留言。

开博不久，他就收到士官老陶的留言，老陶说自己是家里的独生子，父亲去年患肺癌病故，欠债五六万元，如今母亲身体不好，家中生活非常困难，常常为此吃不下饭，睡不好觉。收到留言后，他马上打电话给老陶所在单位的领导，要求他们认真了解情况，尽力为之排忧解难。经研究决定，该单位在全体干部中开展了"关爱家庭特困士兵"活动，把组织的关怀送到了老陶手中。一个名叫"自由人"的士官在留言中表示了对部队风气的怀疑，认为自己提干未成的原因就是没送礼。贾政委回复道："去年提干各单位严格按程序实施，全程接受群众监督，你是条件不符合政策规定？"通过政策讲解和交流，这名士官找到了自身的"软肋"，解开了思想疙瘩。

生活在寂寞的高原上，有太多太多的情感需要呵护和守望，就像森林需要护林人，就像航船需要灯塔，因为内心的守望更能唤醒高原兵的精神。

黄金搭档

高原天路上，什么样的地方才称得上家？行云流水间，兵站就是那让人魂牵梦绕的远方的家。兵站的存在，不是为了停留，而是为了继续前行……

古代驿站大概是兵站的雏形，是供传递军事情报的人员途中食宿、换马的场所。中国的驿站制度在世界上是最古老、最完备的。随着车骑交通工具的发达，到春秋以后就有了驿的设置，以维持中央与地方的交通，并依靠它来开拓疆域，辅助军事通信，对社会历史的推进曾发挥过重大的作用。

在绵绵四千里青藏线上驻守着这样一支后勤保障部队，他们常年与风雪为伴，以兵站为家，六十多年来接待汽车部队、过往人员上亿餐次，被誉为青藏线上的"钢铁保障线"。这支部队就是拉萨大站。

从建站那天起，官兵们就以西部军人独有的品格书写着壮丽的辉煌：连续十年被青藏兵站部评为"部队全面建设先进单位"，兵站党委多次被总后勤部评为抓基层建设先进党委，荣获集体三等功一次，所属五个兵站多次被全军评为"红旗兵站"，基层单位多次荣立集体一等功、二等功，先后有四百多人立功受奖。在一连串的荣誉背后，官兵们谈论最多的是历届大站领导。当谈及现任拉萨大站站长袁利忠、政委张军亮这对好搭档时，官兵们如数家珍，娓娓道来。

带兵打仗、艰苦创业都需要好搭档。这让我想起电视剧《亮剑》里的李云龙，此人性格鲜明，身上有一种铁血军人不计生死、压倒一切的霸气。但李云龙又绝非一介武夫，他有大智大勇的一面。李云龙能力很强，敢打硬仗，善打胜仗，但属于野路子，江湖气息重，所以也经常犯错误。有了赵刚这样的思想搭档之后，李云龙的觉悟越来越高，也很少犯错了，他们所带领的部队也越来越有战斗力。对于李云龙来说，赵刚是一个非常好的搭档。

搭档，目标一致、方向相同、价值观一样，团结互助，共同进步。好的搭档在部队里非常重要。要想让团队拥有强大的凝聚力、战斗力，内部一定要有一个好搭档。首先我要说的是拉萨大站站长袁利忠，副师职干部，一个生在"鱼米之乡"的湖北人，从小却没有得到多少鱼米精华成长起来的烈性汉子。他虽个头不高，但抱负很大，谁能料到这个出身贫寒的农家子弟在日后的军旅生涯中，能实现那么多连他自己都不敢去想的愿望？入党、立功、提干，这些都是他一步一步干出来的。采访他时，他已在青藏线上工作了三十二年，和他一起上高原的人都早已下山了，他却还欢欢实实干得很起劲。特别是任拉萨大站站长以来，他把在上级机关干财务工作的认真劲带到了同样需要严谨作风的食宿保障工作中。因为凡事追求精益求精，所以他每天不得不命令自己黎明即起，很多时候他只记得今天哪些事情要急办，明天又有哪些事情要筹划。虽然他每天过得忙忙碌碌，但采访时从他的笑容里我并未感觉到他有多苦多累，反而觉得他很享受工作带来的乐趣。

另一位主官，大站政委张军亮，正团职干部，他是续写大站辉煌史的一位新的老高原兵。说他新，是因为对比他到大站工作的年限与大站六十多年的站史，他算是个"新兵蛋子"了。说他老，是因为他在青藏线上已经服役二十四个年头了，可以说四千里青藏线上有着他密密的足迹。他从通信兵干起，班、排、连、营、团一级不落，这几项"硬件"使他在青藏线上有着很高的威望。了解张政委的人都知道，工作中他是一个把"认真"二字举过头顶的人。"认真"二字让他的生活质朴而凝重、沉静而丰满。在大站，哪个干部有什么优势，哪个战士有什么特长，他都全盘掌握；哪个兵站炊事机械出了"毛病"，哪个办公室坏了一块玻璃，他都一清二楚。他平时总爱琢磨事，今天干什么，明天怎么干，当前有哪些事情要急办，今后有哪些工作要上马。琢磨出来了，他就及时与站长商量，跟常委通气，给机关"吹风"，向部队通知，提前谋划，环环相扣。一有任务他就想在前、走在前、干在前，所以官兵们对他十分敬佩，也感到跟着这样的领导工作有动力，也有前途。

从他们两人的简历中，我得出一个结论：他们都是从基层一个台阶一个台阶摸爬滚打起来的干部，有着丰富的基层管理经验。他们深深懂得这样一个道理：一个好主官等于一个好单位。为此，到大站任职以来，他们始终把讲团结作为班子建设的"传家宝"，班子成员之间保持着一种坚持原则的正气，是互相支持干事业的同志关系，工作上经常交换意见，生活上互相关心。

在工作中，他俩经过认真协商，制定了团结共事的三条原则：两人意见不一致的事情不付诸实施；有一人不在家时，不决定大事情；两人事先没有协商的问题不在党委会或办公会上研究。多年来，无论是干部晋升、士官选改，还是评功评奖，他们都用"原则"这把尺子衡量。大站在选拔任用干部、士官选改等敏感事务上，没有出现事后发牢骚、乱告状等不良现象。

班子行不行，就看前两名。他们知道，两名主官的工作就好比一盘棋，只有着眼全局，单位才能充满活力。袁站长在大站时间比较长，但他从不摆老资格。张政委一直把他当老大哥对待，不断抓好大站全局，还主动替站长分担工作。特别是他俩有一人因公出差时，另一个主官就主动挑起单位重担，机关同志都说政委有时真像站长，站长有时真像政委。

"空谈误站，实干兴站。"这是大站站长、政委时常挂在嘴边的话。为把大站打造成高原上的"拳头"保障基地，站长、政委除了继承发扬传统后勤保障模式外，还带头学习信息化知识，及时督促通信部门完善拉萨大站后勤办公系统，利用信息网络平台，开设"我看食宿保障"专题网页，广泛开展"形势怎么看、发展怎么办""金点子评选"等建言献策活动。其间，采纳合理化建议多达八十条。邀请总后和兵站部以及兄弟单位领导和军地专家来站里"指点迷津""把脉问诊",而后及时召开党委会,研究确立了"营养配餐、自助分餐、文明就餐、设施建设宾馆化、伙食管理制度化、服务保障人性化、战备储备常态化"的"三餐四化"保障模式,提出了把兵站建设成能量补给站、心理调节站、思想教育工作站、战斗精神培育站等目标,确保部队工作有标准,行动有方向。

工作是实干出来的,但必须讲求方法。兵站党委按照"先进治满、中间治平、后进治短"的思路,严格落实定点帮带制度,一个常委挂钩一个兵站,实打实理思路,面对面教方法;坚持每名机关干部联系一个兵站,定期下站蹲点调研,跟踪指导,并形成有情况、有问题、有分析、有对策的调研报告,把工作点到人、问题指到事、原因追到根。特别是对影响和制约部队发展的重大现实问题做出客观判断,并拿出解决方案,促进基层建设均衡发展、整体提高。

青藏线自然条件差,他们就通过努力来改善。为保证官兵学习有书籍、活动有场地、娱乐有器材,站长、政委在党委会上通过了"文化强站"方案,并迅速为所属五个兵站新建了阳光棚、健身房、晾衣棚、游艺室和卡拉OK室,开设了网吧、书吧、氧吧,安装了卫星电视等文化娱乐设施,改造装修了各兵站站部楼和接待楼,配置了沙发、电视、办公桌椅等设备,订阅了报刊,让汽车部队官兵在温馨的环境中享受到高品质服务。大站机关还新建了信息指挥中心、士官公寓楼。政委张军亮告诉我:"目前,大站随军家属都搬进了水电暖'三通'的公寓楼,条件最艰苦的安多兵站也都实现了住宿宾馆化、取暖暖气化、文化生活多样化、炊事操作机械化。"

　　走进位于拉萨西郊的大站机关，顿觉眼前一亮，整洁的营房、平整的草坪、葱茏的树木，官兵们矫健的步伐、飒爽的英姿，处处呈现蓬勃向上的生机。宋大可干事告诉我："过去，营区很多地方还是一片荒地。这些年，站长、政委为了改造环境、美化营区，亲自率领官兵移沙造田，搭建蔬菜大棚，同时还植树造林，不仅使营区的面貌焕然一新，而且现在官兵们每天都能吃到新鲜的蔬菜。"我在大站党委报告中看到这样一段文字：经过全站官兵的共同努力，我站营区绿化率已达90%，沿线兵站绿化率已达80%，实现了党委提出的"春有花、夏有荫、秋有果、冬有青"的目标。

　　熟悉袁利忠、张军亮这对主官的人都知道，他们爱兵爱在心坎上。在安多兵站采访时，大站副站长告诉我："袁站长有一个习惯，每次到兵站后，他第一个要去的地方便是食堂和客房，看看过往部队吃住称心不称心。如果这两件事在他眼里'不及格'，你即便是条泥鳅也休想滑过去。"副站长给我讲了一个故事：有一次，机关有个参谋陪袁站长一道下站检查，一走进兵站客房，袁站长就感到全身上下都灌进了冷风。不对呀！这怎么能住人？他一看，墙上的温度计显示不足十摄氏度。真是乱弹琴！大站规定，客房温度不得低于二十摄氏度，他们却给"偷"去了十摄氏度！

　　他把兵站的两个头头儿叫来质问："在零下三四十摄氏度的冬天里，如果让你们的子女在结冰的房里过夜，你们会怎么想呢？"

　　他们支支吾吾地回答不上来。仔细一问才知道，原来锅炉今天出了毛病。随行参谋到了锅炉房，只见两台锅炉仅有一台烧着，另一台呢？他们回答："坏了，修不好。"这时站长立马拨通了修理所所长的电话，所长连夜被请上了山，还带着两名修理工。锅炉修好了，客房的温度恢复到了二十摄氏度，这是站长用胸膛暖出来的十摄氏度呀！

他们身为主官，把部队的大小事情都装在自己的心上。这几年，每年春节，站长、政委都要轮流和沿线兵站官兵一起过年。他们的到来给思乡心切的战士们带来了激动和欢乐，这是他们最高兴的事情。他们每上一趟线，每跑一遍基层，每蹲一次点，都会推心置腹地和兵站的官兵谈一次心。

在茫茫青藏线上，像他们这样的"黄金搭档"还有很多很多，他们心往一处想，劲往一处使，用辛勤和汗水迎着朝霞、赶着暮色，不惧严寒、不畏酷暑，日复一日、年复一年地在平凡的岗位上默默耕耘着。

云端天使

　　八年来，那位高原女军医的身影始终铭刻在我的内心深处，她那张生动的脸庞时常浮现在我的眼前。

　　她叫胡礼明，是拉萨兵站唯一一名女军医，而且是一名美女军医。她到兵站诊所后，平时有病习惯硬扛的老兵竟然也时不时来找她看病，与其说是看病，还不如说是看美女。胡医生身材高挑、皮肤白皙，确实长得很漂亮，尤其在这个满是血气方刚的男人的兵站，她的美貌显得更加突出。

　　我承认自己是个木讷的男人，对美女军医始终保持着一定的距离。很久以来，我对她的印象就是雪白的帽子与雪白的口罩之间镶嵌着一双美丽的大眼睛，一个白衣天使的形象。直到她到兵站工作的第三年，记得是护士节前夕，上级领导安排我采写她的先进事迹，我才和她有了正式交流的机会。那时我是兵站炊事员兼师部骨干通讯员。接受采访任务后，我开始并没有直接对她进行采访，而是暗中关注她的日常工作、生活。兵站教导员知道我要采访她，专门安排我随她一起巡诊，用教导员的话说，这叫体验生活。

　　这是普通的一天，汽车三团浩浩荡荡的车队伴随着响亮的锣鼓声缓缓驶入兵站，等车队车辆停稳后，她立即背上药箱、听诊器等医疗器具，从诊所出发了。车场是她巡诊的第一站，来到车场后，她仔细观察下车官兵的脸色，检查车座上是否有未下车的人，然后详细了解官兵在兵站时的身体变化情况，并认真介绍本地区发病特点和保健事项。开饭时，她迅速来到病房巡诊，对于不去食堂吃饭的同志加倍留心，询问不吃饭的原因，入睡前她还要到病房巡查。

　　入睡于子夜，起床于五更，跟随她巡诊的卫生员都感到非常吃力，可她觉得这是自己引以为快慰之处。就这样，她在青藏线上一干就是二十年，接诊了两万多名伤病员。二十年里，和她一起上青藏线的女军医们都相继回到内地工作，而她却选择在这里结婚生子。别人对她的选择感到迷惑不解，她笑着说："青藏高原条件艰苦是客观的事，但作为一名高原部队的军医，人生最大的价值就是能够留在高原。"

　　在胡医生眼里，病人的生命高于一切。那天我在汽车三团采访时，一名叫魏宇星的老兵聊起了她的故事，让我对她更加敬佩。他说："记得上个月的一个深夜，大概是凌晨两点，胡医生巡诊走进我们宿舍的时候，突然听见断断续续的咳痰声。她拿起手电筒立刻扫向靠墙的那个铺位，铺上一个脸色发青、嘴唇发紫的小战士已处于半昏迷状态。胡医生说了声：'不好，小战士这是高山昏迷了，需要马上吸氧。'她立即叫来两位战士去抬氧气罐。氧气输上了，小战士才清醒过来。为防止出现意外情况，这一夜她一直守在宿舍里，直到天亮才离开。"

后来，我还从汽车团领导口中得知这样一个故事：那是2000年深秋的一天，胡医生在青海格尔木医院上班时收治了汽车三团里的一个士官，大家称他王班长。他在执行任务时，因救战友不慎被一块巨大的山石砸伤，造成了右腿被迫锯掉了。他从昏迷中清醒后，发现自己少了一条腿，他伤心得像一个无助的孩子，又像一头发疯的狮子，使劲地揪住腿上的纱布，拼命地撕扯，试图找到那条已失去的腿。然而，露出来的却是血肉模糊、被纱布包裹着的半截腿桩。他握紧拳头，猛击墙壁，嘶喊着："我的腿，我的腿呢？我活着还有什么用啊！"他哭了，那哭声撕心裂肺。

为了让他的病情能够早点好转，胡医生主动担当了护理工作，她知道此时不仅要治疗他的伤病，更重要的是给予他心灵上的安慰。起初，他不肯配合，胡医生去给他发药，刚走到他跟前，他便对她喊："我不吃药，你走开！"劈手将她端的治疗盘打翻在地。

胡医生心想：他是一个血气方刚、志存高远的小伙子，却失去了一条腿，他能不痛心吗？假如我是他的亲人呢？想到这里，她什么也没说，只是弯下腰，将撒了一地的药片一粒一粒地捡起来，走到他的床前，关切地对他说："王班长，你知道吗？你的父母因你失去了一条腿，几天几夜都没合眼，眼泪都哭干了。他们年老体弱，如果再有个三长两短，你对得起生你养你的父母吗？"听到这儿，他不作声了，慢慢垂下了头……

为了使他在生活中有一个精神支柱，胡医生一有空就跟他讲身残志不残的励志故事，还给他买了一台收音机。他慢慢被感动了，开始配合医院了。不久，他成功地装了假肢出院了，开始了新的生活。

失去一条腿的王班长退伍后一直跟着当地一名画家学画画，并以绘画为生。起初，他的画作只能勉强维持生计，直到他的一幅名叫《云端天使》的画作问世，赢得了书画界专家的好评，他一步步成为当地著名的画家。他说这个天使就是胡医生，也是雪山背后无数个白衣天使。

小小的药箱是胡医生行走的"标配"，那个闪耀着光芒的红十字像雪原深处的火把，映着她所走过的长长雪路。小小的药箱不仅给高原官兵带来温情，还给当地牧民送去暖意。从医二十多年来，她为藏族群众义务巡诊千余人次，护送危重病人百余人次。因为和当地牧民非常熟悉，给他们看病看得多了，当地牧民家里的牲口生了病，他们也来找她。"我家的牛拉肚子了。""我家的羊不吃草了。"……所以她也慢慢学会了给牲畜看病。

这就是我笔下美女胡医生的形象，在我心中，她美得像高原上的格桑花。也许不曾有人关注她的盛放，但她始终与山谷相伴，默默在云端盛开！

小灶往事

　　我在拉萨兵站当炊事班班长的时候，做饭做的一直是大灶，主要负责前往拉萨执勤部队的饮食保障。后来，我确实做过两次小灶，这两段经历都很特殊，也很难忘。

　　我第一次做小灶缘于一次特殊的接待任务，这次任务与一次意外事故有关。接到任务时，我正在拉萨兵站炊事班忙着给过往汽车部队官兵做饭。一天近千人餐次的保障任务让我忙得脚不沾地，可偏偏在这时接到一个紧急任务。"小黄，你脾气好，有耐心，经过兵站慎重考虑，决定在兵站后院找一间房子建小灶房，小灶由你来掌勺，需要置办的东西马上列一个清单……"

　　不到一天，小灶房就搞得有模有样，猛一看不比饭店档次差。站长看我在这么短的时间里就完成了任务，对我不停地表扬了起来："看来组织没看错人，不过后面的任务更艰巨，你一定要有充分的思想准备。"

　　接着，站长一脸愁容地说起了这个艰巨的任务："此次兵站要接待的是一起翻车事故的遇难者家属，不幸遇难的是西藏某部后勤处的张助理，他正准备参加上级举办的一个业务培训班，没想到前天晚上他乘坐的客车在安多地段遇到暴风雪，不幸出了车祸，营救的队伍赶到事发地时张助理已经停止了呼吸。上级打电话说，明天张助理的五位家属将到兵站食宿并处理后事，至少要在这里逗留一个星期，你一定要尽全力完成好这次接待任务。"

第二天，在遇难者家属到兵站之前，我已准备好了饭菜，除了菜谱上的"八菜一汤"，我还了解到遇难者家属是甘肃人，喜欢吃土豆，特意加了一道土豆饼。这种不起眼的食物加上我精心调制的牦牛肉酱，立马就有新的口感，获得新的生命。尽管这顿饭我花了不少心思，可家属们一点也没有吃，他们不停地流泪，泪水像河水一样一下子把兵站泡大了，生离死别的哭声飘过高高的山脉，在冰冷的空气中不停回荡。

从家属们的泪水中，我忽然发觉生命之脆弱，流年的岁月里不知有多少事是我们难以预料的，在险恶的高原上，不知意外何时来临。尽管自然死亡和突发性死亡都是人类离开的方式，但是大为不同的是白发人送黑发人的悲痛，这是人类最大的伤痛。

第二天，我按照菜谱用心准备了三餐饭，这三餐饭里我特意每餐都换着花样做土豆"大餐"。我注意到，一整天里除了张助理的父亲喝了一点银耳汤，其他的饭菜都没动。看着满桌未动的饭菜，我开始怀疑是不是自己做的饭不好吃，不合家属们的胃口。这时，站长突然出现在餐桌旁，他小心翼翼地给家属们每人盛了一碗面，但家属们还是没动筷子。尽管站长说了不少安慰家属们的话，此时我看见他们除了擦眼泪，剩下的只有无尽的沉默。

　　第三天早上，也许是家属们突然想开了，我发现家属们脸上的悲痛不再那么强烈，也可能是眼泪哭干了。张助理的父亲带头说话了："小黄，我们饿了，能否现在给我们弄几个菜？"

　　"好嘞，你们稍等一下，饭马上就好。"我边做饭边和家属们聊了起来。那天，我确实发挥了兵站思想骨干的特长，许多安慰的话家属们都听进去了。交谈中我不止一次提到青藏线上牺牲的军人的故事，他们听着听着，心情也就平静了下来。

　　这顿饭除了土豆饼，我一共做了十道菜，不到半个钟头，这些菜就被他们吃得干干净净的。看到家属们埋头狼吞虎咽的那一幕，我的眼泪一下子从眼眶穿过心底，内心五味杂陈。

　　第二次做小灶是 2006 年的大年三十。部队里每逢大的节日都会改善伙食，用班长的话说，"吃饱了不想家"，桌上都是平时吃不到的好菜，如当地名产酱牛肉、卤驴肉、爆炒羊蹄等。

　　按照兵站多年的规矩，团圆饭要在晚上吃。这一天我从上午 9 点开始准备饭菜，一直忙活到下午 4 点，眼看所有的饭菜全部准备就位，可就在这时灶台"罢工"了，只听轰的一声，整个灶台一下子坍塌了。"这可怎么办？马上上级文艺演出队要来和我们一起过团圆年了，快点过来，我们想个办法，一定要把这顿饭保障好。"司务长立即召集我和另一个炊事班班长开了一个紧急会，会议确定由我来召集炊事班的人员开小灶，也就是把原来准备炒的六道菜用小灶炒，这样一个菜就要分别炒好几次。

　　说时迟，那时快。我们分三班开始炒菜，我作为技术指导，我们硬是在不到一个小时里就把所有的菜都炒好了。后来演出队得知这顿饭是我们紧急做出来的，很是感动。记得当时号称"高原姊妹花"的歌手可可、乐乐专门向我们敬酒，还深情地为我们连续演唱了《西部好儿郎》《无尽的思念》《从前有座山》等五首高原军旅歌曲。这是海拔 3700 米处的歌声，是让我永生难忘的歌声！

半生烟火

　　要说高原军营里最有烟火味的地方，非兵站莫属。在兵站做饭离不开烧火工的功劳。罗布次仁是拉萨兵站一名资深烧火工，也是兵站的"编外老兵"。

　　他的名字翻译成汉语是宝贝长寿的意思，这个名字在西藏很常见。我进入兵站炊事班第一次走进厨房时，班长老季便向我隆重介绍了一位五十岁的藏族大叔，这也是我最初认识罗布次仁的时候。战友们觉得罗布次仁这个名字太绕口，便都叫他罗布。罗布年轻时就在兵站炊事班烧火，近三十年的"兵龄"超越了兵站所有官兵。罗布每天在起床号吹响之前就到了工作岗位，晚上吃了饭封闭了灶膛才下班。

　　罗布与我的默契很深，每次炒菜需要控制火候的大小时，我只要用勺子在锅边敲击一下、两下、三下，他就会心领神会，迅速明白应该添多少煤渣，鼓风机需要开到什么档位。

　　烧火看似简单，却是个技术活，不光要早起，头一天晚上还得把火封好，不然会耽误第二天的早饭。兵站开饭时间特别准时，误了饭点会被老兵们一顿责怪。风雨无阻的罗布也有马失前蹄的时候。一次战士们已列队就餐，可炉火还在"硝烟弥漫"。站长急得团团转，罗布更是一脸歉意与无奈，直到炉火重新烧旺，他才松了口气。

罗布是个懂得感恩的人。我们每天尽量多地让他带些饭菜回家，他也常把家里好吃的食物拿来送给我们吃。一次，我感冒了好久都没有好，罗布天不亮就在家里为我打酥油茶，他说酥油茶对治疗高原感冒有特效。说来也挺奇怪，每次感冒我喝了他打的酥油茶就会快速好起来，完全不用输液或吃药。

罗布虽然只是个烧火工，却深受兵站官兵的尊敬。他除了给炊事班烧火，还负责找临时工给兵站干活。兵站有块菜地，主要保障过往部队能吃上蔬菜。从整理土地、播种施肥到收获，所有工作都由罗布找的临时工来完成。临时工多是一些驻地老大妈，她们干一天活除了能得到相应的劳动报酬，还可以在中午和晚上吃两顿兵站的饭。

临时工十分信任罗布，这也是有道理的，因为每天干完活，大家都能迅速领到辛苦钱。领到钱的那一刻，大家欢快地唱着藏歌。每次聆听她们的歌声，我的内心都会升腾起一种信心，这种信心养成了她们藐视困难的习惯。罗布也很会唱藏歌，他的音质就像从鼓风机里发出的颤音。他习惯一边往灶里添煤渣，一边大声地歌唱，听他的歌只感到火苗像跳舞一样在燃烧，越烧越旺。

罗布总是把临时工的利益放在首位。记得有一次，因为新上任的司务长不知道临时工干完活必须当天结账的事，第二天罗布就找到司务长评理。不承想司务长这个人也很倔强，硬说要等月底结账。这时罗布火冒三丈，拿着烧火棍硬是把司务长撵出兵站大门，后来还是我从中间调和，最终决定两天后结账，这才算了事。讨薪事件后，大家对他的评价更高了。

　　然而罗布也有名声不好的时候，一段日子里，他背上了偷盗者的罪名。那是一个冬日的夜晚，他趁着夜色悄悄摸到食堂，用事先准备好的布袋子偷食堂的馒头。这段时间，炊事班班长已经发觉不对劲，明明头天晚上蒸的馒头够数，到了第二天却莫名少了许多。于是他派我暗中调查，当我发现罗布竟是偷馒头的"小偷"时，内心感到十分惊奇。我没有当面戳穿他，而是静静地跟踪他的去向。我发现他偷的馒头没有拿回家，而是去了一个非常偏僻的藏家小院，然后悄悄将馒头送给一个小女孩。

　　第二天，我将罗布"偷"馒头的事一五一十地告诉了班长，班长来到社区调查，发现那个小女孩叫卓玛，她和她的爷爷都是苦命人。留守儿童卓玛的母亲早年因病去世，父亲常年在成都打工。留守老人是她的爷爷，终年疾病缠身，家里穷得揭不开锅，罗布是他的远房亲戚。听到这里，我们顿时明白了其中的缘由。

　　我们自始至终没有揭穿罗布的行为，而是请他喝了一顿酒。酒后，他痛痛快快说出了自己的丑事，并满脸愧疚地祈求我们的原谅。后来，我们还自发在炊事班为这爷孙俩捐款捐物，帮她家渡过了难关。罗布非常感激我们，硬是拍着胸脯说一定会"戴罪立功"。

　　没想到不久他还真迎来了"戴罪立功"的机会。那是我当兵的第三年，这年十月的一天，兵站发生了一起军用物资盗窃案，罗布得知情况后自发要求到案发现场蹲守，很快锁定了犯罪嫌疑人。在抓获犯罪嫌疑人的时候，罗布一不小心被栏杆绊倒在地，当时他没有在意疼痛，继续追击，终于将犯罪嫌疑人抓获。这次行动中，罗布腿部多处骨折，医生建议他住院治疗。为了不耽误工作，罗布只在医院打了个石膏便匆匆上班来了。

罗布在兵站工作了大半辈子，却没人知道他的家事。我还是在罗布一次醉酒后从他口中得知，他年轻时曾死心塌地爱上一个女人，那个女人却因他是个不思进取的烧火工而拒绝他，从此他决定一心一意当烧火工，可是后来因为部队后勤装备的升级，烧火工的岗位渐渐被取代。下岗后，罗布在部队附近承包了一片农场，一心一意地钻研种萝卜，每年到萝卜丰产季节，他都会免费为兵站送去他的果实，战友们吃着萝卜便会想起那个开心而倔强的罗布。

后来因为工作原因，我调入团机关工作，能见到罗布的机会越来越少，但依然怀念灶膛前的罗布，那个半生烟火的"编外"战友。

第五辑

醒来的沉默

寂寞的深处不是寂寞

而是清醒的沉默

高原的高处不是蓝天

而是包容的眼界

因为钟情孤独 所以没有尘染

因为享受寂寞 所以处处蓝天

醒来的沉默

西藏是一个"极致"的地方，高得极致、美得极致、神秘得极致。在不少人心里，这里的山川湖泊、蓝天白云，无疑就是梦想的样子。

当然，西藏的空旷寂寥有时也是"极致"。在西藏当兵时，起初我和战友们总是以对抗的方式来对付寂寞的时光，最后发现越是觉得寂寞难耐，越是心情浮躁难安，最后我们渐渐地与寂寞的高原握手言欢，发现寂寞的只是高原。

从部队转业回到内地，每当战友们聚到一起时，我常常感慨在青藏线上那段最艰苦、最苦闷、最寂寞孤独的日子，是那样长久地占据了我们的心，为我们日后留下了咀嚼不尽的滋味。孤独寂寞已经悄然成为我们精神生活中的一部分。最单调的，其实正是最丰富的；最难忍受的，其实是最难获取的。我们把孤苦寂寞留在了那里，把青春的热血留在了那里，把痛苦和喜悦留在了那里，把思念留在了那里。在离开青藏线后，我曾去过无数繁华都市，但没有任何一个城市能像青藏线那样常常出现在我的梦中。

雪雀的边防

高原的风很清，清得像一块水晶，无论是置身山巅，还是身处山谷，都能看见它的影子。有时它携着原野跑，有时它携着河流跑，有时它携着羊群跑。

海拔 4500 米的黑河兵站是藏北高原著名的风雪驿站。兵站一年的冰冻期在 200 天以上，年平均气温在零下三至零下四摄氏度，昼夜温差最大可达四十摄氏度，空气含氧量不到内地的一半。

环境的艰苦没什么可怕，可怕的是心灵的孤寂。那是怎样的孤独？白天兵看兵，晚上数星星。这里没有集贸市场，没有霓虹灯闪烁，这里只有兵站几十号人。冬季车队收车了，无聊、寂寞笼罩着这群青春激荡的橄榄绿。大家聚在一起天南海北地聊天、侃大山，成了应运而生的娱乐消遣方式。

为了排遣心中的孤寂，兵站官兵们常常围坐在一起玩小孩过家家的游戏，丢手绢、打牌涂鸦、捉迷藏……一切都玩腻了，就剩下沉寂了。大家讲述耳闻目睹或亲身经历的事，以期博得战友们的欢笑。

搜肠刮肚，再搜肠刮肚，同志们的故事泉干涸了，笑话林枯萎了。于是，他们对着苍山大喊，山谷回荡，余音不绝，以此制造些许欢乐。

他们渴望见到陌生的事物，哪怕是一片陌生的树叶和一块陌生的石头。和我同住一室的新兵小严，自从抱回一只流浪鸟到兵站后，他就快乐得像一只鸟儿。一次，他在拉练歇息中突然发现路边有一只鸟在努力地扇动翅膀，他走近才发现鸟儿的左翅已经断了，如果不及时治疗的话，肯定会因感染而死亡。他没有犹豫，小心翼翼地将小鸟装进随行的挎包里，带回了兵站。

回到兵站后，他找到军医对小鸟进行治疗。经过军医初步诊断，它的左翅已经断裂，必须先接上断裂的骨头并缝合包扎。高原禽类的生命力和愈合力很顽强，只要处理及时到位，就很快能恢复。随后，军医对它进行了手术。

手术非常成功，小鸟在小严的精心喂养下，精神状态越来越好。那些天，小严的心情也像小鸟一样快乐地要飞起来，每天在兵站炊事班干完活回到宿舍，有什么高兴事他都会与小鸟分享。小鸟的学名叫棕颈雪雀，长得像内地的麻雀，但生命力要比麻雀顽强。雪雀上体呈土褐色，颈部棕色显著，有黑色的眼纹与下颊纹。

雪雀是高原地区常见的鸟类，它们有着和高原地貌颜色一样的羽色，为的是迷惑天空中翱翔的鹰，与它平分高原天空。不得不说，这只雪雀是幸运的，如果没有遇见小严也许早就夭折了。高原的四季无常，边关的孤静寂寥，能在这里生存的鸟儿，本身就不是一般的鸟儿，一般的鸟儿在这里是待不久的，也是活不长的。在高原上，生命必须坚强。这里的阳光热烈而残酷，能让石头燃烧成深褐色。这里的冰雪高贵而神圣，让朝圣者把一生浓缩在一起一伏一跪一叩的长拜间。这里的鸟儿呢？它们也许一生都不会等到一个欣赏的眼神。但高原不嫌弃、不疏远、不忘记投进自己怀抱的任何东西，高原充满着博大的爱。

　　这只雪雀虽然得到爱的滋养，命运却注定一波三折。雪雀在兵站不到两个月就不吃不喝，奄奄一息，军医检查了大半天也没查出病因。这时，小严想起了小时候家里有一只麻雀眼看着就断气了，父亲硬是用一个洋瓷盆把它救活了。于是他顺着儿时记忆抢救起雪雀来，他先到炊事班找了一个盛菜用的铝盆，然后选择一处地方，将雪雀平躺地放在地上，接着将盆扣在雪雀身上，并找来一只竹筷子，有条不紊地敲击着盆沿，一下、两下、三下……直到半个小时后，奇迹发生了，雪雀的头轻轻地动了一下，随后翅膀也伸展了几下。小严见状，赶紧用手把雪雀捧回宿舍给它喂水和食物，没过几天，雪雀便精神了起来。

　　经过雪雀抢救事件，小严开始反省自己的喂养方法，是不是雪雀太寂寞了才会生病？也许小鸟早就厌倦了鸟笼里的生活……一系列的疑问敲击着他的脑门。不得不承认，这里的孤独是透明的，周围没有树木，没有露水，也没有它的同伴。天空和大地是两块巨大而又不同的顽石，它们相互吸引却又相距遥远，无论去哪里，中间都会隔着漫长的戈壁、草原。太漫长了，以致路上的人每次都以为走不到边，但或许已经抵达了边，只是边缘本身也很漫长。

经过激烈的思想斗争后，在一个阳光明媚的周末午后，小严决定将雪雀放生。这是一个痛苦而挣扎的决定，很快雪雀获得了自由，小严却孤独得像高原孤岛上的一粒沙。

雪雀是有灵性的，也许感知到小严的寂寞，它竟然神奇般飞回了兵站。这一次，它没有飞向风雪之外的任何世界，而是尽情享受着那个带给它成长的笼子，直到半年后在兵站病逝。

安葬雪雀的那天，小严没有流泪，他悄悄地来到兵站后山，用工兵铲挖了个鸟坑，挖好后轻轻把雪雀放到坑里。在雪雀下葬的那一刻，他抱歉地对雪雀说："老伙计，委屈你了，我就只能把你埋在这了。"

当坚硬的沙土一点一点埋葬雪雀的身体时，他还是忍不住地黯然泪下，他感伤的不仅是一个生命的逝去，还是生命中少了一个忠实的"战友"。

小严安葬好雪雀后回到兵站，这才发现墓碑上少了一样东西，那就是雪雀自始至终没有自己的名字。思来想去，小严将雪雀取名为"乐雀"，并将"乐雀"二字刻在石碑上，希望它死后找到快乐的天堂。雪雀就这样拥有了高贵而快乐的灵魂。

午时花

二十年前拉萨兵站领导就提出了建设花园式兵站的目标，这是兵站变美的开始。

起初这里不仅没有花，甚至连根草都没有。种花先种草，这是站领导的决策。种草首先要解决沙土飞扬的问题。2000年一开春，官兵们分两班人马行动起来，一班人用小推车从拉萨郊区运沙土，另一班人负责抛开营区的鹅卵石，并将沙土铺好，然后不停地浇水。可是第一天浇下的水，第二天就被大风吹干。几天下来，草被吹掉，草下的土也被吹掉一半。经过几次失败，有人想出了妙招，先往土上洒水，而后十几个人光着脚丫子跳上去使劲地踩，踩实了才能把土壤保住。

经过一番努力，兵站总算有了点零星的绿色。可是面对恶劣的自然环境，似乎与"让荒原变花园"的理想距离遥远。此时，兵站曾站长那股不信邪的韧劲儿又冒了出来。他决心给兵站来一次"换土"大手术，他带领官兵从郊区农场找来肥沃的土给营区铺上一层，解决营区土地贫瘠无营养的问题。就这样，一车车的土被拉进了营区，到处都是土包包，需要将这些土铺在大地上。全体官兵一人一把锹，顶着烈日，迎着风沙，终于将运来的土铺撒在营区大院的每一个角落。

有了草只是走完"花园革命"的第一步。在曾站长的带领下，官兵们开始种花。他们先从种格桑花开始，这是西藏最常见的花。格桑在藏语里是幸福的意思，所以格桑花也叫幸福花。它生长在海拔3000米以上，它的故乡是西藏、青海、川西那无边的大草原。它喜欢高原的阳光，也耐得住雪域的风寒，柔弱但不失挺拔，看上去弱不禁风的样子，可风愈狂它身子愈挺，雨愈打它叶子愈翠，太阳愈暴晒它开得愈灿烂。格桑花不仅美丽，而且随着季节的变换，颜色也会转变。夏天一般是白色，到了秋天就成了红色，让兵站营区有了绚丽多姿的色彩。

渐渐地，兵站官兵对种花有了火一样的热情。官兵们不再满足室外种花，逐步开始在室内种花，兵站办公楼前那个花坛里种的全是鸡冠花，那肥硕的花冠极有西藏特色，漂亮极了！汽车兵来到了这里都会与花儿合影留念。

兵站走廊更是挤满一盆盆朝气蓬勃的吊兰、冬青、金橘、金钟、菊花、仙人掌等，这些花都是他们从老家带回的花种，到兵站后，他们找来废塑料盒、陶瓷盆和羊粪，加土种上，小心浇灌。到了春天果然冒出嫩芽，那是他们最开心的事，他们自己高兴不说，还写信、打电话告诉家人。

我爱花，但我在兵站里养的花是最少的，不是因为我懒惰，而是我的养花技术实在太差，害怕亵渎了花。不管怎样，我的心里都种满了花。

高原上的大部分花都喜欢太阳，站长和教导员早上起床第一件事就是把室内的花搬出去晒太阳，然后再洗脸、出操，战士们看着站领导都如此爱护花，他们种花的激情越发高涨。

作为养花的"后进分子"，站长交给我一个艰巨的任务，就是遇到暴风雨、暴风雪等极端天气时负责收花，保证不让花被突如其来的天气破坏而丧命。为了当好这个"护花使者"，我没少费脑筋，比如遭遇恶劣天气时先收哪些花，如何让花既晒到太阳又不被太阳灼伤，这些都有讲究，也是我的职责。

高原的天气就像娃娃的脸，说变就变。记得有一年夏天的一个清晨，官兵们纷纷把花搬到兵站晾衣场，当时碧空万里，谁也没有料到，几十分钟之后，乌云密布，暴风雨铺天盖地而来。当时官兵们都在忙着接待汽车兵，起风的信号一响，我立刻放下菜刀，从炊事班的操作间冲出来，按照老套路依次将花搬到安全地带。这时风刮得越来越大，还有最后三盆花，我打算一起抱在怀里搬回室内，由于性急一不小心连花带人摔倒在地。这时，正在给汽车兵病号输液的军医见我倒在地上艰难地爬起，迅速叫上卫生员来帮忙。经过几分钟的战斗，花儿终于被安全转移，这时我才发现自己的后脑勺摔破了，地上残留了不少血。军医命令我立刻处理伤口，当时我确实没有感到疼痛，就让军医给我随便包扎了一下就急匆匆上班去了。等晚上下班后揭开纱布，才发现血还在不停地往外渗，这才去卫生所接受了缝针治疗，自此我"护花使者"的称号算是实至名归了。

养花是一件幸福的事，花儿们不仅用绚丽多彩的身姿丰富了兵站官兵们的生活，更重要的是带给我们很多比花朵本身更珍贵的东西，比如热情、欢乐。兵站的夏天是花开得最艳丽的时候，此时战士们的心情就像花儿一样激情饱满。到了夏天，迎来风和日丽的日子，来兵站探亲的家属便不断增多，年轻漂亮的家属来队后最喜欢做的事就是养花，她们每天乐此不疲地给花浇水，搬花出来晒太阳。

家属们的到来让寂寞的战士们心花怒放。在我的印象里，兵站的女家属们个个都会讲笑话，个个都爱笑，尤其是她们每天到了阳光最明媚的午时会聚在一起谈论花事和家事。这时战士们也会在一旁起劲地听着，他们渴望听到关于爱情的细节，一旦听到了脸上立刻露出灿烂的笑容。

笑是长在脸上的美丽。在寂寞的兵站，微笑的女人是一朵静静开放的鲜花，是一朵开在正午的向日葵。为了留住这短暂而美好的笑容，兵站文书用相机定格住女人与花的瞬间，然后把照片张贴在兵站笑脸墙上。笑脸墙上有一个醒目的标题，叫"军嫂情，午时花"，这真是一缕精致的暗香、一处优雅的风景。

醒来的石头

　　"西藏，一块孤独的石头坐满整个天空／没有任何夜晚能使我沉睡／没有任何黎明能使我醒来……"这是诗人海子为西藏而写的诗。以我对诗歌浅薄的鉴赏力，我认为这绝对是一首壮美的诗。读着海子的诗，我突然产生一个奇异的想法，我想如果海子到过青藏线兵站，他一定会提笔赞美西藏是"一块美丽的石头坐满整个天空"。

　　青藏线上有太多石头的种子，荒草遮蔽的石头、冰雪覆盖的石头、流水冲击的石头、烈日暴晒的石头、心灵沉淀的石头。这里的石头没有脚，却不停地在动，有时风是它的脚，有时水是它的脚，有时兵是它的脚。

　　许多年来，兵站官兵爱每一块石头爱过的石头，爱每一片雪花爱过的雪花，爱每一寸光阴爱过的光阴。石头是山的今生，是另一种形式的生命，可是在兵站生活久了的官兵们硬是喜欢琢磨石头，他们整天都在想怎样改变石头的样子，好像只有改变石头的模样才能"石"来运转。

　　拉萨大站的后院原是一片不毛之地，到了冬天，风在荒原上横冲直撞地"疯"卷着，成片的石子成为风的靶子，最大的石子比羊粪蛋子还大，大风来临时，它们如野马似的在营区奔跑，天空和草地一片狼藉。如何才能把这片荒地变成绿洲？大站的皮小海副站长可没少动脑筋。

皮小海是大站制造美的行家里手，他曾给拉萨大站辖区内五个兵站制作过精美的灯箱、醒目的指示牌。为了"驯服"这些飞沙走石，他设计了很多图纸，还参观了西藏军区大院的园林建设。为改造大站后花园，他熬红的双眼里布满了血丝，抽屉中塞满了复方铝酸铋片、阿莫西林等药品。妻子听说丈夫累坏了身体，心痛得直掉眼泪，电话中一再要他注意身体，他虽然口上答应好好的，但一忙起来就把爱人的叮嘱忘得一干二净。

与石头搏斗的日子里，他爱上了园林科技，渐渐懂得了哪些地方适合栽花，哪些地方适合栽树，哪些地方适合造石景。经过多方选择，他提出了"沿墙种树、树下种花、楼间种草、点缀特色花果"的园林格局设计思路。现在无论任何季节，大站机关都能见到绿色。一岁一枯荣的芦苇、千百年丛生的红柳统统不见了，大站变成了春有花、夏有荫、秋有果、冬有绿的乐园。

石头是高原的灵魂，也是大站的灵魂。天地苍茫，兵与石犹如惺惺相惜的战友，相互倾诉，彼此聆听。大站院区内的几块石头上雕刻着"保家卫国　建设西藏"等响亮的战斗口号，它时刻提醒大家，将战天斗地的"老西藏精神"不断赓续。

热爱书法艺术的官兵们喜欢把理想刻进石头，石头也见证了官兵们的坚忍。寒来暑往，一拨拨官兵来了又走了，但他们雕饰的顽石始终"如兵列阵"，永远留在高原上。

在高原战士的内心，真正的"石头文化"不仅是对石头的堆砌和涂鸦，更多的则是代表着一种精神感召——那是在狂风暴雪中越挫越勇的顽强，也是在困难时看到希望的能力。

大站领导为激励战士们的造绿热情，特意放话说谁种植的草坪多、成活率高，就给谁记功。当时立功心切的我趁着夜色潜入拉萨一家园林公司偷草坪，谁知弄巧成拙成为官兵们的反面教材，还因此受到站领导的严厉批评。至今想来，这真是一段刻在心灵深处的耻辱教训。

与拉萨大站相隔150多公里的当雄兵站是镶嵌在戈壁滩上的一颗绿宝石。当雄地区，风蚀的沙、远处并行的山峦和戈壁滩上散见的卵石，一样的颜色，一样的形状，一样的无声，单调得使你厌倦，使你困顿。而一进当雄兵站，你便会被这里的景致所吸引。一排排茁壮挺拔的杨树洒下片片绿荫，一行行火红的橘子树，橘子似一盏盏小灯笼在阳光下闪耀。

这么美的景致并不是与生俱来的，它是兵站官兵用辛劳和汗水浇灌出来的。时间回到三十年前，兵站营区全是戈壁滩。当雄的春天真是吝啬得要命，连雨水都藏得紧紧的，眼前的河流露出干枯的河底。兵站的上空不时地刮起旋风，卷起黄色的沙柱，刮得人心烦意乱。在一次军事拉练中，官兵们发现离兵站不远的地方有一株红柳泛着嫩绿。"红柳，是红柳！"官兵们几乎是大声呼喊着，"一株、两株、三株……"

这几棵红柳萌发了官兵们种植白杨的信念。道理很简单，官兵们认为荒滩上能生长红柳就一定能长出白杨。于是战士们从家乡捎来几十棵树苗栽在宿舍门前，风沙大，他们用草帘子和麻袋把树苗围起来。浇水是关键，他们从河里挑水按时浇灌，就连每顿饭后也不忘端碗水回来。

奇迹出现了，小白杨像战士一样在当雄兵站扎根了，这第一株绿带给官兵们是兴奋和启示，他们要在这片土地上创造更大的奇迹。春天到了，河水还在冰峰上凝固着，大地还在寒风中酣睡。兵站官兵早早动起手来，他们把附近的一条小河流引进了兵站的营区。当河水解除禁令的时候，官兵们一锹一锹地铲走沙石，又从三十里外的农场拉回一车车熟土，回填在用水冲过的树坑里，而后栽上白杨树、杏子树、万年青……

转眼，又是一个春暖花开的季节，又一批新兵来到了兵站，幸运的是他们没有经历创业之初的艰难。新兵下连，分到这花红树绿的兵站应该觉得满足了，可年轻人爱比，他们按说要跟上面的黑河比，跟风沙肆虐的安多比，偏不！他们一心要跟昆明的花比，他们决心将绿色革命进行到底，哪怕不能"石"来运转，他们也决不后退半步。

太阳的诱惑

    从冰雪中走来的太阳像一个魔法师，眼一睁高原的天空就亮了起来，风筝拉着春天跑，牛羊似潮涌，帐篷似风帆，牧歌暖心窝。

    冰雪中走来的太阳，每一束光芒都蕴藏着一个微笑，相聚时青稞酒斟满了微笑，歌舞时酥油茶浸透了微笑，相逢时哈达捧起了微笑，花开时雪山露出了微笑……

    曾经写过一篇散文诗《高原上的太阳》，其中有几句记忆深刻：高原上的太阳！您忠诚的守望使大山流淌出富足的血液，您虔诚的光辉照亮了黑河兵站每一寸土地。

    兵站官兵爱太阳爱出了新高度。他们把雪山上的太阳用剪纸变成窗花，取名"太阳花"。兵站官兵不懂美学，按照自己的创意来剪"太阳花"，并乐此不疲，世代相传。他们说，窗花是盛开在心灵上的花，虽然没有生命的温度，没有芳馨袭人的花香，却能陶冶情操，成为心灵上的慰藉，也能让过往汽车兵感受到兵站官兵的热情。

    更有创意的是，兵站官兵给玉米饼取了个好听的名字——"阳光饼"。他们制作玉米饼的工序十分讲究，首先要将玉米用石磨磨成玉米粉，然后再将玉米粉筛成皮儿、碴儿和面儿，接着用碴儿熬成粥，然后加上面粉和好，再发酵一下蒸成饼，兵站官兵便称其为发面饼。我情有独钟的是那松软可口的发面饼，至今想来直流口水。

对我来说，高原上的太阳给予我更多的是温暖的诱惑。记得在我入伍第八个年头的时候，青藏线上的兵站已经普遍建起了阳光房，阳光房里有盆景、花草、健身房、娱乐室，还有"军营书吧"等文化娱乐设施。常年奔走在青藏线上的汽车兵把这里当作快乐的驿站，让阳光房充满兵的味道。有了阳光房，汽车兵到兵站能够更好地休整放松，以最佳的状态征战云端天路。

随着时代的发展，新型"阳光保暖房"成为雪域高原上一道亮丽的风景线。新阳光房采用强聚热复合材料、分布式并网光伏发电轻钢结构等新材料新工艺建造，在高原恶劣环境中不易开裂、漏风。住上这种新式营房，官兵再也不用"四季穿棉袄"了。上级还为新型"阳光保暖房"配备了制氧机、健身器材等设备，即使遭遇恶劣天气，官兵也可以在室内进行训练、健身。

青藏线什么都缺，最不缺少的就是阳光。阳光房的出现让阳光在雪域高原有了灵魂般的归属。我对阳光房产生依赖是从青藏线上的黑河兵站开始的，这里平均海拔在4500米以上，气候恶劣，含氧量仅为海平面的一半，白天日照辐射强，日夜温差大。每个到达西藏的人都有不同程度的高原反应，如头痛头晕、心慌胸闷、呼吸费力、口干鼻塞、恶心呕吐、腹胀腹泻等，曾有援助人员因严重的高原反应而不得不返回休养。

我在黑河兵站工作了近一年的时间，记得最深刻的还是那儿的阳光。记得刚到兵站工作时，我自认已是"老西藏"了，一下火车便和几个战友打了篮球，俨然忘记这是海拔 4000 多米的高原。篮球大概打了半场，脑袋一下子感到一阵眩晕，我明白这是高原反应所致，于是早早回兵站家属院休息了。

大概凌晨三点，睡在床上的我再次感到强烈的头疼头晕，紧接着是一阵阵恶心呕吐，好不容易从床上爬起来，只感到四肢无力，好像身体被掏空一样，爱人见状立即搀扶我来到卫生所。当时天还未亮，卫生员还是迅速起床开灯，他先是递给我一支葡萄糖，我用颤抖的手拿起葡萄糖就喝了下去，顿时感到心里好受了一些，但神情仍然是恍恍惚惚的。

卫生员告诉我，这是在高原上剧烈运动引起的心悸，必须输液治疗，至少要输七天一个疗程。要知道，高原上气压降低，氧含量减少，呼吸同样一口气的氧含量比平原的少很多，人体会随之"自救"做出调整，例如加深加速呼吸、心肌收缩加强、心率加速……这也将带来头晕、恶心、呕吐、头疼、嗜睡等不同程度的高原反应，严重时甚至会危及生命。

在输液的过程中，爱人几乎是形影不离。记得最清楚的是，每次输液都是在兵站阳光房，看着通透的阳光洒在输液瓶上明晃晃、亮堂堂的，心里就会充满阳光。此时我已经忘记了自己还是一个病人，也许有爱人的陪伴，阳光会更加深情。

高原上的太阳对于短期服役的战士是温暖的诱惑，对于高原"留鸟"却是飞不出的陷阱。在兵站，我曾见过身边的战士因为高原反应强烈连胆汁都吐了出来，却还摇摇晃晃地走上哨位，如青松般屹立在那里；也曾见过退伍离别时，战士们抱头痛哭，恋恋不舍。

许多年过去了，兵站老兵走了，新兵来了，生生不息，他们在雪山深处种下了属于自己的太阳。

孤独是清醒的沉默

在雪域高原，有人分担孤独是一件极其幸福的事。我很欣赏著名心理学家欧文·亚隆的一句话："孤独只存在孤独之中，一旦分担，它就蒸发了。"

无数个与风雪寂寞搏斗的日子里，我的孤独总是轻易被那个战友的深情填满。时间回到 2008 年 10 月 22 日，这一天是二十八岁生日。碰巧这一天，陪伴我十年的战友王化海回到拉萨兵站，这是他在羊八井兵站工作一年后重新回到拉萨兵站工作。

他回兵站后的职务是教导员，军衔比以前高了一个级别，我仍然在青藏兵站部驻拉萨联合运输办工作，办公室就在兵站的院内。那天晚上，他看见我房间的灯没关，便走进房间和我叙起旧来。当见到仅分别一年的他时我愕然！他明显瘦了些，神情显得有些疲惫，说话时带点微微的喘息，我想该让他早点回房休息了，毕竟他前面的路还有很长。

走马上任的那天，他望着兵站墙上挂着一面面官兵用血汗染成的流动红旗，内心有一种无形的压力，总感到有几条狂猛的鞭子狠劲地抽打着他。他已是拉萨兵站的老兵了，现在又是站领导，因此他十分清楚，兵站的吃喝拉撒样样都得劳神，要想将兵站建成汽车兵的温暖之家，必须得扑下身子撅着屁股干。思想政治工作是教导员的本职工作，这是一门大学问，尤其是现在兵站战士普遍存在思想活、文化高、管理难的问题。兵站有刚从内地军事学院分来的几名干部学员，他们一来到兵站就傻眼了。王化海一来，二话没说就给他们每个人发了一把菜刀、一个围裙，开始他们觉得挺新鲜，可没干到一周，他们就找到教导员吐着满腹苦水："我好歹也是军校毕业的大学生，每天面对的都是简单重复的劳动，真是太无趣、太孤独了……"王化海耐心地说："同志们，不要把我们从事的工作看简单了，保证汽车部队一日三餐吃饱吃好可不是一件容易的事。"接下来的日子里，切菜、擀面、蒸馒头、烤面包，他都身体力行带头干，学员们看着教导员事事亲力亲为，也就少了些牢骚，慢慢适应了兵站环境。

兵站忙的时候其实是最快乐的，因为脚底的风每天都在快乐地旋转。到了冬天，留队过年的官兵每天不得不抱着冰冷的月亮入睡，不得不选用幻想做成的鞋子继续抵达孤独。冬季是兵站老兵最幸福的日子，因为冬季汽车部队收车了，老兵可以轮流休假相亲，如果遇到中意对象就速战速决入洞房了。那年老兵们都休假了，我却自发留下来和教导员一块过春节，因为我害怕相亲再次失败。除夕夜，我们把军被、军垫往墙角一卷，然后双腿盘坐在床上，一边吃花生，一边聊天。在寒冷与孤独的陪伴中，我们聊起了平时没空，也不愿意谈及的话题，那便是渴望中的爱情。我们让思想在精心酝酿的气氛中，像蓝天上自由来去的鹰一样飞荡。我们是最怕谈到成家的，因为我们的爱情故事集败笔连篇，但在此刻，我们都多想有一个温柔的女人坐在身边，我们可以随便向她们讲述我们年少时荒唐的趣事。而就在那时，孤独定格成一幅浓墨重彩的高原油画，静静地挂在墙上，忘记了挣扎。

　　孤独真是个永恒的话题，孤独让孤独迷茫，孤独又让孤独成长。记得刚套改士官不久，我因为文化程度低，没有通过预提干名额，当时真是想死的心都有，不知道为什么那时就那样迷恋肩膀上一颗星的光芒。当时，王化海也曾找过机关领导为我说情，得到的是领导冷冷的答复："不好意思，初中文凭没提干资格。"那些天我说得最多的一句话就是，没有学历真是太难了……

　　教导员看我整天郁郁寡欢的样子，趁着周末一个月色如水的夜晚，拨通我们的老友藏族老阿妈玉珍的电话，并讨来一大壶青稞酒，教导员知道我好这一口。阿妈说："我儿子也在部队，我经常和他讲你在部队坚持读书写作的事，他说要以你为榜样好好干，这杯酒是我代替儿子敬你的……"听到这话的时候，我感觉玉珍年轻的时候一定像今晚的月亮一样美丽。那一夜我和教导员都喝多了，喝完酒我们躺在草坪上，枕鹅卵石，盖月光被，任夜的牧场放逐我们奔腾的思想。我们就这样望着月亮，任月之情抚眼帘，让绿草与梦为我们编织未来！

　　时间总是踏着固有的节奏在高原上行进着。第二年冬天，我顺理成章地成了兵站最老的男人，这个称谓让我马不停蹄地在结婚这条道上狂奔，直到结婚典礼结束后才停下脚步。婚后短暂的幸福之后，我回到兵站。刚到兵站我就生了一场病，是急性肺水肿，剧烈的病痛让我很长一段时间不能正常参加工作。这个时候教导员出现了："你安心养病吧，巡逻的活交给我。"当时兵站在位人员少，他也加入了巡逻队伍，顶替一个战士巡逻其实对他来说已经不是第一次了。说到巡逻，我会立即想起他的"职业病"。他把自己的房间安排在值班室隔壁，每到凌晨一点他准会醒来，在夜深人静中倾听值班员走过房前的足音，他能凭脚步声叫出每个人的名字。值班员路过他门口时，都轻轻敲敲墙壁，轻轻叫一声教导员，表示没有误班。有时值班员睡过头或像我今天一样身体不好，到点未听见敲墙的声音，他就替我们值班。

人似乎都害怕孤独，但孤独一辈子如影随形。我和教导员王化海一起对抗高原孤独的日子加起来超过十年。十年里，我们慢慢发现孤独是最清醒的沉默，那时我们并不孤独，孤独的只是高原。

花开的声音

　　人生最大的快乐，莫过于看到一个携带着自己基因的生命诞生。然而，在高原上，所有生命之花注定要经过漫长的等待才能盛开。

　　缺氧是高原战士生命孕育路上的第一道屏障。记得拉萨大站杨政委曾这样描述缺氧给身体带来的伤痛，他说："人缺氧后，会感到吃饭与不吃饭一个样，睡觉与不睡觉一个样，生病与不生病一个样，结婚与不结婚一个样。"前三个"一个样"，是说在缺氧反应袭击下，人吃不下饭，睡不好觉，头痛、腹胀，浑身难受；后一个"一个样"，是说高原军人结婚后长期分居，山上、山下牛郎织女，一年见不了几次面。于是，高原官兵想要个孩子都成了难题，有的即使有了孩子，也担心是否会出现这样或那样的毛病。

　　拉萨大站官兵直到现在还有好几个大龄士官没能实现当父亲的梦想，但他们并没有抱怨命运的不公，他们还很会调整心态。记得有一个老士官曾经对我说过一句颇具哲理的话，他说："命运之神只负责发牌，不会教你怎么出牌，把坏牌打好才算本事。"能说出这样的话来的人心中是充满阳光的，这一点我可以做证，因为我每天都能从他们的脸上见到阳光般的笑容。

士官老王脸上的笑容是真实的，尽管生活给他带来了无尽的苦涩。为什么称他老王？因为他今年已经是入伍十六个年头的老兵了，他常年在恶劣的自然环境中工作和生活，导致身体素质和生育能力下降。加之每次回家探亲与妻子相聚的时间有限，有时到家没几天，又因部队有紧急任务马上归队，因此难以调整身体和时机，以致怀孕成为计划之外的计划。虽然老王和他的爱人已经是三十好几的人了，但小两口并没有放弃当父母的权利，每次有机会去外地或休假，他都四处求医。有一年，在站领导的关怀下，他顺利地进入解放军第三军医大学接受治疗，不久，老王打来电话告诉我们他爱人怀孕的好消息，而且还是双胞胎，听到这个好消息，我们都为他们感到高兴。命运却总爱捉弄人，在一次例行的产检中，医生意外地发现胎儿发育不正常，如果强行保留胎儿，大人和胎儿的风险都很大，万般无奈之下，夫妻俩只有强忍痛苦接受流产的现实。

在大站机关，有一个办公室里出现了三对夫妇"生育难"的问题，后来通过积极治疗，其中两对夫妇实现了做父母的愿望，另一对夫妇正在接受治疗。面对"生育难"的问题，单位首长也爱莫能助。记得有一次，首长到办公室跟大家开玩笑地说："哈！你们这里是不是风水不好啊？！实在不行我给你们换个办公室办公。"说这话时首长虽然脸上带着笑容，但笑也是苦涩的。

高原兵的情感是美丽的，如果把他挂在枯涩的枝头上呢？那种滋味拉萨兵站王教导员感受最为深切。他的爱人在内地某中学任教，他常年待在兵站，因为双方工作都很忙，夫妻总是聚少离多。

他和妻子结婚五年了，他最大的愿望就是有一个爱情的结晶。他无数次在睡梦中见到自己的小宝宝，脸型像他，鼻子和眼睛大大的，像妻子。记得结婚第一年，洞房花烛夜被兵站一个紧急电话搅乱了；第二年妻子例假，计划又落空了；第三年妻子生病了，结果又开了"空花"；第四年渐渐适应了高原气候，但生理机能怎么也无法与高寒缺氧的气候达成一致节拍。就这样，他们一次次耽误了要孩子的最佳年龄，至今没有孩子，他心中的苦只有自己知道。"怎么做个爸爸这么难啊！"他精神极度疲惫。组织看他年龄越来越大，几次找他谈话，批假让他到内地大医院去好好检查，但他都说："还年轻，孩子可以慢慢要。"

他和妻子都可以忍耐，可苦了他的父母。眼看着同自己儿子年龄相仿的小伙子的孩子都要背着书包上学了，父母都迫切想抱上孙子，总是隔三岔五地写信或打电话来："你俩也都三十好几的人了，怎么整天跟没睡醒一样？你们不着急，我们老两口可等不及了呀。"每次他都耐心地做父母的工作："再等等吧，等转业回内地再说。"老父亲的嘴磨出了茧子，经常发出"儿大不由爷"的感叹，渐渐也没了信心。

教导员的妻子何尝不想早点当妈妈呢？看着人家怀里可爱的小宝宝，心里别提有多难受了。她劝丈夫干脆转业算了，好赶快有二人的爱情结晶。他心里有时也很纠结：当爸爸和工作究竟哪个更重要？最后他还是选择了留队。

　　生活还得继续，在教导员当兵十七年的那个冬天，他等来一个当父亲的机会，他和妻子从内地一家医院领养了一个出生不到三天的男婴，全家别提多高兴，算是圆了全家的梦想。但上天还在不停地磨炼他，一天小孩突然发起了高烧，且高烧持续不退，送到医院医生查不出什么毛病，辗转了几个大医院，结果查出孩子患有脑积水，还伴随缺氧和缺血。全家人都知道这种病意味着什么，他的妻子抱着孩子整日以泪洗面，坚强的教导员又一次把泪水咽进肚中。

　　写到这里，我热切地期望，医疗系统的专家们能急高原军人之所急，尽快研究出解决高原军人"生育难"的好办法，让高原官兵能在雪山上聆听花开的声音。

　　相信这个美好愿望一定会在实现强军梦的征程中得以实现。

远去的伤口

　　我与猪的缘分很深很深。在拉萨兵站工作期间，我有过一段养猪的经历。大家都说我是兵站"第五代饲养员"，那这样的话，我的师父王老兵就是"第四代饲养员"了。

　　王老兵是河北唐山人，比我早五年参军，养猪很有经验。他带着我每天比兵站其他官兵早起半个多小时，先烧火煮猪食，然后喂猪，接着清扫猪圈。猪的活计忙完了，还要去炊事班里做午饭、晚饭。说心里话，我长这么大，吃过猪肉，见过猪跑，却没有喂过猪，尤其是在高原喂猪，这活儿并没有常人想象中那么容易。那段时间我全身心向王老兵学习，向书本学习，在养猪中学习养猪。经过三个月的学习，我已经可以独自喂养兵站的二十几头猪了。

　　养猪是个苦差事，必须早起晚睡不说，每天还要清扫猪舍。最要命的是猪舍的围墙薄，经常被猪拱倒，需要抢修，有时抢修不及时，猪跑到兵站大院里溜达，引得大家驻足观看，我也因此受到站领导严肃批评。但我始终没有气馁，既然当了饲养员，就要当个好饲养员，无非是多吃些苦，多受些累。我没事就待在猪圈，脏了就清扫，墙塌了就再垒上。好在兵站领导弄了些水泥，重新砌了墙，把我从泥瓦匠的工作中解脱出来了。自从我养猪之后，战友们对我的称呼都变成了"猪司令"。

我这个"猪司令"在养猪半年后就正式转正了，因为王老兵复员了，我接手了养猪的光荣任务。在高原养猪面临的困难真是不少。一次，小猪突然生病了，不吃不动，奄奄一息。那时，要在附近找个兽医比登天还难。我知道这时着急也毫无用处，为了救活小猪，我很快学会了给猪配药打针。还有一次，我发现几头小猪有了厌食症状，我照着书里说的把骨头碾碎拌在食里，每天定时定量喂养。几个月过后，小猪渐渐长大。后来，我养的母猪怀了胎，我每天乐呵呵的，精心饲养。寒冬腊月母猪下崽，我一连几夜蜷缩在猪圈里守护，直到母猪完成它的光荣"使命"。

养猪的两年时间里，我记忆最深刻的是用猪粪医治好了饲养员小魏腿上的脓疮。我知道这是一种凶险的疾病，患上这种病就等于阎王爷在你的鼻头上摸了一下。

小魏的病让我一下子想起了幼年时自己患病的情形。长疮是特恶心的病，它会导致流黄水，夏天气味特别重，上学时我只得戴上帽子，到晚上脱帽时脓水与皮肤粘连在一起，简直难受至极。那时，父母经常到村卫生室给我打青霉素治疗，几个月过去了却不见好。一天村里来了个算命的老头，不管命算得准不准，但他走的路多，见多识广。他说离我家不远的山上有个人，他发明的偏方救治了不少像我这种长疮的人。起初父亲不是很相信算命老头的话，他坚持带着我去武汉同济医院看病，医生说我这种病活不过三年，尤其是长疮的面积过大更是少见。医生给我开了些西药让我吃吃看，看看会不会有奇迹发生。我大概吃了一年，没有任何好转。这时父亲想起算命老人的话，抱着"死马当活马医"的心态找到那人。那人看起来和普通人差不多，就是胡须留得稍微长一些。神人说的方子一点不神，就是把猪粪晾干，与马尿掺和在一起，然后做成药涂在疮面上，最后用麻秆火烘烤疮面，直到脓水不流为止。大概有两个月的时间，我感到头上、腿上的疮奇痒无比，总忍不住想去挠痒。有天晚上，钻心的痒让我哇的一声哭了，将家里养的猫吓得一晚上没敢回来。

母亲见状，就用捆柴火的绳子把我的手脚捆在床上。当时虽然感到很无助，但让我感到温暖的是，母亲每天都给我做好吃的，让我感受到自己被爱捆绑着。也许这世界上谁都不是爱的对手，包括阴险狡猾的毒疮。这样又坚持了一个月，我感到头皮轻松了一大截，疮面慢慢长出了新肉。长大后我才明白，猪粪在《本草纲目》里叫"猪零"，古代就有这偏方，专治恶疮。

这一段经历真是够残忍的，毒疮最严重时，同学都不跟我玩，老师怕毒疮会传染给别的学生，将我安排到最后一排最边角的位置听课。

更多的时候，长疮会受到同学的歧视。记得一次放学，我正沿着一条臭水沟回家，一个调皮的同学拿着一块大石头重重地砸在水沟里，臭水一下溅了我一脸。我飞快地往家的方向跑去，边跑边哭。

从此，我除了上学就窝在屋子里不敢出门，我害怕再遇到同样的事。平时陪伴我最多的是泰戈尔的诗集，还有一台半导体收音机，这是妹妹用采药换来的钱给我买的。那段时间里，我通过收音机听得最多的是文艺节目，单田芳的说书我几乎每期都准时收听，后来到部队，收音机成了我灵魂的"伴侣"。

小魏长疮后极度不想养猪，甚至把自己腿上的疮归罪于猪。后来他在兵站卫生室、军区医院都治疗过，但总是好不了几天就又复发了。这时我说出了自己当年治病的历程。他试了我说的方法，结果不到一个月，他腿上的疮奇迹般地好了，而且再也没有复发。他与猪的误会就这样一笔勾销了，他甚至比以前更加爱护猪了。

说是说，笑是笑，就算用猪粪治愈毒疮依然管用，但大多还是碰运气吧，因为确实村里也有不少人照那人说的方子却没有治好疮病的。

我和小魏都是幸运的，我们都找到了治疗自己伤口的解药，尽管这是一道远去的伤口，也可以说是成长的伤口、幸福的伤口。

雪山的笑声

如果我说高原上的笑声能救起一个个落水的灵魂，你信吗？在沉寂的高原，雪山之上始终飘摇着无法攀登的高峰，雪山之下始终流淌着无法打捞的美景。许多年来，高原岁月如一头埋头苦干的牦牛，从不抬头张望，只留下静默的时光独守一望无际的草原。

谁能打破这沉寂的高原时光？我相信有很多人，比如高原上说相声、演小品的人，比如藏戏的表演者，比如我叫不出名字的"舞台上的格桑花"，等等，但这些人带给军营的笑声非常有限。正在这时，一个自带笑脸的人出现在拉萨大站官兵面前，他是大站司令部副参谋长陈中杰，一个从大站成长起来的干部。从外形上看，他长得非常彪悍，然而他却有着女人般的细致，他的风趣幽默能够令你感到天空永远都是那么晴朗。

他是我的顶头上司，每次到我们办公室来指导工作，他总是面带微笑。

他所创造的"流行语"都来源于大站生活。记得有段时间，司令部有一名性格内向的新战士因为家庭出现了变故，整天郁郁寡欢。

参谋长派他去给这个新战士做思想工作，他说了许多安慰的话都未奏效。后来他讲了一个和这个新战士有同样遭遇和不幸的人的故事，讲述故事主人公是怎样走出思想阴霾的，还总结了一句颇具哲理的话："时间一到都会好的。"没过多久，这名战士丢掉了沉重的思想包袱，愉快地投入工作之中，年底还被评为优秀士兵。后来，"时间一到都会好的"这句话也成了司令部官兵传诵的"流行语"。这句宽慰的话，曾经让那个恋爱受挫的士官重新找回自信，让那个考学落榜的义务兵重新看到希望。

他所创造的"流行语"和脱口而出的笑话受到新兵欢迎。一次，新兵小李因为训练过猛肩膀受伤，心情一直不好。这时，他给小李讲了一个笑话，我记得大概内容是：小王入伍前检查身体，发现肩膀有毛病，双臂无法举过头顶，体检医生束手无策，遂与接兵连长商量。连长想了想说："让他通过体检吧。我想问题不大，除了不能举手投降，其他应该没问题。"没想到这个笑话还挺管用，新兵小李的心情很快好了起来，不到半个月就恢复了"小老虎"的神态。

还有一次，有个新兵害怕打靶、害怕枪声，他从脑海里搜出了一个笑话：新兵经过训练后，第一次登上飞机准备进行空中跳伞。教官在进行了又一次动员后说："谁第一个跳？请举手。"这时一个新兵举起了手。教官刚准备表扬他勇敢，那位新兵怯怯地说："教官，我能上厕所吗？"笑话讲完了，这名新兵哈哈一笑，情绪也不那么紧张了。这时他满脸严肃地对这名新兵说："赶紧上厕所去，立马回来进行实弹射击……"这名新兵在轻松愉快的环境中很快适应了射击训练。

　　生活中的副参谋长，给人没一点架子和压力的感觉，让人觉得像一个老朋友。有好几次我和他一起去查铺，发现他的心真的很细。来到战士宿舍里，他一边询问战士被子的暖和度，一边帮战士盖被子，而且习惯性地伸手挨个探查每个战士所穿的衣裤量，并叮嘱要加衣防寒。

　　他也是一个非常实在的人，在生活中常常吃了很多"亏"，当然这个"亏"字是带引号的，甚至有人说他就是个傻子。对"傻子"这个称号，他有着与常人不一样的理解。在一次授课中，他给我们讲："世界上的事业都是'傻子'干出来的。"我知道他说的傻子自然不是傻瓜，而是任劳任怨、踏踏实实干工作的人，我也觉得那些喜欢偷奸耍滑的人才是天底下最大的傻子，他们往往只注重眼前的利益，为了眼前的利益而断送了原本可以更加美好的前程。

　　由于工作能力强，司令部有什么难题就会想起他，因为他是那种专啃"硬骨头"的主儿。他接受命令时总会说那句让我听得耳朵都起茧的一句话："这都不是事。"不知道这句话是不是他的专利，但他接受任务时总是充满了自信，不论是军事训练任务，还是日常劳动任务，他都完成得很漂亮、很利索，不得不使我们跷起大拇指好好夸夸他。面对褒奖，他总是嘿嘿一笑，对着夸奖他的人轻轻地说一声"低调"。他是真的低调，每次参加大项劳动时，新战士让他去休息，他反倒不自在、不愿意了，等劳动任务快结束时，他才会恍然记起他的副参谋长身份，"命令"其他人让他继续干下去，然后在一旁给大家讲笑话，把司令部的人逗得哈哈大笑！战士们津津有味地听着一段段小笑话从他的口中娓娓道来，干起活来也不觉得累，只是感到时间过得太快了，一会儿工夫劳动任务就完成了。

记得有一段时间，陈副参谋长带领部队到师部参加军事大比武，好长一段时间，官兵们听不到他的"流行语"，很多同志都感到生活少了些许味道，我知道那味道是幽默和乐观的味道。

当一个人微笑时，世界便会爱上他。笑声能给整个军营带来快乐，带来动力。面对艰苦的高原环境和高强度的学习训练，兵站官兵用微笑彰显为国戍边的情怀和苦乐精神。在雪域高原摸爬滚打久了，我深深明白寂寞的军营太需要笑声了，这笑声才是雪山的魂。

永远的小茶花

　　小女孩的名字叫小茶花，她的故事至今还经常被青藏线老兵提起，老兵们每讲一回她的故事都会流一次泪。小茶花出生在山东，四岁了都不知道爸爸长啥样，爸爸在海拔 4700 米的昆仑泵站上当兵。小茶花天天吵着要见爸爸，终于春节快到了，小茶花也放了假，妈妈早早就答应要带她去见爸爸，也早早买好了上昆仑山的汽车票。妈妈想见到爸爸的心快要蹦出胸膛了，她巴不得汽车变成飞船飞到昆仑山。小茶花比妈妈还要着急，她告诉妈妈，见到爸爸一定要抱着爸爸的腿，乐够了还要给爸爸唱上一支歌。

　　可是，她的歌还没出唇，她就在去昆仑山的路上得了高原肺水肿。小茶花昏昏沉沉地睡在妈妈的怀里，双唇干裂，小脸蜡黄，几天几夜的路程使小女孩像变了个人，只是嘴里不停地喊着："爸爸！爸爸……"

　　妈妈把女儿搂在怀里，双眼直盯着前方，她的心里只有一个愿望：无论如何都要让孩子和爸爸一起过一个年。汽车向着爸爸驻守的昆仑山泵站驶去，一程又一程，终于到了目的地。然而小茶花已经停止了呼吸，妈妈抱着女儿的尸体，一阵痛哭。

此时小茶花的爸爸却不在泵站，他还在十里之外执行管线抢修的任务，妻子到站和发生的悲剧他自然一概不知。

小茶花在这个世界上只活了四年，她连见爸爸一面的愿望都还没实现就闭上了眼。妈妈搂抱女儿的手臂已经僵硬，哭干了眼泪，爸爸苦盼亲亲女儿，迎来的却是女儿冰凉的遗体，悲痛欲绝。战友们轮流抱紧小茶花，希望能用众人体温复活她，听她奶声奶气地喊"爸爸""叔叔"……

可这一切只能是一个无法实现的愿望，这一夜小茶花在泵站的战友们手里传递着，直到爸爸执勤回来，站上才爆发出雷吼一样的哭声。这一夜正好是除夕，战友们唱起了《十五的月亮》，一遍又一遍，直到天亮。

小茶花遗憾地走了，被战友们埋在青藏公路旁。爸爸和叔叔常常来看她，陪她说说话。有爸爸和叔叔们的陪伴，她不会寂寞、孤单。

这是昆仑山最年轻的墓碑。

小茶花走后的第一个春天，据说她的坟头上长出了嫩绿的小草。就这一次，以后再也没有见过她的坟头长草。

泵站的战友告诉我，那是小茶花睁了一次眼，要看看外面的世界。对一个四岁的小女孩来说，她想看的东西太多了，这个世界，包括昆仑山，对她来说都是新奇和陌生的。

小茶花走后的第十个年头，为了寻找她的坟堆，我曾以一名记者的身份到过小女孩曾经走过的昆仑山口。其实通往昆仑山的路并不险峻，只是空旷无人，多数时间里只能发现朝圣者的足迹。那些朝圣者携了家眷在路边的草原上歇息，嘴唇皲裂地啃食着馍馍，脸上洋溢着纯净的幸福和快乐，让人很感动。我沿着被虔诚的信徒拉长的昆仑路寻找着小女孩的足印，但始终没有找到蛛丝马迹，或许是她的脚印太瘦小了，被风沙卷走了。

后来，守护在这里的军人告诉我，那坟堆早就融进了泥土，变得与大地一样平溜了。

记得军旅作家王宗仁曾对我说："小茶花的坟堆走了，是自己走的，她只把故事留到了这里，没有人知道她是因为什么悄悄离开高原的。或许是她不愿意再让爱她的兵叔叔们伤心，自己悄悄地走了；或许是昆仑山太寂寞了，她去寻找玩伴了……"

小茶花离去了，然而昆仑山的山体没有失色，也并没有改变高傲的个性。但从这里走出来的大校军官，却改写了昆仑山泵站的规定，他规定：海拔4000米以上的高原不允许小孩来队。这个规定至今没有改变。在没有儿女柔情的昆仑山，军人们依然默默坚守着一个人的高原，守着有小茶花故事的那座昆仑山。我想再过若干年，小茶花的名字还会像昆仑山的名字一样响亮，至少她会永远存活于军人们滚烫的血液里，让这个名字去温暖整座昆仑山。最终，我还是没找到小茶花的坟墓，但找到了她活着的灵魂。

第六辑

明媚的相遇

很多人说　此生一定要去一次西藏

遇见不同的自己

也许每个人出发的理由各有不同

收获的风景也会不同

我从西藏出发

为了遇见金戈铁马的西藏

也为了遇见和平安宁的西藏

明媚的相遇

　　世间真是奇妙。有些人注定会在你生命的旅程中留下一段难以忘怀的历史。由于身居军营，我所遇到的人并不多，但遇到那些有趣可爱的人还真不少。

　　直到现在，那些人所给予我的微笑、信任、善意和美好还深深感动着我。

　　遇见，是生命的另一种成全。不懂的人擦肩而过，成了彼此的过客；心灵相通的人，一次擦肩便成了永远的知己。在我最需要朋友关怀的时候，在我心灵快要沉沦的时候，我有幸在西藏迎来恰逢其时的相遇。于是，我们约定了彼此的明天，成为彼此心灵版图的"打卡地"。

心路拉萨

在岁月的版图上，我与拉萨靠得很近。虽然我的体温离开了拉萨的胸膛，但思念仍然和拉萨的太阳一道升起。

只要一想起拉萨的天空，我的心情就变得神圣起来。我并不是一个信徒，却对三步一叩的虔诚者有着十二分的敬仰，前行、匍匐、跪拜、起立……周而复始，不紧不慢。在这里，朝拜不是叩首，而是站立。白色的云朵、蓝色的天空、陡峭的山崖、平坦的草原，在他们眼中拥有望得见前世今生的魔力。

拉萨是我一生读得最晚的书，神秘的面纱一直牵动我的视线。"拉萨"，藏语意为圣地或佛地，"拉"是神，"萨"是土地。史籍上第一次出现"拉萨"二字，见于公元806年藏王赤德松赞所立的《噶琼寺碑》。公元1世纪前后，高原上出现了大大小小的氏族部落。经过多年的和战，又集结成若干个部落联盟，其中以山南河谷的雅隆部落联盟、阿里地区的象雄王国和雅鲁藏布江以北的苏毗部落联盟最为强大。这时，拉萨河的古名吉曲已经出现。拉萨所在地则被人称为吉雪沃塘，意为吉曲河下游的肥沃坝子。

雅隆迁都前的拉萨是一片沼泽荒芜，唐朝称其为逻些，大昭寺建成后叫惹萨。建寺期间有山羊负土填湖，藏语中羊叫惹，土为萨。由于大昭寺是最早的建筑，人们便以惹萨作为以大昭寺为中心的城市名。随着佛教的兴盛，人们把这个城市视作圣地，拉萨的名字就这样沿用至今。

光，是拉萨人共同的追逐。拉萨是太阳光最青睐的一方净土，素有"日光城"之称，这里的阳光总想把黑夜深藏起来，让更多的光明洒在朝圣的路上。只要你把脸一直向着阳光，就不会见到阴影，这是拉萨带给我的一份清醒。记得离开拉萨去北京工作的那段时间，因为住房紧张，我暂住在北京市郊的亲戚家，上班路程很远，坐地铁是家常便饭，坐在地铁上，我总是能听到有人在谈论着自己生活的不如意。独坐一旁的我沉默无语，内心却涌动着一个愿望，一个美好的愿望，我想告诉那些正在抱怨生活的人，有空请到拉萨这片土地上走一走、看一看。拉萨，它真能使你尘染与疲惫的心灵得以拯救和安歇，能使你躁动的灵魂得以抚慰和释放，何必人为地制造一些悲哀呢？

缘，是拉萨人交际的神秘密码。他们信奉每一个在你生命里出现的人，都有原因，都有使命。我也相信生命长河里的每一次相遇都是久别重逢，比如不期而遇相识的那些人。现在想来已经是十几年前某个夏天的事了，我们相遇在成都双流国际机场，他准备飞回浙江宁波，我准备飞往西藏拉萨，飞机起飞的时间都是次日上午。碰巧的是，那晚我们同住在一个宾馆一个楼层，而且我们都是独行客。开始我并没注意到眼前这个过客，我坐在房间里看一本名叫《西藏生死书》的长篇小说，他轻声敲门走进房间找我借手机充电器，我顺手递给他。正准备关门时，他热情地说："我们出去走走吧，今天月色不错。"我看看时间，觉得离睡觉还很早就答应了。记得我们的话题是围绕那本《西藏生死书》小说情节展开的，他说这本书他也看过，对于书中的故事，我们有很多的共情点。

随之而来的是，我们的话题越聊越远，让我始料未及的是，在我们聊得正欢的时候，他突然一脸严肃起来，并让我立正站好，然后扑通一声跪在我面前。我被他突然的举动惊呆了，不知所以，后来在与他细致交谈中明白了他这虔诚一跪的内涵。

这位大哥当年刚满五十岁，看起来身体很健壮，浓眉大眼，不苟言笑，喜欢用审视的眼光看人，让心术不正的人发怵。十年前他开过电子厂，那时已是身价过千万的老板，可是世事难料，也是在那年，妻子背叛了他，和厂里一个高管好上了，还骗走了他所有的财产。万念俱灰下，他想到结束自己的生命，但女儿的陪伴让他重新振作了起来。后来女儿完成了学业，开始拥有自己的工作，他也开始做起小本生意，业余时间喜欢带着爱心修行，帮助山里贫困孩子圆读书梦。当得知我在拉萨工作时，他心里一亮，这是他心中向往的圣洁之地，所以这一跪饱含对圣地的深深敬意，着实让我感动。临行时，他还交给我上千元钱，说一定要捐到大昭寺。这是一定的，我知道这是一次心灵的圆梦。

静，是拉萨人向往的生活。我在日光城拉萨生活了十六年，十六年来我并未有太多的爱好，看看书，听听西藏传统音乐，用手中的数码相机真实地记录这里的历史。在我的手机里收藏了许多很有民族特色的图画，一张张小小的图画记录着一段段令人难忘的故事。每当翻看那些古迹斑斑的历史存留，历史的尘烟滚滚而来，心好像沉到了时光的深处。此时，我仿佛又看见了拉萨河的风情万种、豪迈自如，看到了药王山、冈底斯山的孤傲冷峻、连绵不绝。

我的画册怎能不记下这个地方——八角街？这是拉萨最繁华的一条街道，当然，也最能震撼人心。朝圣的人流用虔诚的脚步从雪原深处抵达八角街，用无声的言语诠释生命独有的价值。走在八角街平坦的石板上，我始终认为这里是一个世界，外面又是另一个世界。在都市文明的楼层里，我仍能嗅到一种气息，一种古老的、纯朴的宗教气息，这源于一种本能的感召，源于对这里的人和自然的崇敬。时有俯身叩拜的人从你身旁经过，现代物质生活引诱不了他们，春夏秋冬、清晨日暮，就这样风餐露宿，用身体和虔诚丈量着这片圣地，直到路面被摩擦得光滑发亮。记得我爱人第一次来拉萨大昭寺游览，她问我为什么这里的路面像鹅卵石一样光滑。"越是光滑的路面，沉淀的历史越幽深。"我说。

不知爱人是否听懂我的回答，这个并不重要。大昭寺给我带来的是一种内心反复涌动的说不出的悲怆和苍凉，给我留下的是超越虔诚、超越苦难的精神品质，不知它又能给张狂、热烈的现代人怎样的思索和惊叹呢？想一想曾经享誉文坛、乐坛、影坛的人，最终也将归宿于祭坛；曾经活跃在商业圈的人，最终也将归宿于花圈。

人终将归于泥土，这是自然规律。

在拉萨，我时常仰望纯净的天空，我能感觉到它的高度，它着实离我太近了。云彩在头顶留驻，这样的天宇，这样的蓝色，这样的清澈与辽阔，好像是一颗博大的，甚至无法丈量的心房，晶莹透明，能将万物昭示。有位我也不知姓名的游人说得好："在拉萨你无法留下什么，你也带不走什么，你所能带走的也许只有一声鸟鸣，一块从山上飞下来的小小的石头。"

拉萨不仅有取之不尽的阳光，还有长夜漫漫的辉煌。拉萨的夜是用拉萨河的水和沉甸甸的青稞酿出的美酒，醉人的芳香弥漫在无风的夜晚，静静地播撒着清淡舒爽、缱绻流连的月色星光，让人身心像时光河流里一棵静美的水草，那些冷漠的浮光、轻柔的流萤，只勾引我们空洞的目光，却不能给苍白的心灵丝丝抚慰。这样的夜更容易抚平酒杯上的创伤，创伤多了，堆起来就变成了诗歌。

慢，是拉萨人最高级的活法。很喜欢木心先生的诗："从前的日色变得慢，车、马、邮件都慢，一生只够爱一个人。"在这里，你会不自觉地放慢脚步和节奏，随意跟着当地藏族同胞走在八角街的转经道上，许下一些美好的祝福和愿望，或者坐下来喝两块钱一杯的甜茶，在大昭寺门前晒晒太阳，交几个会一辈子臭味相投的朋友。这里的空气是慢的，风是慢的，云是慢的，流水也是慢的，这里所有的喧嚣都是"陪葬品"。于是我便想，原本慢是快的解药，让身心清醒，慢是快的浓缩，让生活发酵。

在拉萨，时钟的价值常常遗失在古城老态龙钟悠闲的生活节奏里。如果你到了拉萨，你完全可以跟在须鬓如雪或是小脚蹒跚的阿爸阿妈身后，预约几十年后的人生感悟，让心情先于脚步抵达……

在拉萨，我最大的期待就是周末。记不清多少个周末午后，我信步走到拉萨河边，闭目独坐于绿树肥草之中，沐浴着暖暖的阳光，聆听着柔风的呼吸，体味着雪山之下的一方美好。此时流动的空气悄悄地从身边擦过，我能感觉到草的挪动、山的挪动、水的挪动。它们挪向我心灵的深处，仿佛它们才是生活的高手。于是我用心声向它们呼喊，向它们发出串串疑问。云儿驻足听，鸟儿低声鸣，而等待我的是默默的颔首，依旧宁静……

当我睁开眼睛，走出香喷喷的黄昏时，所有的忧伤都已化成疑虑的背影，带着遗憾踏上自己的旅途，路在脚下缓缓爬过，随风漂泊，却始终逃不出那片绿色带给我的神定。也许我早已把心忘在了那里，忘在了潺潺流水的沙石里，忘在了牧羊人的羊群里，忘在了河畔对岸的歌声里……您若捡到了，请您好好珍藏啊。

在拉萨，所有的存在都有归宿。打开雪山草原的胸膛，透过一切生命的植物，便看见雪莲、虫草、当归、丹参、天麻，在灵魂初到雪域前，那些生命最朴实的命名，倔强地抗击着病魔，倔强地根治伤痛。这些雪域珍灵真是神奇，它既丰富了高原美景，又强健了高原躯体，让人轻易读懂生存的逻辑。

七十二个孩子一个妈

　　我与拉萨市德吉孤儿院的缘分是从一张报纸开始的。二十年前，《西藏日报》刊登了德吉孤儿院达珍院长创办这所孤儿院的故事，于是我怀着探秘般的心境来到了德吉孤儿院。

　　推开孤儿院大门，我被一股阳光般的温暖包围了。我全然不觉得这是一所孤儿院，所有孩子的笑容都带着一份天然的本真。孩子们在院子里互相追逐、戏耍，笑声响遍孤儿院的每一个角落。在这中间，一名妇女正在浇花，她就是达珍，一个用尽大半辈子的积蓄干了一件非常了不起的事的可爱的藏族老阿妈达珍。我一下子很难定义她是怎样的一个人，她是孤儿院院长，也是一位伟大的母亲。从直观上看，她与其他五十岁相当的藏族女性没什么两样，中等身材，头发有点鬈，典型的"高原红"脸庞，慈祥的面容上挂着自信的笑。她没有上过一天学，却用我们无法想象的爱心、勇敢和毅力，亲手创办了德吉孤儿院。

　　起初，达珍和其他商人一样围绕着自己的小幸福，努力地经营着自己的幸福茶馆和一家藏式工艺品店。小茶馆里每天会有许多流浪儿的"光顾",善良的达珍总会把热气腾腾的藏面端来招待这些付不起钱的小客人。许多流浪儿听说达珍的小茶馆里有饭吃,而且不收费,都纷纷拥到这里。这些无依无靠的流浪儿从此成为这里的常客。随着时间的流逝,达珍萌发了收养这些流浪儿的想法,给流浪儿一个避风挡雨的家,便成了达珍的一个心愿。

2002年初,倔强的达珍不顾亲戚朋友的劝阻,拿出自己前些年经商所得的积蓄,变卖了祖上留下来的金银首饰和自己珍贵的嫁妆。经过半年准备,功夫不负有心人,达珍终于在拉萨市城关区八一居委会的一个僻静角落里开办了这家德吉孤儿院。刚开始孤儿院只收养了四名孤儿。随着达珍善行的传播,越来越多的孤儿被送到这里。如今孤儿院已收留了七十二名孤儿,这些孤儿背后都有着令人心酸的故事。

达珍永远不会忘记那个名叫扎西的孤儿,他因患有先天性心脏病而被父母遗弃。那时达珍在八角街做工艺品买卖,生意做得很红火,在当地绝对称得上富人,而且还是个有口皆碑的大善人,可能这也是小扎西的父母选择把孩子丢弃在她家门口的原因。当发现小扎西的时候已是第二天清晨,看见孩子时达珍没有想太多,顺手就把孩子抱在怀里。孩子都断粮一夜了,已经饿得无气力哭喊,小脸蛋贴在冰冷的石板上,冻得红扑扑的。达珍琢磨着可怜的孩子该怎么办,这才是当务之急,总不能眼巴巴地让孩子冻死饿死吧,就算是一头受伤的小羊羔在她家门口,她也不会忍心不管的,更何况是一条鲜活的人命。达珍的爱心在圣城第一缕阳光的照射下闪闪发光,孩子被她抱回家，如获至宝地养着、护着，并想方设法给孩子看病。她一边起早贪黑地忙活着生意，一边给嗷嗷待哺的小扎西喂牛奶。超负荷的劳作累倒了这位善良的妈妈，达珍被爱人背进军区医院，近四十个小时里，她不间断地滴进八大瓶、两小瓶药液，手背针眼处发青且红肿。在病床上躺了半个月，她做出了至今想来也没法原谅自己的一个决定。一个黄昏时分，她抱着小扎西在八角街细长的巷子里接连转悠了七八圈，她当时就一个想法："早点把小扎西送走算了，不能再让这个小家伙打扰自己的生活，这段时间就是因为他才让我的生意黯淡、生活黯然，小命还差点"报销"，为此女儿可没少责怪我，不能收留他了。"她心想着，说来也怪，就在这时，小扎西尿裤子了，小家伙似乎在发泄不满，尿液顺着达珍的藏袍淌下来，一会儿全身都被湿漉漉的尿液浸透了。达珍停住了脚步，坐在一块光滑的石板上用卫生纸擦着身上的尿液。可能是来来回回在街道上走了好几圈的缘故，她觉得累极了，一坐下来就不想动，眼睛疲倦地打量着这条街。白天色彩斑斓的商品幻影般消失了，多得像沙粒的商贩一齐挤入黑暗。那是一种莫名其妙的情形。难以想象，这条寂寞得只见门板的石街，怎么可能在太阳下幻化出那么丰富又绚丽的颜色呢？她在这条街上做了多年的生意，竟然没注意到这些景致，夜晚的八角街横七竖八地蜷缩着职业的朝佛人、外来的转经人、流浪汉，他们好像是这条街真正的主人。他们要在这里逗留多久？靠什么生活？他们是哪里人？为什么会在这里？他们中有没有坏人？这些都是不解之谜……达珍呆坐在那里，越想越害怕，于是本能地起身抱起扎西径直往家中跑去。一只受惊的流浪狗一股劲地跟随在她身后，直到在店门口达珍扔了一块大大的藏粑，那只又高又大的流浪狗才知足地摇着尾巴去了它该去的地方。

那夜，达珍做了一个梦，梦见小扎西被一个披头散发、留着络腮胡的流浪汉卖给人贩子了，小扎西挣扎着，哭叫着妈妈、妈妈……达珍被噩梦惊醒了，她一把将睡梦中的小扎西拥入怀里，抱得死死的，谁也夺不去，直到阳光叫醒黑夜。

圣城的阳光是永远不会褪色的，她的爱心也不会褪色。后来，她的怀抱里又多了第二个、第三个、第四个像小扎西一样受苦受难的孩子，小卓玛就是这些苦难孩子中的一个。她的经历直到现在提起还让我心疼。当时八个月大的小卓玛是院长从甘巴拉一个寺庙里领回来的，领回来时身上就裹着一条薄薄的哈达。拉萨的夜晚是非常寒冷的，不知道小女孩在寺院是怎么度过的。院长至今还记得第一眼见到小卓玛的情景：小卓玛的眼睛是紧闭着的，像一只受到惊吓的小鸟，偶尔睁眼看一下陌生的世界也是充满了恐惧感。卓玛的哭声比蚊虫的叫声还小，几乎随时就要咽气的样子。院长心疼地从那位老僧人丹增手中接过卓玛，不知何由，卓玛顿时大哭了起来，这哭声就在一刹那打破了寺院夜的宁静，这应该是小卓玛几日来的第一声啼哭。僧人说："我还以为孩子是个哑巴。一周前的早晨，在打扫院子的时候见到孩子，孩子一点声响也没有，我猜测她可能是因为有什么疾病才被狠心的父母遗弃的，当时我也没想那么多，就把她抱进了寺院。果不其然，寺里懂医术的师傅告诉我说，她患的是脓疮，这个病动一个小手术是可以治愈的，所以我想到了达珍活菩萨……"小卓玛似乎听出了什么，哭得更加伤心，哭声使寒冷的夜变得更加寒冷。达珍用手轻轻地抚摸着小卓玛的头，孩子在她的怀抱里找到了奢望已久的母性的温暖，闻到了只有母亲身上才有的那股淡淡的让心境舒祥的味道。卓玛渐渐地笑了，这也是她头一回笑，好像草原上迷途的小羊羔找到妈妈时脸上露出的那种自然而甜蜜的笑，笑声使寂静的寺院有了前所未有的生机。达珍按下了快门，嚓嚓之间，小小的相机定格了幸福的色彩。现在，小卓玛已经上学，手术也取得了成功，未来她的笑容会比过去还要灿烂！

不久前，我又以校外辅导员的名义去了一趟孤儿院。我看见孩子们脸上依然堆满了笑容，也由衷地为孩子们而高兴。即便命运没有眷顾他们，可是这个家每天都传递着欢声笑语。达珍妈妈告诉他们，要坚强且有尊严地活着，孩子们在这个家不仅快乐地生活着、成长着，而且非常懂事，才三四岁的孩子就懂得照顾比自己小的弟弟妹妹，看到弟弟妹妹的奶嘴掉出来，会立刻给他们塞回去。大一点的孩子则很熟练地给弟弟妹妹换尿布，擦洗身体。还有一个听障儿童，一看到我来，就立刻高兴地贴过来。我们只见了两次面，他用稚嫩的小手拉着我满楼跑，跑到哪里都咿咿呀呀。虽然不知道他要表达什么，但他的那份亲近和依赖着实让我感动。感动于他们纯真的快乐，简单的快乐，简单得像拉萨盛开的格桑花。

孩子们习惯称孤儿院为家，我想是因为他们的妈妈在这里。孤儿院现有的七十二个孩子习惯叫达珍妈妈，叫达珍的丈夫爸爸。

院长的大儿子大学毕业后自愿放弃了在城市里任教的工作，毅然选择留在孤儿院承担教学工作，女儿则给年纪小的孩子做起保姆。与达珍一家人有着十年交情，我感到他们的爱不仅是伟大的，还是细腻的。收养的这些孤儿都不知道自己的生日，有些还不知道自己的名字，为了让孩子们都有一个完整的自我，达珍院长把每年的9月10日定为孩子们的生日，因为9月10日是孤儿院创办的日子。达珍说："孤儿院已为三百二十九个孩子过过生日，我的'大女儿'卓嘎，今年已经过第二十五个生日了。她离开家好几年了，现在是山南地区的一名老师。我们有很多孩子长大后都找到了不错的工作，有的去了基金会工作，有的当了导游，有的还当了老师……"说这话时，达珍欣慰地笑了。

院长还告诉我，德吉孤儿院的汉语意思是幸福家园。幸福家园！多好的名字啊！幸福家园！我一定还会再来的，还会尽我的绵薄之力，为幸福家园再添幸福！也愿圣城的阳光永远普照着孩子们快乐的心灵！

将军的话没有冻伤

一个高原兵如果不借助望远镜，他所能看到的世界或许是一座山峰，或许是一条冰河。

作为一名普通的高原兵，我很庆幸能在军旅生涯中遇到两名有西藏情缘的将军。第一位将军叫阴法唐，是一个心里装满西藏风骨的军人。准确地说，他是一位亲历了抗日战争、解放战争的革命军人。他参加过陇海战役、鲁西南战役、跃进大别山、淮海战役、渡江战役等，是一个身经百战的老将军。

人们记住他的名字却不是因为将军光环，而是他任中共西藏自治区党委第一书记的这段历程。结识老将军源于一次采访，采访地点位于北京某部干休所，因为撰写报告文学《洗衣歌的故事》邀他作序，自然与他交谈的机会便多了起来。对于每次采访，他都非常重视，提前准备资料，这让我非常感动。

在他的书房里，我抛出了第一个话题："您为什么要两次进藏？""1950 年，接受进军西藏、解放和建设西藏的任务。1980 年，中央任命我为中共西藏自治区党委第一书记，这次进藏主要是贯彻落实党的十一届三中全会精神，拨乱反正，纠正'左'的错误，平反冤假错案，落实各种政策，让西藏经济快速发展。"

"我听到过不同版本的'老西藏精神'，想请教老将军，真正的'老西藏精神'是什么？这是我特别想问的问题。""长期建藏，边疆为家，一不怕苦，二不怕死，自觉遵守政策纪律，自力更生，艰苦创业，特别能吃苦，特别能忍耐，特别能战斗，特别能奉献，特别能团结，这就是最原始的'老西藏精神'。"我作为一名西藏老兵，听了老将军的话才明白原来这就是"老西藏精神"的真谛。

老将军说："当时全军都在倡导'五个特别'精神，我们西藏建设者就是要长期建藏，以边疆为家，希望年轻一代不要冻伤了'老西藏精神'。"

在老将军家里，我看到厚厚的一沓《西藏日报》，顿时感到非常好奇。老将军说："我每天坚持看西藏的新闻，阅读《西藏日报》，现在年龄大了看不清字，就让后辈们念给我听，这已经是一种习惯了。"

采访时，《洗衣歌》的创作者李俊琛告诉我："退休后，为了青藏铁路建设，老将军常年奔波于西藏与北京之间，也曾多次向中央领导提请修建青藏铁路事宜，直到铁路修通，他才喘了一口气。他随即又投身文字战役中，用文字传递'老西藏精神'。"

2014年元月，我的长篇报告文学《洗衣歌的故事》问世了。打开书看到老将军亲笔题字："老西藏精神"的姊妹花——《洗衣歌》，我耳边就会响起他说的那句话：不要冻伤了"老西藏精神"！

历史永远是大自然的清晨，新一代兵站官兵们在创新中继承了"老西藏精神"，没有让"老西藏精神"冻伤，更没有冻伤另一位老将军的话。那是 2013 年 8 月的一天，当时我在拉萨大站司令部工作，有幸见到了只能在电视里见到的赵将军，我想一座寂寞的高原能留下将军的脚印一定不多。

那天早上阳光很好，蓝天的蓝有着更美好的意义。将军第一次来到我们部队，视察结束后，他直接走进战士食堂就餐。那天我去食堂比较早，将军向我招手示意，让我坐到他的身边。开始我还没缓过神，后来看见将军脸上露出灿烂的笑容，一下子感到自然起来。将军看起来十分亲民，目光总是带着笑意，谈话也很接地气。"老兵叫什么名字呀？在部队干什么工作？多大了？结婚没？老家哪里人？……""报告首长，我叫黄刚桥，在大站司令部当保管员，今年三十三岁，结婚四年了，老家湖北随州。"我的回答很干脆，声音很洪亮。

"刚桥，这个名字有什么深意吗？"将军问。

"首长，我妈说生我的时候还未到医院，刚到老家的一座桥上我就出生了，所以取名刚桥。"我连忙说。

"这个名字好，看来你是急着到我们部队来啊……"将军说话幽默风趣，嗓门很大，周边战士也跟着笑出声来。

"刚桥，你是大站老兵了，我想了解下你们线上兵站目前最大的困难是什么。可以大胆地说，这个你有发言权。"将军的问话让我神经立即紧绷起来，害怕说错话给部队抹黑。

将军一边吃着馒头，一边等着我的答案。此时我的脑海里闪电般地直奔黑河兵站，兵站一个战士唤醒了我的记忆，他因为没有救护车及时送医院治疗差点丢命。

"首长，我建议线上兵站应该立即配救护车，关键时候能保命，我有个战友突发高原病，因为没有救护车及时送往医院，差点牺牲了……"

将军抬头看了看随行人员，说："这个老兵的建议提得好，你们记下来，回去报个意见，我们把这个事情落实好。"

将军的时间非常宝贵，一顿饭的时间转瞬即逝，吃完饭他就匆匆上车走了。大站领导准备列队欢送，将军说："大家都解散，各忙各的事。"随着一声车鸣，将军的身影消失在那个阳光明媚的清晨。

对于给将军提的建议，我没有去想还有下文，认为这只是领导检查工作例行的一个形式。没想到，半个月后，兵站司令部接到一个北京的电话，让司令部派一个干部带队到北京某厂去提救护车，我是第一时间得到这个消息的，因为提车的参谋就在我们司令部。

那夜，我失眠了，我的心久久不能平静。我在想，有时一个人的脚印就能留下一片足迹，将军的足迹是一句承诺，一句没有被雪山冻伤的承诺。

军用罐头

高原记忆就像尘封的罐头盒，光阴的味道被压缩得完美无缺。在岁月的沉香里，我透过隔世的玻璃窗，依然可以望见军车上那保存完好的军用罐头。

故事得从 20 世纪 70 年代说起，那时青藏线汽车部队已开始承担大规模军用物资的运输任务。当时车辆多、路况差、任务重，青藏线汽车部队一年因为车辆事故要牺牲一个连。一个连是什么概念？少说也是六七十人啊！

当时汽车兵为了让车轮胎不打滑，可以说想尽了办法。有的战士把自己的军用大衣脱下来垫在车轮底下，尽管这样还是出现"抛锚车"。有些汽车在离兵站很远的风雪路上抛了锚，不得不停下来等待救援，挨冻受饿也是常有的事。虽说他们车上拉的有军用罐头，但他们把保护车上的物资当成自己的使命，一次也没因偷吃让思想"抛锚"。

曾有这样的故事，一个战士单车孤人在昆仑山上困了五天六夜，直至饿昏冻伤，而车上运载的食品却一点都没动。他的事迹很快传到了团部。有人问他："饥饿难忍的时候你是怎么想的？"他说："我曾经想到吃车上的东西，但自尊心反对我这样做。也许是到了第五天吧，想吃但已经爬不上大厢去撬罐头盒了。"他完全可以不说出这些，可他确确实实地说了，这就是青藏线上的汽车兵。

军用罐头的故事离我太近了。从我进入炊事班的第一天起，我就开始和军用罐头对话。在我的记忆里，刚刚入伍时，我们经常吃的主食就有罐头，红烧肉罐头、午餐肉罐头、炸酱肉丁罐头，周末和一般节假日会餐多是开几罐大肉罐头。那时因为嘴馋，常常有官兵反映谁谁从炊事班拿肉、拿罐头偷偷开小灶。罐头作为当时青藏线部队"老三样（罐头、粉条、土豆）"的头牌，常常让战士们吃到作呕。

令人奇怪的是，越是物质条件好，越怀念过去吃厌的东西。在我离开兵站的头两年，罐头又重返到官兵餐桌上。我知道这并不是因为战士怀旧，而是现在青藏线各兵站的伙食都执行了"八菜一汤"标准，等级厨师掌勺，天天都有"招牌菜"，逢周五还要小会餐，官兵们对肉食、鸡蛋等高蛋白食物有些"消化疲劳"，都期望能换换口味。鉴于此，兵站让炊事班每周做顿"老三样"，全站官兵吃得津津有味，回味悠长！

在我当兵的时候，军用罐头不仅是当家食品，还是战友情感的纽带。兵站有家属来队，关系好的几个战友就会将部队平时发给他们的罐头拿出来当礼品。我最喜欢吃的是红烧肉罐头，每次家属来队，我就能收到几箱红烧肉罐头，里面的味道自己在家是做不出来的，打开后一罐子全是油，但肥肉已经变得真正入口即化，完全不腻。这种罐头的热量特别高，也就是脂肪很多，适合军队高强度的训练、劳作。一个小罐子里面也有一斤重的肉和油脂，直接吃肯定是吃不了几块，而且也会把香喷喷的油脂浪费掉，最好的办法就是搭配一些比较吸油的食材来烹饪。我经常用它做一锅猪肉炖粉条，最后再搭配一点大白菜，那味道真是香到了骨子里，炖了一大锅，我和家属一顿就吃光了。

军用罐头更神奇的力量不止如此。当兵的时候，老班长给我讲过一个关于唐古拉山兵站士官韩老兵与罐头的故事。那时韩老兵已服役十余年了，还有最后一次提干的机会，他本身工作干得也不错，人也很实诚，兵站领导也很希望他能继续留在部队干，但是提干名额很有限。尽管他在兵站是出了名的"老先进"，但放在整个团部，知道他的人却不多。那一阵子站长正在心里盘算着找找团部的笔杆子好好写写他的事迹，正苦于不知怎样向团部首长开这个口时，一个军报记者突然来到部队采访。蹊跷的是，记者进站的第一晚就见到了韩老兵。原来，记者晚上到站比较晚，当时不好意思单独让炊事班给自己开小灶。夜里，记者空着肚子，怎么也睡不着，于是穿上衣服到兵站四处溜达，这时发现兵站锅炉房的灯还亮着，他小心翼翼地走了进去。只见一名老兵正在烧锅炉，那时烧的还是煤球，韩老兵脸上黑一块紫一块的，伴着微微的灯光，看着有点吓人。记者并没被吓到，他来到老兵面前，小声问道："老兵，你这里哪有小卖部？我想买桶方便面，这会儿有点饿了……"韩老兵没多想，顺手将一桶方便面和半盒红烧肉罐头摆在一个生锈的铁桌上，然后拿出电磁炉将面和肉一块煮进汤里，这食物一下子进入记者的胃里。闲聊中，记者敏锐地捕捉到老兵身上诸多闪光点。原来，这名老兵从新兵下连时就一直在海拔5000多米的唐古拉山上烧锅炉。兵站老站长给他算过几笔账：他加班的时间，相当于多干了两年工作；肩挑的煤炭，可以装满十节火车皮；节省的经费，足够200名战士一年的伙食费。

记者还了解到，韩老兵不是一开始就铁了心在兵站扎根的。面对"六月飞雪七月冰，八月封山九月冬，一年四季刮大风"的戈壁冻土，韩老兵的心曾凉了半截。老一辈青藏线人的精神和光辉业绩感化了他。新训结束后，他主动要求来到唐古拉山当一名锅炉工。从此，他暗下决心，一定要像"老高原"那样，干出青藏线人的样子来。由于人少，他经常一个人干两个人的活。在唐古拉山上空手走路，就相当于在内地负重50斤的劳动，可是他每天都要从100多米远的地方挑回1000多斤煤，一天要工作十三四个小时。尽管兵站工作十分辛苦，自然条件也不好，但他每次看到自己的付出能给过往的汽车兵带来温暖时，他都会感到自己的付出值得了。

记者被眼前这个憨厚老兵的故事深深打动，韩老兵的事迹很快见报了，而且后来还成为青藏线的"兵星"，再后来，经过他的努力，终于实现了"军官梦"。

军用罐头在我的身上也有过两次难以忘怀的情感撞击，这两次都与当地媒体记者有关。一次是因为拍摄一部军旅题材宣传片加班到深夜，实在饿极了，正好我居住的兵站家属院里储备的有猪肉罐头和大白菜。那夜，我和电视台的张记者用电磁炉煮了一大锅大白菜炖猪肉罐头，那味道美极了。后来，只要张记者馋猪肉罐头就来找我，部队分发给我整整半年份的罐头吃完了，我也跟着张记者学到了剪辑视频的本领。另一次是因一箱军用罐头而加深了与西藏日报社记者阿慈凭的关系，他本是从西藏军区转业的军官，正因如此，他倍加怀念部队罐头的味道，后来只要手上还有罐头，我都会与他分享，他有什么好的文学和美术作品也会第一时间与我分享。尽管这是两代高原兵的交流，但每次都能碰撞出思想火花。他是藏族人，这让我和他交流的语言变得更加神秘。后来在我转业的时候，他还专门为我画了一幅画《雪域高原》，并赠送一幅书法作品《扎西德勒》（藏语意为吉祥如意），这是我在雪域高原收到的第一幅藏文书法作品，真是值得珍惜。

　　这就是我关于罐头的最美记忆，这段记忆就像安装了防火墙，回味时依然自然清晰，依然心香四溢。

走出雪山迷雾

　　画家是带着梦想来到西藏的，他自认为有实力完成自己的梦想。刚来到西藏，他就被这儿的自然风光深深吸引。壮美的雪域风光、神秘的佛教文化、粗犷的康巴汉子、浓香的酥油茶……从景到人，西藏的每一片土地、每一张脸孔、每一处细节都让他迷恋。到了西藏，他仿佛是一块干涸的海绵，遇到了能够激发他创作灵感的海水。

　　起初，画家将画室固定于拉萨河南岸，这里有一条幽深的巷子，每当他推开那扇嵌着金色云纹的藏式红门，就能见到一排迎风呢喃的转经筒，像极了耄耋老僧在吟诵梵经。洁白的院墙上绘着吉祥八宝的图案和金色的佛手，院子里高高低低的树和满地的草，没有刻意地修整，一切都是自然而长，自然而亡。他想，这是一个生命再好不过的方式了。

　　院子里白底蓝纹的藏式帐篷里放置着一张长桌，旁边放了形状独特的原木凳，坐在这儿饮酒作画，能不说这是人生一大快事吗？

　　他的画室离太阳最近，近得可以触碰太阳的底线。在拉萨，他越来越强烈地感受到西藏对心灵的震颤。在这片"无我"之地，听着悠远绵长的喇嘛号，他用心体会这片土地，默默地用画笔撷取珍奇的艺术之花。

有人说，西藏是最容易让人产生信仰的地方。在这片大地与天空最接近的净土之上，每个人的灵魂都会得到净化与升华，该爱的必将被爱，所爱者也必越发执着。

然而，画家毕竟不是哲学家，他会画画，却画不了人心，所以他自认得意的画作却一幅也没卖出去。很快他连自己也养活不起了，因为没钱，他被迫搬出了那个能够欣赏风景的藏家院子，来到一个冰冷的堆放着建筑材料的仓库。

他真不知道眼前的冬天该怎样度过。那个冬天比高原上任何一个冬天都要寒冷。这些天，他没有出门采风，而是静静地坐在仓库壁炉旁边。其实，壁炉里早已没有了橘红色的火焰，那里面住着一窝老鼠，而它们又冷又饿，连吱吱声都叫唤不得。

画家哆嗦着点燃最后一支烟，这是他可以买得起的最后一件东西。在此之前，他买了世界上最昂贵的颜料，一种可以防水防热、保持几十年仍如新的颜料，只为了一幅小小的画，可现在没人喜欢它。

画家觉得自己老了。那不是外形上的变化，当他发现再也没人爱他的画时，他真正感觉到了苍老的降临。其实，还是有人愿意喜欢他的画的，只要他画的是他们所喜欢的。有位歪脖子的藏族贵妇曾找过画家，希望他给她画一张头放正了的像，她会因此付清画家在文具店欠下的所有的账，并送他那种世界上最昂贵的颜料。

可是画家没有答应，他把自己关在屋里。于是贵妇和其他显赫的人就趴在窗外，使劲往里瞧，希望看到画家画的是怎样一位美人。

然而画家把画高高举过头顶，走出房门，走进灿烂的阳光时，所有躲在外面的人都放肆地笑了起来，其实画上什么也没有，除了一棵水草。"丑死了！""这是傻瓜的作品。"他们的话深深刺伤了画家的心。

画家曾住在南方的海边，很小的时候他就会游泳，会一头扎下去到海底，看到那里有绿色的树和树间穿梭的鱼——他管它叫"鸟儿"。每一次游上岸时，他都会突然地想，冬天到了怎么办？在有些结了厚厚的冰的海面下，"绿色的树"会不会凋零？"鸟儿"会不会合上眼伤心地死去？每个冬天到来时，他都下去再瞧一瞧，可是他有些害怕，在冷得透骨的海水里，他会不会看到自己不忍看见的情形？

又过了一段时间，画家还是没有遇到自己的灵感，只得带着他的画回到南方的海边。这时节南方的海可以把人整个儿卷走，它们卷走了画家的画，应该说是他自己把画抛进大海的，因为他一直把画紧紧地夹在腋下。

那幅镶在木框里的画被一个个浪卷着，后来终于沉下去，缓缓地，降落在一棵棵真正的水草中间。它的落下是那样悄无声息，可还是把一条警觉的大鱼惊醒了。鱼儿被一种美丽深深震撼着，出现在眼前的是一方蓝蓝的天地，于是鱼儿飞快地游过来，用尾拍着它，用嘴吻着它。水草一直没有反应，这棵绿色的树甚至不会弯腰表达一下自己的感谢。可这有什么关系呢？当你爱上一位伙伴时，你无须从他的言语和行动中领会他的感情。

　　冬天的海上不如平常那么热闹，更没有夏夜水手们勾魂的歌声飘下。唯一可和鱼儿做伴的就是这幅水草的画。日子一天天过去，鱼儿逐渐发现这棵水草是假的，是一幅画——它的那些知识渊博的伙伴见它那么痴呆呆地看画时就会游过来警告它。可鱼儿依旧很愉快，因为它再次望着画时，它可以想象是怎样的一双手创造了画上的一切。但是镶画的木框开始烂了，涂在画布上的颜料也开始褪色，并不是人们所说的永远防水防热。鱼儿开始变老了，每当有新的子孙游过来时，它就让它们看这幅画。祖孙们一起静静地望着一棵也在枯萎的假水草，想着岸上的一个真实世界。

　　又是一个冬天来临了。

　　一只冰冷的钩子伸了下来，划破了画布，鱼儿突然拼命地游过去，死死咬住画框。它感觉有什么东西要把画拉上去，于是它把嘴张大些，咬住近一半的画，再大些，再大些。这时它觉得自己又一次看到画上的星星了。而那棵水草将永远融进它的生命里，它用尽全力，把整幅画都吞了下去。鱼儿终于和画一起上升，悄无声息地，就像当初的那幅画飘下一般。

　　渔夫惊喜地收上钩，发现钩上的鱼已经死了。

　　这个鱼市在冬天里常有穷人光顾，他们需要熏制鱼片作为冬天的食物，因为他们买不起新鲜的鱼。

有位胡子全白了的老人走来，他一眼看中了一条死了的大鱼，那鱼的肚子硬硬的、鼓鼓的，里面似乎有什么东西。"就要它吧！"老人摸出所有的钱。

一路上他用手抚摸着鱼，不管那鳞片是怎样滑腻。他感觉自己的双手是在触摸一些童年的记忆，小时候当他潜入海底时他就触摸过"绿色的树"和只会跳舞却不会唱歌的"鸟儿"。

到了家把鱼剖开的一刹那，老人的眼睛模糊了。鱼的肚子里有一个变了形的木框，框里还留着一些破画布，虽然那画布早已支离破碎，甚至因为沾有鱼儿的血迹而看不清原来的颜色，可老人还是一下子就认出这是他年轻时画过的关于水草的画，一幅被人耻笑的画。而从这以后，他再也没有拿起过画笔，因为他已把最心爱的东西留在了海底。

老人轻轻地为鱼儿洗去血迹，望着它仍张大的嘴，仿佛就可以想象这些年里所发生的一切。现在他终于明白冬天海中鱼儿是怎样生活的了。纵使整个世界都被冻住了，只要亲爱的绿色的树活着，那便是鱼儿的希望。

老人打算好好煮一顿鱼，他现在真正老了，需要吃一些有营养的东西补充体力。然后，他想画一些什么。是的，他已经知道自己要画些什么了，于是一张前往拉萨的火车票再次把他送到了梦开始的地方。

舞台上的"格桑花"

    2014 年春节前夕，中国戏剧出版社出版了我的长篇报告文学《洗衣歌的故事》，这部作品是我在西藏当兵的时候完成的。虽然现在我已转业到地方工作七年了，但每当翻看这本书，书中的故事立即变得鲜活起来。

    我和主人公李俊琛都是驻藏军人，都曾经把自己的人生理想深深埋进西藏这片热土里。接受采写《洗衣歌》背后的故事后，我始终带着一颗对"老西藏"军人的崇敬之心投入写作，尽力从不同侧面展示一个西藏老兵、一位舞蹈编导、一个普通女性的光彩一生，让读者从不同角度了解《洗衣歌》创作的台前幕后。老实说，假如没有采访李俊琛，我真的不知道《洗衣歌》还有这么多鲜为人知的故事。

    李俊琛是首批徒步进藏的千余名女兵之一。在一面进藏、一面修路的战斗中，在砸碎封建枷锁、实现民主的日子里，她亲身经历了这些难忘的岁月。作为舞蹈演员，起初她并没有找到适合的方式来表现她所经历的这些事情。直到 1964 年，二十八岁的李俊琛在全军第三届文艺会演时，得到了西藏军区文化部部长朱流的提醒，才使享誉盛名的《洗衣歌》诞生了。

朱流部长对李俊琛说："有一年，我在拉萨部队过春节时，藏族妇女来到营区慰问，提出要帮助战士们洗衣服。战士们听说后，赶紧把衣服都藏了起来。藏族妇女就去翻找，无奈之下，战士们抱着衣服就跑，她们在后面追，场面很热闹，那种真情非常感人。"接着他又说，"我看，你就搞一个洗衣服的舞蹈吧！"

当时，李俊琛没有自己的创作构想，朱流部长亲自布置了任务，她就欣然接受了。后来，在领导和战友的关心、帮助下，经过反复打磨，她列出舞蹈《洗衣歌》的提纲："是谁帮咱们翻了身？是谁帮咱们得解放？是谁帮咱们修公路……架桥梁、收青稞、盖新房……"这些平实通俗却饱含深情的话语拨动了曲作者罗念一的心弦，他读了李俊琛创作的这段词后非常兴奋，执意以提纲为歌词，并迅速谱成了这首深受军民喜爱的《洗衣歌》。

没想到，《洗衣歌》在第三届全军文艺会演上深受好评。当时舞蹈返场的不多，《洗衣歌》却是其中之一。一夜之间，人们都知道了李俊琛的名字，她却从来没有想到自己这个"丑小鸭"也能变成"白天鹅"。自此，《洗衣歌》在全国流传开来。这个舞蹈也因此在第三届全军文艺会演上荣获了编导、作曲、舞美、演员表演四项大奖。当时，周恩来总理在接见《洗衣歌》作者李俊琛时高度赞扬："艺术作品一定来源于生活，你要是没有在西藏的生活经历，怎么能创作出《洗衣歌》呢？"

《洗衣歌》获得了成功，几百人纷纷排队来学跳《洗衣歌》，李俊琛在一旁一直教了好几天。罗念一在一旁帮她抄谱子送给来学习的人。后来，因为学习的人太多，他就借了个油印机来复印，把复印好的歌谱分发给大家。

至今仍然记得我在《回望〈洗衣歌〉》一文中写道："当时，八一电影制片厂决定把《洗衣歌》拍成彩色舞台艺术，尽管当时彩色胶片很缺，可是解放军总政治部不惜为之下了血本，使我们今天有幸看到这部原版的红色经典。"

在采访李俊琛之前，我一直在思考一个问题：为什么一个只有八分钟的舞蹈《洗衣歌》会流传这么久远？后来，在与李俊琛的交流中，我找到了答案：主要是因为《洗衣歌》节奏明快、主题鲜明。大家都知道《洗衣歌》以载歌载舞的形式、风趣活泼的戏剧场面，表现了民族团结、军民鱼水情这一永恒主题，被誉为歌颂民族团结、军民团结的经典之作，成为中国舞坛广为流传的优秀舞蹈。

关于这部作品，我是带着感恩的心来写的。每当走进川藏线的深处，站在这条雪路面前，我的心灵就像被铺天盖地的雪搓洗过，抹去了世俗的浮躁与污垢，如高原湛蓝的天空。我曾经多次以一名记者的身份采访过川藏线上的汽车兵，一路坐在大卡车上，满眼的雪山、阳光、格桑花……雪山的巍峨、天空的干净、阳光的通透，一山可见不同的美景。起初我以为这就是高原的全部内涵，后来随着不断上升的海拔，我的幻想被无情的风雪阻挡了。随着汽车兵驶出一个又一个险滩，我愕然，这是路吗？这分明就是一座座平凡而伟大的忠魂铸就的永恒丰碑。可以想象，当时李俊琛和她的战友们是怎样进军西藏的，是怎样顽强战胜险山恶水的。

李俊琛和战友们的故事就发生在川藏线上，在这条布满艰辛与险恶的路途上，他们的激情始终是火热的，年轻的胸膛始终是火热的，所以写这本书时，我内心始终是火热的。对于李俊琛的这段历史，我既然是一个记录者，就要成为最认真的记录者。为了使她的故事更真实，我作了大量的录音，在创作之前认真聆听，仔细揣摩，慢慢消化，然后转化为真实的文字，让更多人了解《洗衣歌》背后的故事，让更多人了解"老西藏精神"，发扬"老西藏精神"。

大家都知道《洗衣歌》是一个集体歌舞，演出共八人，这让我想到了八瓣格桑花。藏族有一个美丽的传说：不管是谁，只要找到了八瓣格桑花，就找到了幸福。我想，《洗衣歌》不正是西藏军民共同浇灌的八瓣格桑花吗？

那山　那兵

　　山与山之间，云是距离；树与树之间，风是距离；人与人之间，心是距离。我和秦岭山仓库兵的距离是在一次文学笔会中拉近的。

　　笔会间隙，我有幸走上讲台和他们分享我的高原故事，尽管我很不健谈，但那天和仓库兵擦出了很多思想的火花，也许我们都是大山里的兵吧！两个小时的故事分享很快结束，不知是久违的成就感，还是一吐为快的轻松感，躺在床上，我感到非常兴奋，索性出去走走，看看大山里的星星。

　　正在这时，一个叫龚雪玲的战士进入了我的视线，我对他的印象很深。一是他的名字有点女性化；二是我在分享故事时他提的问题最多，甚至触及佛教方面的问题。他给我的直观印象可以用"阳光、干练"来形容，如果不与这身配套的军装联系起来，就是一个十足的阳光大男孩！高高的个头，炯炯有神的目光透着一股英气和豪气，我不知道这两股气流是否就是构成他才艺灵气的基本元素，否则他也不会把自己锻炼成上了战场能打仗、拿起笔来能行文、站在讲台能演讲的"多面手"。

生活中的龚雪玲却有他的另一面。他喜欢从大山里捡来的石头，奇形怪状的石头都是他的宝贝疙瘩。他从大山领回的石头都是有名有姓的，比如他刚来仓库时生了一场病，在山上养病时发现一块散发着光的石头，他放在装奶粉的罐子里，并取名"转运石"，没想到几天后他的病真的痊愈了。还有一次，他亲手栽种的一棵君子兰奄奄一息，战友们让他扔掉，这时他想到"石"来运转的魔力，于是他在山里淘来一块长得像土豆的石头，取名"望君"，并把它安放在君子兰的花盆里等待奇迹的出现，果真没几天花儿就展露了生机。

当然，多数时候他并没盼来"石"来运转，但是石头里散发的神奇光芒照亮着他前行的路。熟悉他的人都知道，他是从野战部队这个熔炉里淬炼出来的。但很少有人知晓，当时在野战部队他并不被领导看好，原因是那时他"瘦得一阵风都能吹跑"。当时，新兵连带他的班长直犯嘀咕："这白脸书生能吃得了苦吗？实在不行，建议连队让他到新兵连当通信员吧。"一听这话，龚雪玲不干了，心想：是骡子是马，走着瞧吧！

为了练射击技术，他总是顶着风雪每天第一个拿枪，最后一个放枪，别人一个动作练十遍，他练上二十遍、三十遍，长时间的练习让他的肘部磨出血水粘在衣袖上，每次睡觉脱衣时都会钻心地疼。通过不断苦练，他的射击成绩迅速提高，他还摸索出"握、撑、抵、贴、看、稳、扣"等射击要诀……半年后，他成了训练场上的"小老虎"，在团组织的军事比武中连创佳绩。

如果说野战部队锤炼了他的筋骨，那么后来近七年的仓库生活磨炼出他顽强的意志。仓库驻扎在深山老林，在望不到边的寂寞日子里，天空中飞来的雀鸟、草丛里跳动的蛐蛐、偶尔一声打破寂静的鸟鸣，这些生活的细节都会变成守山兵趣味盎然的娱乐，这些都被龚雪玲写进诗里。

更多的时候，龚雪玲把浑身的活力都交给山脚下的那个篮球场，把大山的阳刚注释在"威风锣鼓"的敲击声中。笔会期间，我领略了由他领队带来的"威风锣鼓"队的威风！在场观看的总后创作室主任周大新给锣鼓队的评价很高，还为队员们献上总后创作室倪进祥老师的书法作品：积健为雄！

龚雪玲还热衷小品表演。笔会期间，我们参加笔会的人员和仓库兵举办了篝火晚会。晚会上他自创自演的小品《唱反调》，生动展示了仓库兵扎根深山、建设山沟的信念，使大家在笑声中深受感动，赢得在场人员的阵阵掌声。

在采访龚雪玲时，睡在他上铺的战友给我讲了一个关于他的故事。那是一年春季，驻地镇里的山林发生了火灾，凌晨两点多钟，部队值班室电话突然急骤地响起："我是×××镇值班室，现在我们有一片山林着大火了，请求部队支援！"十万火急！部队值班员接到电话后从床上一跃而起，部队立即启动抢险救灾方案。这次任务中，龚雪玲带领了一个小分队以最快的速度冲向火灾点，经过一夜的紧急抢救，小分队终于胜利地扑灭了大火。此时，龚雪玲的双手被大火烧得钻心地疼，他想取背壶里的水，可好半天壶盖也没打开。

　　龚雪玲把爱献给了大山，而到了谈婚论嫁的年龄，却一直没有得到爱神的垂青，不是他不懂爱情，也不是他不珍惜爱，而是他太爱这座山和山里的石头了。所以那个和他发了一年短信的姑娘选择了放手，那个爱听他讲山里石头故事的姑娘，没有被山里的现实故事打动，姑娘到山里一共住了三天，就被山里的蚊子和毒蛇撵走了。后来还有一个姑娘觉得他什么都好，就是没有提干，便静静地消失了。

　　爱神始终没有降临到龚雪玲的头上，他发誓：不谈恋爱了。一段时间里，谁给他介绍对象，他就不理睬谁，似乎得了爱情"恐惧症"。好心的领导和战友可不管，继续给他物色新的对象。战友们有自己的道理，他们就不信公平的世界会让这么优秀的兵打光棍儿。虽然没有找到对象，但他对大山的情一点也没改变，对山里的石头也没有失去最初的依恋。

　　在山里看山，我感到每名战士都是一块坚硬的石头，每一块石头上都有攀爬的曲线。山上的一块石头就是一座山，一座山峰的高度就是一块石头的高度，没有人能把它们分开。

山海情

  看海源于部队组织的一次疗养，还是在西藏当兵的时候，我按照疗养通知来到西宁青藏兵站部机关集合。此次疗养带队的是兵站部军务科杨参谋，在我未到达机关以前，他早早地为我买好了去北京的车票，并精心安排我们六名荣获全军优秀士官的同志的食宿。第二天在杨参谋的带领下，我们兴高采烈地乘火车直奔北京。一路上，大家激动地唱起歌来，一首首军歌被火车的轰鸣声碾碎又响起，一直唱到首都北京。

  到了北京时已是下午四点，为了早日见到北戴河，我们又继续乘坐了三个小时的汽车，终于来到北戴河。当时已是傍晚，但大家的兴致都很高。我当时就冒出一个不切实际的想法："报告杨参谋！我们现在可以去看海吗？"一句话把大家逗笑了。"可以！"杨参谋说道，"不过今晚你一个人先去探路，还可以探探海水的深浅，明天正好给咱们当向导……"我知道这是反对的声音，也只好乖乖地再做一天大海梦！

  第二天，天刚蒙蒙亮，我和室友相约去看海。我们乘公交车沿海滨大道而行，从北戴河休养院到海边仅用十分钟。车到海滩边停下了，我眼前的海面被视线拉得越来越长，大海宛如一朵洁白的浮云，飘浮在地平线上。随着脚步离海边越来越近，我的视野仿佛一下子装下了一片天空，放眼望去，大海与雪山确实太像了，难怪字典里会出现"排山倒海"这个成语呢！我坚守十六年的山原来就是凝固的海。

在接下来十天的休养里，总后军务局李晓东参谋给予了我们无微不至的关爱，他说："军务局是兵之家，是为兵服务的，既然是为兵服务的，就一定要服务好了。"

李晓东参谋留给我的印象非常深刻，四十来岁，大高个，鼻直口方，气宇轩昂，睿智的眼里透着和蔼的目光。他的帅远比不上他的才情。记得在北戴河休养时，一次聚会上，他满怀激情地朗诵了一首原创诗歌《选择》，让我对他产生了敬意。他说："我选择了中国，中国也选择了我，我选择了军人，军人也选择了我……"多么朴实的语言，却是他的心声。还有一次，在他组织的士官代表座谈会上，他展示出了过目不忘的本领，在短短的几十分钟内熟知我们三十多名士官所有的单位番号、姓名、专业、职务等，令在场的士官由衷敬佩。

我们这次参加休养的不少士官来自西部偏远地区，许多同志是第一次见到大海。大家兴奋地奔向大海，尽情地享受沙滩、阳光和大海的拥抱。战友们时而赤脚踩在柔软的沙滩上，时而坐在造型奇特的礁石上拍照留影，似乎整个海面就要被我们的笑声包围。最吸引我们这些年轻人目光的还是看日出。日出是太阳发来的请柬，我用诗歌《日出北戴河》与它约会。我在即兴诗里写道：

"时间：凌晨五点／空间：遥远的苍穹／时间和空间交叉／诞生了一轮红日／脚下鸽子窝公园／在阳光的滋养下／万物开始欢悦而庄重地苏醒／小草和大树一起拥抱晨光／飞鸽和游鱼和鸣于海空／看！天那边太阳像一枚宇宙的勋章／正带着绚丽的希望跃上晴空。"

在北戴河，我们的脚印不仅印在软绵绵的沙滩上，还留在硬邦邦的山石上。文化地标老龙头、军事要冲山海关、世界闻名奥林园……

印象最深的是休养的第九天，我来到北戴河石塘路市场购物，在市场里我买了一些海鲜、糖果，便开始漫无目的地游逛，直到天黑才想起返程。石塘路市场的夜是安分的，夜幕四合之际，白天色彩斑斓的商品如幻影般消失了。在返程的路上，我突然看见一位老大爷在靠近大路的边缘走来走去，过往的车辆时不时冲他按声喇叭，但他仍然不动声色地行走。凭直觉我感到老大爷可能是迷路了，于是快步走到他身边。"老大爷，你这是要去哪里呀？"他呆若木鸡地看着我，答非所问地说："这是哪里？我要回家。""你家在哪里？""东大街……"他喃喃自语，重复着这个地点。这时，我发现他的手上戴着一个发光的手环，仔细一看，上面留有手机号，我一下明白了，迅速打过去，是他女儿的电话。"好心人，谢谢你了，我的老父亲七十多岁了，患有阿尔兹海默症，今天多亏你了，我马上来接他。"半个小时后，他女儿按照我说的地址找到父亲，见到我后连声道谢！看着老大爷远去的身影，我想到藏族老阿妈的一句话："行善就是积福！"这句话直到我第二次去北戴河才有了深刻理解。

2021年夏天，时隔十年，我再次来到北戴河，这次是以纪检干部的身份来参加业务培训。这次的北戴河之行可以说充满艰辛，当时北方疫情未彻底消退，而郑州的洪水阻断了高铁路线，于是我临时从网上订了张从武汉到济南的飞机票，然后从济南绕行到秦皇岛，随后乘坐接站车前往北戴河，因为着急赶路，我不小心将公文包落在了火车站。这可怎么办？证件全在公文包里。正在我焦急万分的时候，手机突然响起来了。"小伙子，你的公文包忘在车站了，幸好包里的培训手册上有你的手机号和培训地点，我顺路马上给你送过来。"挂断电话，好心的老先生不到一小时就把公文包送来了。拿到公文包的那一刻，我又想起那句话："行善就是积福！"

两次北戴河之行让我坚信，每一份善良都会得到回应，每一份善意都会开花结果。

风雪走天涯

　　到拉萨不看实景剧《文成公主》绝对是一大遗憾！这个遗憾在我转业后重返拉萨时得到了圆满的弥补。那天我和爱人，还有湖北老乡相约一起去看实景剧。当时实景剧的普通票价是七百八十元，确实有点贵，但绝对物有所值。

　　实景剧要等到天色完全黑起来才能开演，那晚夜色很好，等天黑下来已接近晚上八点，只见唐宫的流光溢彩华丽呈现，音乐声响彻山谷，我第一次知道实景剧为何物！

　　紧接着，舞台灯光直接将背景的两座大山变成雪山。唐宫觐见松赞干布，衣着之华丽，从群舞到独舞，从国曲到藏曲，我这么个外行也感觉得到其中的如泣如诉，娓娓道来，"到不了的地方叫远方，回不去的地方是故乡"，如此凄美的场景，叫人心醉又心伤。

　　在一幕幕歌舞轮番上演的同时，剧组还不忘制造共情点，人造雪花在台下舞动起来，华丽的服装和华贵的辇车，背景的雪山，远处的帐篷，那景色要多华美恢宏就有多华美恢宏！此时，歌词变为"天下没有远方，人间都是故乡"！凄美的基调变得雄壮威武起来。人造雪花停止，布景花海飘来。

近两个小时的演出给我留下了极其深刻的印象。一是对历史故事的印象。江山留胜迹，往事越千年。不知年轻的文成公主曾经如何编织着自己的春思与爱情，但为了国家之情、民族之情、人间大爱，依然告别鲜花满地的盛世大唐，踏上漫漫征途，历经九死一生，饱尝千辛万苦，最终踏上了雪域高原。

二是对历史画面的印象。实景剧从经典演绎中让观众畅享文化盛宴，身着盛装的三百余名藏族男男女女，手持木夯，一轮又一轮地合唱。木夯随着节奏在他们的手中如波浪一样起起伏伏，与地面撞击，铿锵有力，舞台场面也别开生面，三百余人集体跳"打阿嘎"，远处的山装饰着皑皑白雪和茵茵绿草，显示出春夏秋冬交替的效果，甚至还有正在活动的牦牛、羊群等，视觉效果令人震撼。

我作为新闻工作者，更关注文成公主背后的故事。文成公主为何要远嫁他乡？史书记载：当时大唐皇帝推行以和为贵，大唐无不呈现出一片繁荣安宁的景象，但历史就是不按惯例出牌。贞观十二年（638），吐蕃年轻的赞普松赞干布以武力统一藏区后，以为自己天下无敌，他便亲率吐蕃大军进攻大唐边城松州（今四川松潘），没想到此时唐太宗治下的唐朝正处于强盛时期，派大将侯君集率领大军讨伐，大败吐蕃于松州城下。松赞干布这才如梦初醒般看到了吐蕃与大唐的差距。松赞干布是愿打服输的汉子，反过来他十分佩服和倾慕大唐，他派使臣向唐朝上书承认了错误，并俯首称臣，还提出了与唐朝皇室联姻。

　　唐太宗作为一代英主，接到松赞干布联姻这个要求后，并没有龙颜大怒。事实上，当时如果拒绝吐蕃联姻，作为战败一方的吐蕃也无可奈何，但这样一来，吐蕃就会怀恨在心。唐太宗崇尚"一桩婚姻就相当于十万雄兵"，因此他同意了松赞干布的要求。

　　从文成公主的历史剧情中走出来，我想到了拍照。实景剧快结束的时候，剧组也留出时间给观众拍照。顷刻间，我看见四周的人都往台上拥，我快步挤进人群，和松赞干布、文成公主的饰演者合影留念。每当看到这张照片，我仿佛又见到了风雪走天涯的文成公主和默默支援西藏建设的各族兄弟姐妹。

第七辑
书山里的"格桑花"

在我们的世界里

有一部叫作友谊长存的书

书里有我们的苦恼

也有我们的快乐

有我们的迷茫

也有我们的解药

书山里的"格桑花"

　　上高原，书是快乐的源泉。下高原，书是友谊的桥梁。在我生命的旅程里，因书而结缘的朋友很多，这是我至今都觉得十分庆幸的事。读书和交友，其实很相似。人在成长过程中，需要读各种各样的书，从中汲取文化知识，获取生存技能；也会遇到各种各样的朋友，朋友们会对你的观念和性格产生潜移默化的感染作用。

　　书籍是静态的朋友，朋友是动态的书籍。

千里书缘

　　真是无巧不成书。好像所有有关书的故事都发生在 2011 年 11 月 25 日下午，这是我奉命到北京出差的最后一天，手头的事情刚好办完，正准备去北京西单图书城逛逛，挑选几本自己喜欢的书带回拉萨部队。刚起身手机铃声便响了起来，电话是文友张宇航打过来的，在工作、生活上，这位广东政坛文友都是我的引路人。

　　"刚桥，我在总参原副总参谋长熊光楷家里做客，你回拉萨了吗？"张宇航问。

　　"我还在北京，准备明天回部队。"我说。

　　"那太好了，赶紧过来一趟，我们在军事博物馆（以下简称"军博"）这边等你，记得把你写的书也带一本过来，一定要快，因为首长晚上要去外地出差。"

　　挂电话之前，张宇航留下了熊总长秘书刘秘书的电话，让我到了军博与他联系。我所居住的京西宾馆离军博也就半个小时车程。

　　挂断电话后，我带上书立即搭乘一辆出租车直奔军博，坐上了车我才发现手机马上就没电了。在手机断电之前，我在心里默念了几遍，记下了刘秘书的电话号码。

很快，出租车司机把我送到了军博门前，我没有直接下车，而是用司机的手机拨通了刘秘书的电话，告知他我下车的地址。为了保险起见，我提出让司机等我见到刘秘书后再离开，由此带来的损失由我补偿。

在等刘秘书来接我之时，司机和我聊起了天，聊天中得知，他也是青藏线上的一名老兵，曾经有过当作家的梦想，后来退伍来到北京打工，京城快节奏的生活让他的文学梦变得遥远。当他知道我是青藏线老兵，也有一个文学梦时，那一刹那他的眼里冒出亮光，感觉自己又穿上了军装，成为高原兵。他说"我们太有缘了，以后一定要常联系"。

我们是有过以后的。后来他带着爱人和孩子到拉萨旅游，我盛情接待了老班长。那次到拉萨来，他带来一本没有出版但装订精美的散文集《高原记忆》，里面有近百篇散文作品，都是原汁原味的青藏线军人故事。

记得我在军博门口等了近二十分钟才见到刘秘书，原因是刘秘书确实太忙了，刚送走一拨面见熊总长的客人。在刘秘书的引导下，我终于见到面前这位曾经叱咤军坛的上将熊光楷。

第一次见到熊总长，我没有感到胆怯，而是感到我们就像老熟人久别重逢一样亲切。"小黄，听老友张宇航厅长讲了你在西藏坚持写作的故事，我很感动，你的故事我都记下来了，以后还会写进书里……"

从见面开始，我们全部的话题都是围绕西藏文学展开的，他说他收藏了很多关于青藏线文学的图书，我深感敬佩。

闲聊中，我知道熊光楷上将退休后一直醉心于收藏签名盖章书。在他看来，藏书如同藏兵。他收藏的书基本上都是与军政相关。他说："读书之后再藏书，用书筑起黄金屋，胸中就有百万兵。"

令他最为自豪的是，家里有上万本藏书，特别是三千多册签名书，不仅有鲁迅、老舍等人的签名盖章书，而且还有撒切尔夫人、布莱尔、叶利钦、普京等国际政要的签名盖章书。

对于藏书，熊总长有着独特的见解。他说："我虽然是'武将'，但实际上我在工作中用枪杆子少，用笔杆子更多。我常常勉励自己要'习武学文'，就是坚持'习武'的方向，研究国防与军队建设，要通过不断'学文'，提高自己的知识水平，以'学文'提高'习武'的水平和能力。我藏书，归根结底是我爱书，爱读书。世界浩瀚，个人渺小，要想比较全面地了解世界上的事情，行千里路与读万卷书同样重要。"

在熊总长的书房里，他拿出钢笔若有所思地在一张整洁的纸上写下八个字——"身在青藏　志在四方"。他说："你上高原后要多写高原兵在强军路上奋勇前进的风采，以文言志，以文传情。"他还送给我一本他和爱人共同书写的纪实文集《藏书　记事　忆人》。熊总长说他每接收一本书都会回赠一本书，并附一张印有两只小白兔的卡通贴画。我想熊总长夫妻俩可能是想做两只快乐藏书的小白兔吧！

熊总长对爱好文学的老者和新人一样热忱接待。刘秘书安排我和熊总长见面的时间只有半小时，可不知不觉我们聊了足足一个钟头，直到他的爱人将出差行李送上车，我们才分别。临别时，熊总长坚持要送我到公交站牌再走。一个上将送一名不知名的高原兵，让我至今回想起来都非常感动、非常温暖。

回到部队，受熊总长藏书精神的感染，我踏上了收藏青藏线文学书籍之路。转业时，我将珍藏的书籍一本本整理打包好带回老家，后来经历两次搬家，但这些书一本也没有丢失。

品读青藏线文学，我深感每本书都是眺望高原军营的窗口，我用目光在上面踩出一道道印痕，让青藏线的历史整整齐齐排队走过，书里面长满了一种叫作力量的拐杖。这些书，犹如一片纯净蔚蓝的天空、一片雪白圣洁的瑞雪。每当寂寞无助时，我就任思绪在字里行间奔腾跳跃。在书里，我不停地寻找新老青藏线军人，并与之对话，我渐渐读懂了军旅作家王宗仁笔下兵味十足的《藏地兵书》，赵信、乔军中笔下刚毅顽强的《昆仑英豪》，张鼎全笔下悲壮有力的《血祭唐古拉》……

由青藏线文学书籍组成的书房，我将之取名为"半步书斋"，时刻提醒自己任何时候都不能骄傲自满，因为读书永远在路上，文学永远在路上。

以书为氧

一个兵在高原待久了，心总想往外飞。没想到我这一飞就飞到了首都北京。

2009 年一个夏天，当时我正在拉萨兵站炊事班做饭，突然站长找到我，说上级部队发传真要求我立即起身去北京总后勤部文学创作室帮助工作。其实只有我知道，为了这个学习机会，我悄悄地给一位首长写过一封信，信的结尾写道："我希望写一本关于天路兵站的书，但遗憾的是功力不够。"后来他说因为这句话打动了他，所以愿意尽力帮我圆梦。

我所说的首长是总后文学创作室主任，获得茅盾文学奖的将军作家周大新。在没有见到周主任前，我只闻其名，在书上看过他的照片。那天初见周主任，他面带微笑，一见面就给人一种谦和儒雅的感觉。"是小黄吧？"周主任亲切地问道，说着便伸出手和我握手，没有一点点官架子。

"小黄，你从西藏这么远的地方来，一定要好好珍惜学习机会。"周主任的话不多，后来才知道这是他一贯的性格，就是在他获得茅奖发表获奖感言时也只说了简短几句话："我能获得这个奖，最感谢的就是河南几千万名农民，我是沾了他们的光！"

来到北京，吃饭的问题好解决，但睡觉是最大的难题。那段时间我白天在办公室办公，晚上就把四个大办公桌拼在一起当作床。那时年轻，睡眠质量没有受到影响，每天都精神百倍。

在创作室，我还结识了不少著名军旅作家，从他们那里获得了文学力量、文学信仰。为帮助我快速进步，周主任创造机会让我跟着总后大作家们一起去采访。当时总后建工所、油料研究所各要出版一部献礼图书——报告文学集《忠诚铸辉煌》《血脉之旅》，我全程参与采访、编写，并独立完成十万字的文稿任务。为了把每个人物写好、写活，我不厌其烦地去采访，反复听采访录音。功夫不负苦心人，后来我采写的作品不仅被收入书中，还得到周主任的夸赞。

周主任对我每取得的一点小进步都会表扬，对于失误也是毫不留情。记得有一次校对一篇文章时，我因为没有发现一个错字而受到严厉批评。当时有一篇在《后勤文艺》上刊登的短篇小说，其中将"小狗"写成了"小苟"，我没有注意纠正。周主任发现后，刊物已经出厂了，他立即命令厂家将五千余本刊物全部销毁，周主任悄悄承担了销书带来的损失。"一个错误指令的字可能带来一场战争的失败，带来大量人员伤亡，一定要好好吸取教训……"事后，听了周主任的话，我的内心除了自责外，还受到极大震撼。

周主任是一个凡事讲原则的人，一次我从老家给他带了几斤泡泡青菜,他执意要给钱,否则拒收,我只好照做,他才收下。

周主任的心里装满故乡、军营,所以创作了大量反映故乡与军人的经典作品,如长篇小说《走出盆地》《第二十幕》《21大厦》《预警》《曲终人在》《湖光山色》等。他的长篇小说《湖光山色》荣获第七届茅盾文学奖,多部小说被翻译成世界语言,并被搬上电视、电影屏幕。

荣誉的背后藏着艰辛的汗水,还有苦涩的泪水。记得我刚到创作室工作时,他的儿子因病去世不久,那天我发现他的邮箱里有不少写给一个叫周宁的信件,我没多想,全部收集在一起,然后走进周主任的办公室说:"你的信箱里有好多周宁的信,我全收起来了。""放在桌上,没别的事你先忙吧。"我转身回办公室接着工作了。后来闲聊中,办公室文员小白告诉我说,周宁是周主任的儿子,我顿时像做错事的孩子,感觉伤了周主任的心,但又不敢向他表示歉意,怕再次戳痛他的伤心处。

我知道周主任有多么爱他的儿子。记得在那个风雪天里,京城几乎被雪路堵死,但周主任执意要去祭奠儿子,可能内心累积了太多话要对儿子说。风雪无阻,老天有情,他的司机陪着他完成祭儿心愿。司机告诉我,当时他经过的地方雪下得不大,路也没有结冰,车很顺利地就开到了公墓。

周主任一生爱书,他儿子的墓碑也特意做成书的形状。

后来,周主任从悲痛中稍稍平缓了下来,打开电脑,以父子对话的形式完成长篇小说《安魂》。小说记录了儿子去世之后父亲的痛苦与悔恨，通过展示伤口与裸露灵魂的方式，实现了彼此的理解与和解。近期全国上映的电影版《安魂》，其中父亲这一角色的原型就是周大新，国家一级演员巍子出演了片中的父亲，让观众陷入爱的思考。

周大新是一个慈爱的人，几次闲聊中，他都劝我趁年轻多生几个孩子，可见他是多么爱孩子啊，失去孩子的他不停行走在播撒父爱的路上。从电影的世界走出来，我看到了老有所为的周主任。这些年，周主任牵头成立了周宁基金会，在老家邓州市捐建了周大新图书馆，帮助贫困的孩子圆读书梦。

写到这里，我想老实交代，当初我一心想下高原到北京，除了学习外，还有一个不太单纯的目的，就是想到内地吸吸氧，缓解慢性高原病带来的伤痛。后来我慢慢地在周主任身上明白了，我需要的不是输氧，而是"书"氧。

很快，我告别了北京，背上背包，直奔西藏。临走时，周主任将一封建议部队给我立功的推荐信交给我，他说这是他和创作室同志给我的回信。我没说什么，抬起右手给他敬了一个军礼。再后来，那封盖有总后政治部印章的推荐信我没有交给部队，而是被我一直珍藏着，提醒我"书"氧比输氧更重要。

书香里的编钟

沉睡了 2400 年的战国早期青铜乐器曾侯乙编钟于 1978 年从随州出土，改写了世界音乐史，堪称世界奇迹。后来"编钟"成为随州文学期刊的名字。

最早接触《编钟》杂志是在 2007 年深秋的一天，当时我从西藏部队休假探亲，在一位老师家里做客，在他的书房里，我第一次邂逅了《编钟》。老师见我对这本杂志爱不释手，便让我拿回去看看。回家后，我一口气读完了杂志里的所有文章，其中随州日报社总编樊友刚先生的文化散文《地质地貌显奇观》给我留下深刻印象，文章详细记录了随州大洪山历史文化脉络和地貌奇观的形成。正是因为读过他的这篇散文，我才对随州本土文化产生了浓厚兴趣，后来还专门研读过由他创作的《曾国七百年》《炎帝　编钟　随州》等十余部本土文化丛书，再后来有幸和他一起创作编写了本土文化散文集《红色老区　生态洛阳》，受到读者好评。

在西藏边防当兵，生活比较单调。有一天我突然想起了那本装满浓郁乡情的《编钟》杂志，于是我打电话让老师每隔一段时间就给我邮寄几本新出炉的《编钟》杂志。每当收到来自故乡的杂志，可以说和收到女友的情书一样兴奋。透过家乡作家的优美文字，我看到了家乡的发展变化，于是对家乡发展愈加关注，从此对这本杂志也日益熟稔和亲近。

提笔给《编钟》杂志投稿却是过了好几年的事，不是因为没工夫写，而是害怕写不好给家乡杂志抹黑。终于有一天，我怀着忐忑又期待的心情，将六篇表达思乡情结的散文发送到杂志社指定的电子邮箱。期待发表的时间不算很长，大概两个月后，我的拙作刊发在《编钟》2012年夏季号上。透过《两个人的高原》《厚重随州》等我早期的稚嫩作品，我看到了《编钟》给予年轻作者的最有力的扶持。从此，沿着这条希望与艰辛并存的坎坷之道，燃起执着点亮的心灯，我以笔做桨，以书为舟，在颠簸之路上行进。

当时间的钟摆指向2013年秋时，《编钟》刊发了我的第一篇短篇小说《冬天的画》。之后，这篇小说也相继在北师大创办的《新课程报》和《西藏日报》上刊出，受到读者喜爱，也正是这篇短篇小说开启了我的业余小说创作之门。

对于我而言，《编钟》无疑是文学百草园中一个别样的存在，它打开了我思乡的窗口，让我在静静的雪域高原上有了对家乡独特的思考与眷恋。于是我拿起笔，通过一篇篇散文、一首首诗歌完成一次次与家乡的山水对话、人文对话、情感对话。

多少回挑灯夜战，伏案创作，摊开那些由文字记录的家乡情结，我无不引以为豪。当创作逐渐成为一种生活方式时，我感受艰辛的同时，也收获了其间的快乐。

我与《编钟》杂志的结缘，也慢慢成就了我与随州作家这支队伍的缘分。在家乡文学天地里，我最先结识了德高望重的本土文化名人蒋天径先生。他一生专注本土文化研究，著有五十万字反映随州人文风俗的长篇小说《天汉浴》，本土文化研究专著《随州方言大观》等系列图书。他得知我偏爱《编钟》杂志，有一年夏天，他特意千里迢迢从随州来到拉萨，给我捎来厚厚一捆《编钟》杂志，令我至今回忆起来都倍感温暖与感激。

一个地方的文学杂志要想保持长久的生命力，必定有一群本土作家支持。在本土作家中，有一位文学大家的名字不得不提，他是随州市政协原副主席包毅国先生，我从没把他当成政府人员，而把他当作学者型的文化人。他也是我的师长，记得刚从部队转业，我就通过蒋天径先生认识了他，后来在参加由他牵头组织的采风活动中，我们逐渐熟悉起来，尤其是他安排我采写几篇文化散文，我尽力去完成，多次得到了他的认可。他常常鼓励我要当好家乡文化传承人，他还不止一次对我说，他是多么想回到年轻时的状态，保持充沛的写作力量。那时我却浑然不知他与癌症抗争多年，即将走到生命的尽头，但他仍然在忘我地写作。记得他去世那年的大年初一还在挑灯夜战，帮我修改一篇文化散文，直到他去世，我才懂得他那颗热爱家乡的文化心始终坚如磐石。

世界上没有比永久怀念更深的情感。包主席去世后，我和许多随州文友带着对他的怀念和崇敬之心，重读了他用生命完成的地方文学著作《汉东风流》《随州之梦》《永远的神韵》《读懂随州》等，这些都是包主席对这片挚爱土地的心血之作，也是对这片土地的感恩之作。他的文学作品详细地记录了随州的湖光山色、风土人情、拼搏精神，留下了随州人风雨中奋进的脚印，捧出了随州人追求生活的火热之心，见证了在悠悠岁月里随州人独有的一份惊喜、一份真诚、一份感动、一份清醒、一份幸福。从他的文字里，我还看到了每一条陪伴我们文友笑过、欢乐过、忧伤过的小溪河流，缓缓流淌在如梦如歌的岁月里，千回百转中滋润着心田，催生着梦想。于是从他走过的文学世界里，我拥有了文学梦想，获得了文学力量！

十几年来，我因为文学而爱上《编钟》杂志，因为《编钟》杂志而爱上文学。每当我回味这些年与《编钟》杂志的点滴记忆，心中满是温暖而亲切，一如那长夜里温暖的灯光照亮了我的文学长路。

"金珠玛米"的召唤

　　"金珠"的汉语意思是"拯救苦难的菩萨"，"玛米"的汉语意思是"兵"，"金珠玛米"就是"救苦救难的菩萨兵"的意思。当"金珠玛米"成为藏族同胞对我的亲切称呼时，标志着我已经成为一名合格的西藏兵。然而，没人知道我的这个称呼来之不易。

　　那是1997年底，还有一个月就是我辍学到建筑工地打工满两年的日子。记得那天中午，我刚领到前半年的工资，嘴馋的我一放工就直奔离工地不远的小餐馆改善伙食，点了一份荠菜水饺、一份卤千张、一瓶啤酒，狼吞虎咽地吃了起来。也只有每半年工地结工资的时候，我才会对自己这么大方，平时手里有了钱都是考虑尽量买一些有用的东西，比如打工头一年给家里添置了电风扇、电子琴、录音机等，也给自己买了一本印度诗人泰戈尔的《泰戈尔诗集》和一本青藏线著名作家王宗仁的散文集《雪山采春》。读着王宗仁的作品，我第一次对青藏线军人有了心灵上的印记。

　　吃完饭，我正朝工地方向走时，只见前面围了不少人，他们在看一则征兵公告。我眼前一亮，想赶紧报名当兵去，于是迅速到所在村报了名，但这一年因为年龄还差一个月而被拒之门外。这时有工友说，你想当兵不找关系是不行的，我听着工友的话，也记在了心上。

第二年在工地上干活，我每天都会对着去年张贴征兵公告的地方张望，"怎么征兵公告还不发布啊？"当兵的梦想像一团火在心里不停地燃烧着，越烧越旺，终于盼到1998年10月18日，鲜红的征兵公告被张贴出来了，我高兴得一蹦三尺高！为了实现当兵梦，这一次我首先盘点了整个家族与部队还有联系的人，远房的一个表姑父进入脑海，我迅速联系上表姑父。表姑父被我当兵的决心深深打动，他又通过熟人联系上武装部管事的首长，并郑重地向首长推荐了我，可我还是不放心，这时我想起了工友的提醒。

对，送礼去。这是我第一次送礼，心里直犯怵，就像做贼一样。那天工地下班早，我早早到市场买了两条烟就出发了，我要见的是位大首长，不知道两条烟够不够分量。不想那么多了，试试看吧。在表姑父熟人的引荐下，我见到了首长，首长长得高大魁梧，直觉告诉我这个人很正直。果然，等我从布衣袋里拿出香烟时，首长满脸微笑，对我说，"娃子，听说你还在工地上打工，不容易啊，把烟拿回去给你父亲抽，我早戒烟了，你当兵的事我会向接兵干部推荐的。"我不知说什么，顺手将一封早就酝酿好的自荐信交给了首长。

信的内容除了表达当兵的心愿外，最闪光的地方是用鲜血在信中写下的四个大字：我要当兵！这四个字首长记了半辈子，每次和他聚会的时候，他都会提起这个故事，然后笑着对客人说："小黄是我推荐的好兵，当时本想推荐小黄去北京当兵，没想到这小子还挺倔强，硬是拍着胸脯说要去西藏……"

对于我选择当兵，母亲处于半支持状态，她怕我在家没出息，又怕我当兵吃苦。记得那天我在医院查完身体摸着夜色回家，回到家只见透着橘黄色光的电灯亮着，在初冬的深夜尤显亲切和温暖。"妈，我体检合格啦！"母亲先是一怔，随后微笑着说："好啊，天冷我去热热饭，吃了赶紧睡吧！"母亲的话虽然很少，随后两天做的饭却都是我最爱吃的，让我至今都回味无穷。

很快，接兵干部就来到家里家访，当时只有母亲一人在家捆棉柴。那时家里确实贫穷，好不容易找到一个瓷碗准备给接兵干部倒茶，但母亲翻箱倒柜也没找到过年时留下的茶叶。接兵干部那天没见到我，就让我第二天去镇武装部找他。第二天一大早，我穿上过年时那套西装直奔镇上，像相亲一样去面见接兵干部。没有等我开口自我介绍，接兵干部便抛出一连串问题等我回答，比如"你为什么要当兵？""有什么特长？"等等。我几乎一口气完成他的问话，因为当兵梦在心里潜伏的时间太长了，自然内心戏是不需要练习的。临走时，接兵干部说："你是个有志向的青年，等我们的消息吧。"

果然，入伍通知书来得很快，让家人措手不及。按照村里习俗，当兵必须摆宴席，父亲连夜找到村里屠户杀猪，并按照结婚的规格接待亲朋乡邻。

临行的那天，送我去火车站的除了父亲，还有我最要好的两个同学。带着同学的祝福，还有父亲的期待，我就这样头也不回地上了火车。

当时，市电视台连续三天重播了我们新兵欢送仪式，每一天父亲母亲还有爷爷奶奶都会在电视机旁等待只有我一个特写镜头的出现。最后一次看完节目，父亲背靠着家里的老槐树痛快地哭了一场，母亲在我走后的日子里不停地朝着我远去的方向张望。

踏上军旅路，绿色取代了我心中所有的色彩，我发誓要当一名优秀的西藏兵。部队在海拔 3000 多米的雪原驻扎，驻地海拔高、氧气少、自然条件差，在新兵连由于水土不服，我经常吃不好、睡不香，所有一切令我想家，但想家的意念很快被立下的誓言所压倒。

后来，我在青藏线风雪故事里不断成长。再后来，我成了"金珠玛米"队列中那个追星的人。

脚下的天空

　　每个人的脚下都有一片属于自己的天空，一个属于自己的世界。2013年，隆冬时节，我带着写作任务乘坐火车来到北京。到北京后，我立即联系上采访对象——《洗衣歌》的创作者李俊琛老师，并约定两个月的采访计划。

　　来到北京最难解决的是住宿问题，于是我随便找了一家房介公司准备就近租房。因为租房时间不到半年，没人愿意租给我，怎么办？我左思右想，决定到离采访地点不远的京铁家园地下室看看，没想到还挺顺利。房东见我诚心想租房，立即给我优惠了一百元钱，并迅速开具了一张收据，我预交了一个月六百元的房费和两百元的押金后，房东随手从抽屉里取了一把钥匙递给我。

　　我拿着钥匙，走进地下室，迎面扑来的是一团澡堂般的热气，接着便是潮湿的胸闷，空气里混合着洗发水、油烟、卫生间和发霉的味道。地下室很热闹，人来人往，男男女女，像男女混住的大学宿舍。室内除了一张床、一张小桌子，再没任何家具。弯弯曲曲的楼道里摆满电饭煲、电磁炉等，卫生间有拿着大脚盆洗衣服的，还有大吵大闹的，没人注意到一个陌生人的到来，他们只关注与自己有关的世界。

入住的头两天，我最忍受不了的是每隔半个钟头就有火车的轰鸣声从地下室穿过，火车摩擦铁轨的声音比用洋瓷盆砸地发出的响声还要刺耳。尽管是这样简陋的地下室，但仍然挤满了来北京打拼的年轻人。

时光总把他们的故事掩埋，地下的光明很难照亮地上的梦想，而岁月只负责清场，为命运腾空舞台。我的邻居张大伯就是命运的逃荒者，他早年在建筑工地打工，那时虽然挣了些钱，却因积劳成疾患上心脏病。张老伯的病需要立即做心脏支架，可是儿子马上要结婚用钱，手术只得一拖再拖，目前他在这个小区做清洁工，他说等攒够了钱就去做手术。最近他的病越发严重，记得一次他准备出门工作，锁好门向前走了几步远，一下子晕倒在地。见状，我立刻跑上去叫了声："老伯，你没、没事吧？"老伯没反应。我也不敢动他，继续叫道："老伯，老伯！"他还是没有动弹，只是嘴唇动了动，艰难地说："药，包里有药。"

我很快明白了，迅速在他的上衣口袋里找到速效救心丸。我知道这是心脏病病人的急救药，一边打开瓶盖子，一边问："老伯，几粒？""三粒。"老伯又艰难地说道。

大约半刻钟后，老伯才睁开了眼，动身起来，这次算是侥幸从死神魔掌里挣脱了出来。

相比这些命运叵测的人，我真是幸运至极。那天上午，雨下得很大，我刚从外面采访回来，打着伞经过后勤指挥学院时，碰巧遇到从青藏兵站部调入学院开车的老乡司机，只见他全身湿透了。"怎么不开车？"我关心地问了句。他随声回答："今天车限号。"见他冷得全身发抖，我立即脱下风衣披在他的身上，然后打着伞把他送到学院宿舍，离开时我们互留了联系方式。

没想到我和老乡第二天中午又见面了。那天是周末，老乡说我们一起聚聚，当时还请了兵站部领导黄侃。第一次见到黄侃时我们竟然没有一点生疏感，这种亲近也许因为他面相和善，也许因为我们是湖北老乡，又都姓黄吧，又或许因为他也热衷写作。他尤其喜欢研究青藏线的军事文化，并写出了几万字的文化论文。当得知我居住在地下室时，他当即表示要帮我解决住房问题。我以为他只是酒后随口一说，没想到不到两天，他就帮我在学院招待所里找到一间舒适的客房。搬家的那天，我哭了又笑了，我想生活中所有的坚强都是柔弱生出来的茧，而这个幸福的茧是黄侃赠予的。

转眼，离约定交稿的时间不足一个月了，那段时间我坚持白天采访、晚上写作，但每晚和黄侃的散步时间都雷打不动。和他散步时深入交流能有效激起我创作的灵感，让我在后期的写作中达到事半功倍的效果。那段时间，最让我感动的是，在我感冒时他坚持每天给我送饭，每当他敲开房门的时候，我内心的温暖如岩浆一般冲出胸膛。

他知道我平时写作很辛苦，便利用周末休息时间请我下馆子补充营养。一次周末，我们吃罢午饭一起去香山，我们的想法是一致的，想看看香山与昆仑山的不同。那天，我们踩着山间的冬日阳光一路前行，当爬上山巅的那一刻，正好有一缕阳光从云缝里钻出来，天地似乎就在那一瞬间豁然开朗。站在山顶上，冬日的风吹着我们的脸颊，我们却并不感到冷，我的头脑也格外地清醒。望着远远的一切尽在眼下的世界，我们就想喊、想吼，已经太久感觉不到肺里那充足的氧气。下山的时候，我们聊起在部队没有机会聊起的话题，关于爱情的话题。他说爱人很理解他，他也很爱她，每天无论多忙，他都会给爱人通电话报个平安。一次，他执勤归来给家里打电话却无人接听。原来，才一岁的女儿突然发高烧，爱人一个人抱着孩子去医院检查，直到打上点滴，爱人才给他发信息："医院查体，孩子健康，不必担心。"

真的不知多少次，家里有难事，都是爱人一个人扛……说起对爱人的亏欠，黄侃眼里饱含着泪光。他还说："香山有花，昆仑山有爱，虽然我们的爱情没有鲜花，但自从婚礼那天一句'嫁给我'，一句'我愿意'，便拼凑成了爱情最初的模样。"

下山的路上我们还聊起了什么话题，现在已记不起来了，我只记得初冬的香山似半透明的纸，每座山峰各具形态，像宝塔，像金鸡，像雄鹰……画面雄伟又亲切，我们用脚步丈量香山最美的景，这是多么美妙的友情诗啊！

从那次爬香山后，我们就分别了。记得分别那天夜里没有星光，但我们的内心有一道光在无言中透明起来，虽然它只是短暂地划过我们的夜空，却无比地灿烂。他培训结束回到兵站部工作一段时间后，又调入格尔木市任某部政委，而我回到部队不久就转业回到了老家。大概又过了一年，我带着爱人去拉萨办理转业手续，特意从西宁绕行去看望黄侃，他虽然官越当越大，但待人的热情程度一如往昔，在他的盛情款待下，我和爱人度过了一次难忘的青藏线旅程。

其实我和黄侃的故事还有很多，那是时间累积的光芒，我们彼此都在这道光的照耀下爱上头顶的天空。

两种人

　　许多年前我读过一本叫《随想录》的书。我始终记得书中有一段话："生活中有这样两种人，一种是手心向下的人，一种是手心向上的人；手心向下的人追求的是给予和奉献，手心向上的人总在乞讨和索取。"

　　为什么对这段话记得那么牢？这里有一个小故事。记得一次休假，我陪好友上街闲逛，路过随城的一条繁华大街，一个算命先生死缠着让好友算一命，好友无奈，只好促膝路旁，听算命先生给摆弄了一番。五分钟后，好友觉得不耐烦，起身便要离开，算命先生见状急忙开口找好友要算命钱。好友随即对老先生说："也许你算命很神，但有一点你算错了，我今天出门并未带钱。"算命先生顿时气急败坏地破口骂道："没钱还算什么命啦！再怎么算你也是一个穷光蛋！"可见算命先生盯着的只是好友身上的钱，一旦给他钱，那就是富贵命。这算是什么逻辑？要知道改变命运的是自己，而不是算命先生。在现实生活中，相信命运的人也为数不少，记得小时候父亲给我讲过这样一个故事：有一位农夫，本来很本分地种地，有一次他到土地庙许愿，希望能买奖券中大奖，结果凑巧他第一次买就中了几百元，于是他信心大增，继续买下去，并且走遍全国各地的土地庙，每到之处必许愿，结果落得两手空，奖券分文未中，家庭生活面临窘境。以上故事告诉我们：一个人追求理想，投机取巧不是捷径。不要总指望着冷不丁出现什么奇迹，总想脚下要垫着什么东西才能出人头地。然而更让人觉得可悲的是，那些分明身体健康的人却偏要蜷缩在街头乞讨，那些分明外表忠厚的人却偏要灵魂出窍，那些……这是手心向上的人带给人们的生活启示。

为什么现实生活中依然有不少相信"命是天定"的人呢？我个人认为，热衷信命的人，其实是在寻找一种精神寄托，尤其在遭遇挫折之后，人容易相信命运的旨意，此时正好算命先生给你说了一些好话或坏话，你都会信以为真，于是在潜意识里产生了心理暗示，在这种情况下，你会把自己身上发生的所有事情自动筛选、归类，与算命先生的时间线去一一对应。一旦接受了这种暗示，算命先生的话就像仙帝谕旨一样深深刻在你的脑子里，成为一种最强的心理暗示。而当这份心理暗示足够强大的时候，甚至会促使你主动去完成这些预测，你的人生路是不是因此进入了窄胡同？人的一生要面临无数的选择，如果你走进了算命先生的暗示逻辑，请问，你的人生还是自己的吗？与其相信算命先生，不如相信自己。都是心理暗示，让自己给出最阳光的暗示，不是更美好吗？

其实，世界上最永恒的变化叫无常。时间在走，人在改变，这世间唯一不变的就是变化。无论你是达官显贵，还是有万贯家财，一场重疾很可能夺走你的健康身体，一场意外很可能让你一无所有。在生活的无常面前，人往往脆弱得不堪一击，不如就坦然面对，还能得到一些宽慰。

世间浮浮沉沉，有着太多的无常，而这唯一的安稳，莫过于心中无所挂碍。有些东西，生不带来，死不带去，既为负累，何必强求？不如就让一切随缘，能忘就忘，能放就放，不必纠结，无须挂念。做好了自己的本分，问心无愧，自然就会品尝到幸福的滋味。

世界上还有一种最稳当的招财叫勤劳。工作中多一分努力，便会多一分幸运。从古至今，没有不劳而获的收成。前几天在网上看过这样一个故事：一只老鼠掉进了半缸米中，这样的意外让它十分开心。确认没有危险后，它就一直待在米缸里，每天吃了睡、睡了吃。好日子没过多久，米缸就要见底了，可它依旧不想离开。终于，米吃完了，它却发现自己已经胖得出不去了。由此可见，懒可致命，勤能改命。所以，与其懒惰地抱怨，不如勤奋地改变。这个世界很公平，你越勤快，人生才会越顺。人也许无法选择自己的出身，但能决定自己今后的人生命运。

如果把人生的命运比作一个杯子，出生时每个杯子的容量基本相同，随着时间的推移，勤奋的人杯子的容量变得越来越大，所承受的水量便会越来越多，福报自然也就越深。你以什么样的态度对待生活，命运就会给你怎样的回馈。正如富兰克林说的："我未曾见过一个早起、勤奋、谨慎、诚实的人抱怨命运不好。良好的品格，优良的习惯，坚强的意志，是不会被所谓的命运打败的。"我想，人活一辈子，绝不能被懒惰困住了脚步。

第八辑

延伸的青藏线

边防军人的家乡有两个

一个在脚下

一个通向远方

延伸的青藏线

　　高原军旅生活，让我深刻地体会到，对于军人而言，他们的故乡在远方，同样也在脚下。当黎明来临时，晨光熹微，迎着第一缕阳光，庄严地敬上军礼的那一刻，他们守护的不仅仅是脚下这一块土地，还有自己的家。就像一首古谣中传唱的那样："当汗水灌溉在脚下的土地，再遥远的地方也会变成家乡。"

　　作为军旅作家，我写过不少青藏沿线兵站官兵爱站如家的故事，在我的文字里留下过太多想家的白云，也留下过太多想家的星星和月亮。

两个人的高原

  青藏高原是我当兵服役的地方，这片神奇而孤傲的土地原本只属于我一个人。后来，我和妻子的爱情之花在海拔 3890 米的雪山之巅盛开了。从此，青藏高原也成了她的"领地"。我和妻子在有着时差的两地分享着一个高原。

  算算日子，我和妻子的婚龄已有七年了，可我们真正在一起的时间加起来还不到七个月，婚后的日子聚少离多，家是意义上的存在，实际上却变得居无定所。婚后妻子一直住在娘家，过着成家后的单身生活。分居的日子久了，别人误以为妻子还没出嫁，竟然还时不时有人上门来提亲。还好，我们的孩子的出生让这些提亲人都"收兵"了。孩子出生后，妻子开始忙碌起来，注意力全在孩子身上，一日三餐缝补浆洗成了她每日的必修课，好一阵子倒把我这个甩手掌柜给忘了。女儿一天天长大了，会叫"爸爸妈妈"了，面对我这个"陌生人"，女儿不让我靠近。妻子就在我们中间穿梭着做工作，找尽各种机会让我接近她。终于，在休假的一个礼拜后，女儿才不再认生，渐渐地喜欢让我抱了，妻子露出了欣慰的笑，我也感到非常幸福。但幸福的时光总是非常短暂，一个月的假期结束了，我和女儿刚刚建立起来的感情随着火车的一声轰鸣一下子疏远了，于是再一次把思念打包带到西藏。

在西藏的日子里，我和妻儿的爱靠得很近，她们就住在我的心里。我们的爱又离得很远，中间隔着一座连氧气也爬不过去的山峰——唐古拉山。下山时，有人问我："你在高原当了十几年的兵，最怕什么？"我直言不讳地回答："孤独。"说实话，在高原上我什么苦都能吃，什么苦也不怕，就是怕日落西山。日落西山，夕阳的翅膀驮着孤独飞向暮色，夜幕下的高原只有坚草摇着半轮山月，唯一的陪伴就是跟了我十几年的晶体管收音机，每当听到北京的声音，我都会热泪盈眶，顿时觉得小小的军营和祖国紧紧连在一起。

孤独不会因为有收音机的陪伴而减少，反而从电台中听到内地和家乡的消息会让我更加想家，更加思念妻子。于是等待电话，期盼和妻子通话成了我每天最热恋的功课，通过电话听到妻子的声音，就如吸到内地氧气一样兴奋，使我全身充满了活力。电波中的妻子温柔贤惠、善解人意，我每次心情不好都能得到她的安慰，每次遭受挫折都能得到她的鼓励，每次取得成绩都能得到她的赞美。但生活中的我并不是一个煲电话粥的高手。一向不善言辞的我更愿意给妻子写信，以鸿雁传书的古老方式与妻子沟通。我写给妻子的每一封信，她都完整无缺地珍藏着，她说要等到头发白了，牙齿掉光了，再拿出来念给儿孙们听，那将是一件多么幸福的事啊！

然而，生活并不如我写给妻子的信那般浪漫，生活的滋味应该是酸甜苦辣的，有悲有喜、有苦有乐才是生活的哲学。不久，我们的感情开始出现危机。在电话中，我们总是为了芝麻大点的事争吵，争吵后我和妻子一直沉默着，我们以沉默应对冷漠，消极地把矛盾的缰绳交给时间。时间通常是一个中性的调解员，让我们慢慢恢复冷静，但家的瓶颈在冷静之中出现了无法修补的裂纹。在家庭战争中，孩子注定是一个永远的伤者。记得有一次，为了一笔生活中正常的开支问题，我们在电话中发生了口角，妻子的怒火惊动了四岁的女儿，女儿在电话那头大哭起来。在听到哭声的那一刻，我们争吵的气氛得到了缓和，孩子的啼哭再一次弥补了破裂的情感，此时我们开始反思，开始为孩子着想。以后的日子里，我不再埋怨妻子不理解我的工作，妻子也不再抱怨我对她的关心、照顾太少。从那次争吵后，我知道，我伤了她的心。现在冷静想一想，主要源自我的不自信，源于对未来生活的彷徨，两地分居的日子太难了。为了彼此的解脱，我做出了不明智的选择。我决定"解甲归田"到地方发展，彻底把住在娘家的妻子解放出来！就在我准备给部队领导写转业申请的时候，是妻子的勇敢，挽救了一切。几天后，妻子不远千里辗转来到部队。高原反应折磨了她一路，她几乎是吐了一路，肚子空了一路。妻子说："我来就是想告诉你几句话，说完就走。"我永远忘不了那几句话，因为它已经刻在了我的心里。"再远的路途都不是距离，再苦的日子都有阳光明媚。我知道你离开部队将来一定会后悔的，你不要多想，你不在的时候，我会把咱们这个家撑起来的，我和孩子会永远做你坚强的后盾。"我早已感动，被眼前的一切感动。十月的高原已经有点冷了，看着还穿着单衣的妻子，我迅速脱下外套给她披上，紧紧把妻子拥入怀中。就在我们眼神对视的一刹那，所有的委屈都变成了眼泪——幸福的眼泪。

这是妻子第一次到西藏，我尽量挤出时间多陪她，布达拉宫、大昭寺、八角街都留下了我们幸福的脚印。可在妻子来队的第五天，我们短暂的相聚不得不画上句号。那天吃完晚饭，我和妻子在院子里散步，突然接到岳母的电话，岳母在电话中焦急地说："孩子生病了，非常严重，让赛赛（女儿）她妈早点回来吧！"妻子知道孩子生病的消息后，立刻收拾行李往老家赶。战友们知道妻子要离队，都纷纷赶来为她送行，有不少战友还给妻子送来西藏的土特产和小礼物。为妻子送行的那天，虽然天空中飘着雪花，但全兵站的人都来齐了，他们依次站成了两排，妻子依依不舍地与战友们一一道别，穿着统一的几十号人，她一一分辨，又一一装进自己的脑海，供自己在漫长的日子里细细回味。直到现在，妻子还忘不了当初送她上火车的那帮战友，还经常打电话在我耳边唠叨说："那个光头的兵还在你们部队吧？那个说话嗓门大的兵，还有那个没事喜欢和狗说话的兵到哪里去了？……"对于她的提问，我每次都是一一作答，因为我深深被妻子对我们高原战友的那份情谊所感动。

如今，我和爱人已经下山，两个人的高原变成两个人的搀扶，但愿许多年后我们仍然记得当时上高原的那条路。

望乡

　　五月的一天，我在遥远的西藏收到了随州市作协副主席蒋天径从随州邮寄来的一本书，书名叫《随州方言大观》，这本书就是由他执笔编写的，书的序言有这样一段文字："随州是一片神奇的土地！淮河以神来之笔，在中国大地上一画，南北气候便以此为界；大洪山以巍峨之躯，仰头冲长天一啸，独特的火山地貌便折服了南岳诸峰。就在这一山一水的长廊里，始祖炎帝在此诞生，旷世编钟在此铸就，饮誉华夏的随诸侯在此面世，洁白如雪的骕骦马在此养成……"

　　的确，这是一座值得细细品味的城市。素有"炎帝故里""编钟之乡"的古城随州，是中国历史文化名城之一。数千年来，大自然神奇的造化和丰厚的人文积淀，共同孕育和塑造了随州的古代文明和灿烂文化，从而赋予了随州独特的魅力和非凡的神韵，影响和丰富了辉煌的中华文化。从神农氏尝百草疗民疾到农耕文明的诞生，从春秋时期大贤季梁"民为神主"思想的播撒到中国唯物史观第一块基石的奠定，从曾侯乙墓编钟的出土到铸造工艺的兴盛，这些都是随州古文明的最好佐证。我在随州出生、成长，随州是我魂牵梦绕的故乡，承载我所有记忆的地方。从儿时起，我就开始听老人们讲神农的故事。

神农的传说在民间有很多版本，但关于他的功绩都是一样的。神农在位时没有辜负少典氏的重托，他率领部落子民在烈山种植"百谷百蔬"，植桑养蚕，制作纺织物，还驯养野兽、野禽，品尝百草治疗疾患，终将一个四处游离多变的氏族部落变成了居有定所的部落，把渔猎经济推进到农耕经济，开创了农耕文化的新时代。尽管这是一个美丽的传说，却道出了随州悠久的历史、独特的文化和诗情画意般的美丽。

说它诗情画意般地美丽，是因为它的地理位置和自然条件及由此而形成的风景名胜、风土人情。随州处于中纬度季风环流域的中部，夏无酷暑，冬无严寒，气候温和，四季分明，独特和优越的自然条件，为随州历史文化的发展、风土人情以及名胜古迹提供了良好的生态基础。大洪山、封江水库、徐家河水库、千年银杏谷等已然成为随州的一张张名片。我工作的地方西藏拉萨的代表符号是布达拉宫、大昭寺、牦牛、牛皮船、酥油茶、青稞酒……由此，我联想到老家随州的符号：大洪山、神农、编钟、专汽、银杏等。

在随州的所有符号里，大洪山是我的钟爱，大洪山作为一个代表符号，有着超高人气和知名度，随州本土作家在很多有影响力的佳作中都有涉及，甚至毫不夸张地说，大洪山已经成为外地人了解随州的一张光鲜的名片。大洪山不像随州郊区零零散散、不高不低的矮山，尽管矮山在城区四周低调地生长着，但矮小的身材还是会招来"横祸"，小山被路变成了坦途。唯有大洪山以高大魁梧的身躯，笑傲苍穹，让人敬畏。

我爱大洪山，还因为这里有革命燃烧的火炬，著名的绿林起义的第一支火把就在此点燃。因为这里滋养着长寿文化，从这里诞生的百岁老人在全国名列前茅。因为这里留住了唐文化，延续着唐文明。因为这里是生态文化的基地，大洪山生态文明的成果正在一点点被存进"绿色银行"。我依然记得第一次去大洪山写下的小诗：眼神不够长就用心／手臂不够长就用呼吸／大洪山啊！从江汉平原到桐柏山脉／一路用脚步拥抱您／从盛唐到今朝／一路用时针拥抱您。

相比大洪山，位于吴山镇的鸡鸣山之美是红叶燃烧的美。这座远望如同一只扑翅打鸣的雄鸡之山，一进入秋季便万山红遍，层林尽染，放眼望去，峰峦沟壑，一簇簇、一丛丛，灿若晚霞，置身其中，犹如走进一幅绚丽的油画之中。

随州还有一座大写的英雄山。我曾经以记者的身份拜读过这座靠近淮河名叫桐柏的山，这座山似火种匍匐于历史的胸膛，似万匹青色骏马驰骋在现实世界的骨缝中。当战火弥漫家园时，每座峰都倔强地站立，带着曾被埋没的希冀，把弯弓搭在地球的肩膀上，让正义的箭镞射向天宇。当肆虐的暴风雨袭来时，每棵树都拼命呐喊，像驱逐着凶残的兽群。而当小鸟重新衔来春光时，欣欣才抖出绿叶的衣襟。

有大山必有大川。广水市三潭风景区以山峭林茂、涧幽泉清而闻名，主峰大贵山金顶海拔908米。清奇幽邃的"三潭叠韵"堪称一绝，三叠瀑布从"一线天"中飞泻而下，被誉为"中原一秀"。这里有明朝忠烈杨涟长眠的杨公岭，有"嵩高峻极"的大贵山金顶、大贵寺庙遗址石塔等。三潭的美于我而言是那一片美醉了的瀑布，这是一个"激流勇退"的景观，好像世界上的道路都已经在平坦中走完，那一汪水大胆地拥抱着死亡，纵身跃下幽深的山涧，该到哪里去寻找它的生命？思索间，山崖下又蓄满一泓清潭，在无数个跌落的水沫中，瀑布用自信刻下自己的名字，也带走了无数游客的芳心。

在远离随城的北部，有一个不可忽略的符号——柯家寨，这是一座醒着的村居博物馆，历经雨雪风霜，依然以醒着的姿态醒着。前不久我和曾都区纪委的朋友郑兰兰走进寨子深处，只见寨子里面剩下最多的是古老的院墙和老态龙钟的单身汉，我仔细打量着眼前的寨子，眼神的余光里只剩凄凉。这时眼前突然出现了一群蚂蚁，我感到惊讶，不知这些蚂蚁是如何存活的，无数个下弦月不知它们咬碎了多少颗心，幽深的年华里不知它们困倦了多少夕阳。继续往寨子深处走，我看到的所有墙面都让岁月无力地倾斜了，弥漫的红尘污染在萌生的枝丫上，剩下的残砖碎砾，还有历史遗留下来的蜘蛛网，等待历史的巨人来收场。

当然，随州的符号还一定与吃有着千丝万缕的联系。由于随州地处我国南北交汇地带，气候温和、物产丰富，随州的饮食也具有较高的文化品位，广水滑肉、马坪拐子饭、安居豆皮、地菜饼子、均川麻饼等一大批独具特色的地方风味小吃历经千年，经久不衰，充分说明随州的饮食文化具有极其旺盛的生命力，凝聚着随州人民的聪明才智和创造精神。

　　一个有着厚重历史的文化名城，一定有一群贤人能人的聚集，人杰才能地灵，这是自然定律。自古至今，随城民风淳朴，惠风和畅，能人奇士层出不穷，不仅诞生过无数的名人，而且还有无数的名人在这里旅居过。诗仙李白曾在此餐霞饮露，留下传世诗篇。欧阳修曾在此食居求学，登科入仕，成为旷世奇才。当今享誉国内外的作家聂华苓，也是饱吸了这片土地的文化营养而走向全国，享誉世界。著名评论家余秋雨说："无论是哪一位名贤，历史文化积淀极为深厚的随州留给他们的都是清静、恬淡和圣洁的印象。"

　　灿烂辉煌的历史文化、珍贵久远的文化遗存、灿若星辰的历史人物、美如诗画的奇秀风景构成了一个立体的随州、厚重的随州，如果再加上我们无数后人的不懈努力，就足以让这块神奇而美丽的土地闪耀着永不衰竭的万丈光芒。

　　诗人是随城的梦与幻想。随城需要诗人，也拥有不少成名的诗人。他们的诗在广厦林立、灯红酒绿的躯壳中分离出一颗柔软的心、一颗坚硬的心。但我们也不要忽略正在奔跑的年轻诗人，他们正在用诗修正年轻的缺失、年轻的随城。

　　随城是随城的最大容器，它将历史、人文、精神包容其中。而随城这个符号正是对这些作集中诠释，它告诉你：你在哪里，要往何处去！

岁月之光

人生没有永远，来日并不方长。

2007年冬天，我从拉萨部队回家探亲，正准备在家招待战友，父亲突然打电话说爷爷病重，恐怕这次挺不过去了。挂断电话后，我挨个给战友打电话取消宴请，然后乘车从城里赶回老家。爷爷看我回来，从嗓子眼里挤出一句话："孙娃子回来就好。"

乡医告诉我，爷爷气脉已经很微弱了，也就这几天的事了，让家人问问他还有什么心愿未了。爷爷的生命力真的是挺顽强的，在医生拔掉输液管后坚持了几个小时才闭眼，我知道他是在等待他最牵挂也一直单身的二爹回来。二爹在广东打工，得知爷爷病情后连夜坐火车赶回来，总算是见了爷爷最后一面。

爷爷直到离世时仍有一个心愿未了。他想尝尝茅台酒的味道，我知道爷爷是想念他的弟弟了。爷爷的弟弟也就是我的幺爷，幺爷有次回乡带了几瓶茅台酒，那时正好赶上爷爷头疼病犯了，酒没有喝成。幺爷其实对爷爷心里是很感激的，他不止一次对我说，他上学那阵儿家里穷，爷爷为了他积攒了五元钱，在他上学时悄悄塞给他，这在当时已经算是大钱了。

么爷的仕途走得很顺，大学毕业后参军提干，在一个正师级单位任过军政主职，后来转业到贵州，一直干到正厅级干部退休，应该说他给自家哥哥家里备几瓶茅台酒不在话下。但么爷确实是个廉官，为什么这么说？我曾经去过他所在的省府大院，当时他是编办主任，我从西藏探亲绕道专程去看望他老人家，第一次见么爷，出于礼节我买了些西藏土特产。记得那天我提着包装精美的藏红花、雪莲花等礼品来到他居住的省府大院，保安问我找谁，我说找编办黄主任。保安见我手里提着大包小包的，一脸严肃地说："小同志，我劝你早点把东西收起来，他可是个油盐不进的黄板板。"我笑着说："我是他远方的孙子。"保安这才打开门让我进去。

爷爷的心愿终究还是成了遗憾。那天早上，父亲匆匆忙忙骑自行车来到镇上转了一大圈，只买到一瓶茅台酒，等拿着酒回到爷爷的病床前，爷爷已永远闭上了双眼。下葬前，父亲将那瓶茅台酒放在爷爷的棺材里，希望这份迟来的心愿伴他一路走好。

爷爷的离世是我第一次完整地参加亲人的葬礼，也是第一次亲眼看见离去的人的躯体。院子里的哭声沉重，哀乐一遍一遍，让我恍然有种超脱的虚幻感。爷爷穿上那件藏青色的寿衣，然后被抬进棺材，显得十分安详。送葬那天，天灰沉沉的，风还有些凉，在阵阵哀乐声里，我思绪起伏不平，爷爷生前的笑貌像影片一样无限地在我的脑海里重复。白色的纸花，白色的头巾，白色的外衣，铺天盖地的白……我与母亲、姑妈们一样，跪在爷爷上路的路口，一遍遍地喊着"走好，走好……"

爷爷被埋在他年轻时劳作的地方，这是他的遗愿。爷爷的葬礼让我有了很大的触动，也让我对入土为安、叶落归根有了植入灵魂的理解。

我还清楚地记得爷爷去世的那一天，奶奶面无表情，也没掉一滴眼泪。可是当爷爷的棺木被抬出家门的时候，奶奶突然用尽所有的力气大喊了几句："老头子，一路走好啊！下辈子不要再说你喜欢吃蛋黄……"

我是后来才知道爷爷与蛋黄的故事。"老头子倔强了一辈子，他知道我喜欢吃蛋白，所以每次他都吃蛋黄，我还以为他真的喜欢吃蛋黄呢。其实我也没那么喜欢吃蛋白，倒还想尝尝蛋黄的美味，不过太晚了，直到临死前他才告诉我这些。"奶奶边说边抹泪。

听完奶奶这些话，我的眼泪瞬间涌出，我深刻体会到爷爷奶奶那深不见底的爱。爷爷临走时，交代奶奶不用伤心，要好好活着，好好生活，他会在天堂好好看着奶奶的。一开始奶奶也接受不了这个事实，天天以泪洗面，后来姑妈常来家和她做伴，让她暂时忘记失去老伴的伤痛。

其实，我知道在他们金婚的背后也有过激烈的争吵。记得在我十岁的时候，有一次奶奶和邻家几个牌友打长牌，从上午一直打到天黑。爷爷从地里干活回家见奶奶还在打牌，一怒之下跑到厨房拿起菜刀，把刚码好的长牌剁成了几半，牌桌上的老奶奶见状立马起身跑开了。

　　剁牌风波后，爷爷奶奶陷入了冷战，直到三天后爷爷从村里合作社买了一副新牌回来，冷战才算结束。

　　爷爷去世之后，奶奶经常给我讲她跟爷爷的故事，里面有很多令我感动的事。为了躲避"抓壮丁"，聪明的爷爷藏到堰塘边的芦苇地十几个小时不动。为了一家人的生计，爷爷晚上到榨油坊磨油，白天去转乡卖油。为了"老实农民"的旗号不倒，村里每次组织劳动，爷爷都冲锋在前，直到累趴下……

　　奶奶说："你爷爷一辈子不喜欢麻烦人，他的坟墓选址、棺木和寿衣都是活着的时候就准备好了的。"很难想象，现代人对棺材、寿衣等话题讳莫如深，避之不及。爷爷奶奶对此却从不避讳，他们四五十岁时，就开始准备"后事"。

　　奶奶还说："人老了，后事要早准备好！"农村的孩子都知道，老人嘴里的"老了"就是死了的意思，"那边"便是阴世间。奶奶自信一生做好事、帮邻里，勤劳节俭、积德行善，到了"那边"后，生活肯定不错，她也相信和爷爷在另一个世界还会白头到老。

　　奶奶在爷爷去世一年后便随他而去，她的后事这一准备就是二三十年。寿衣、寿鞋等所用之物都做齐全了，活着的时候奶奶每年都会拿出来晾一下，通通风、透透气，欣赏一番。村里的奶奶们来串门，也拿出来比比手艺，说说笑笑，展望一下"未来"。

　　转眼间，爷爷奶奶已离世十多年了，每当提起爷爷奶奶，我的眼前都会闪烁着一道光芒，我知道那是爱情之光、岁月之光。

时间之雪

　　在西藏当兵的时候，总感到高原日历翻得很慢，似乎光阴是用不完的。蓦然回首，才发现还有好多事没做，兵龄就被冻结了。

　　转业，我虽然早有心理准备，但面对快速发展的社会环境和快节奏的生活方式，还是感到一时难以适应。记得刚离开军营那阵儿，心突然空落落的，生活中没有部队里的"三点一线"，也没有了部队原有的棱角。此时，我感受到有一种自由的风向我吹来。自由的时间让我突然想到要干一件"大事"，一件在高原军营朝思暮想的事，那就是坐在天桥上看来来往往的行人，用庞大的人潮场面填补内心的孤寂，这在遥远的兵站只能是一种美妙的想象。

　　退伍返乡的第一周，我的愿望就实现了。那是一个冬日的上午，当时随城青年路天桥刚竣工，一下子成了随城人一处重要的生活通道，也成为摆摊设点的宝地，天桥上一夜之间摆满了琳琅满目的首饰、儿童玩具等，天桥上的人间烟火绝不亚于桥下。市民们争相着从天桥穿过，就像穿过具有强烈仪式感的婚礼通道。我拿起老大妈递给我的广告纸，背对天桥一角席地而坐，就像坐在自家阳台上。

一上午，我就坐在那里默默注视着从天桥上经过的每一个人的脸庞，偶尔遇见美女从身旁经过自然会多看几眼，但不会表现出异样的眼神，免得招来不必要的麻烦。半天里，有太多不认识的人从我身边走过，他们步履匆匆，从不低头看路，他们要去哪里？去上班？还是去会朋友？……我突然感到一座南方小城也会有这么多人，这是在高原兵站做梦都想不到的景象。

我又来到天桥上看风景，这次不知是因为视觉疲劳，还是别的什么原因，我看到更多的是惶惶不安的步伐、忧心忡忡的面容，看累了就用耳朵听，听小城各地不同的方言，听车水马龙打破细雨纷飞的灰暗。渐渐地，我发现看的风景越多，越觉得世界都一个样，于是不再有那么多的新鲜感了，就像在高原上看多了数不清的雪山，眼神里的白和内心的白早已融为一体。于是，我开始思考生活的真相，后来我明白原来生活的快乐和悲伤都是自找的，你想要的感动也只不过是一个人的静坐，与周边复杂的环境没有多少关联。你需要的浪漫，也许只需要一个人坐在霓虹闪烁的十字路口，长久地打量与发呆就足够了。

走出人海，我想到了高原的静美，那时在荒无人烟的兵站，战士们打发寂寞的方式很简单，只需要听一首上心头的歌就会奔涌出一场热泪，只需要打一场篮球就会排解心中所有的焦虑与烦闷。

走进心海，我开始追寻自己的快乐。烦恼了就写一首快乐的诗，憧憬和幻想那些不同于当下的日子。迷茫了就站在天桥上，用眼睛丈量那比上不足比下有余的日子。劳累了就痛痛快快洗个热水澡，让热水从头到脚唤醒一天的精气神。焦虑了就回一趟老家，收拾一下荒废的院子，拾起那些树枝、砖头和废瓶子，让美丽的花园装点美丽的心情。

从部队转业到地方一般都有半年的适应期，半年时间太长了，在部队习惯忙碌的我再也坐不住了，我主动到随州日报社寻求了一份临时记者的工作。当时报社领导让我和另外一位摄影记者配合报社的张编辑开办一张城市报，命名《鄂北快报》，这就意味着我将要扮演一名记者的角色，这对于我是个不小的挑战。

后来，在张编辑的策划下，我首次以见习记者的身份采写了一篇四千余字的通讯《新疆"烤馕哥"》，取得良好的社会反响，随即又采写了《余老汉的"虫草情结"》《知青之歌》等社会新闻。报纸正在聚集人气的时候却被迫停刊，原因是广告资源受限。

报纸停刊后，我的心情沮丧了很久，身体也出现了一些毛病，整天感到心慌气短，到小城几家医院都看了，但效果不是很理想。此时恰逢春节，我决定到上海妹妹家去玩几天，也趁机到大城市好好检查一下身体。自从下高原后，除了拼命工作感觉不到醉氧外，只要工作稍微停顿下来，我就会感到呼吸不畅，还时常伴有耳鸣。内地温暖的冬天，耳朵里却潜伏着高原风雪的声音。后来上海一家医院的专家告诉我，这是在高原待久了的一种本能反应，会渐渐好起来的，我也慢慢放宽了心。

检查结束后，我回到妹妹家，妹妹问我："你在高原这么多年觉得亏吗？""不亏，高原带给我的财富是我这一辈子都用不完的。"

这是我内心最真实的回答。

当然，我指的是精神财富。多年的高原生活让我懂得高原的高度不仅是一种海拔的高度，还是一种精神的高度。寂静的高原蕴藏着朴实的辩证法：它给你身体的不适，也给你精神上的满足；它给你安静，也给你壮美；它给你寒冷，也给你温暖；它给你茫然，也给你欢欣；它给你风雪，也给你灼热的阳光；它给你黑暗，也给你黑暗后的明亮；它给你坎坷，也给你征服的雄心。它让我深深明白，有些高度我永远无法企及，但我知道它在那里。

也许正是高原生活的磨砺带给我战胜困难的勇气，让我快速适应了内地的生活环境。年后，我开始盘算着做什么事才好，虽然我还有半年的待安置期，但我的性格就是这样，不工作和不吃饭一样让我饥渴难受。

记得正月十五那天早上，我正绕城跑步，突然电话铃声响了。"小黄，听说你刚转业在家待业，如果没什么事的话，可以到寻根节筹委会来帮忙，也正好适应一下社会环境……"市委宣传部黄部长热情地说。

"什么时间？我马上就来！"我干脆地回答。

黄部长见我这么上心，没多说什么，就这样我成为世界华人炎帝故里寻根节筹委会的成员。在充满朝气的团队里，我的心态一下变得年轻起来，我的醉氧奇迹般消失了，我竟然轻易地甩掉了风雪背后的幻觉。那段时间，我几乎每到周末都会和同事们一起骑单车、郊游，我好像已经成为高原上快乐飞翔的鹰。

　　我在筹委会的工作任务不算很重，主要是起草相关领导的讲话材料和颂炎帝文征集工作。在本届寻根节开幕之际，部队突然来电话，让我归队办理离队手续，这是部队对我下达的最后一道军令，我立马收拾行囊，和爱人一道坐上开往拉萨的火车。爱人和我随军有四年多时间，对部队感情很深，她自然非常乐意和我一道去西藏，看看那里的战友、那里的山水。

　　一路上，我们的心情非常舒畅，工作的重压似乎一下子被甩掉了，车窗外熟悉的风景让我们感到非常兴奋。火车途经唐古拉山口时，海拔升至5000多米，爬坡的列车也不住地喘息。有人开始头晕头疼，我和爱人紧贴着列车的供氧出气口，寸步不离。坐在我对面的小伙子来自美丽的新疆，自弹自唱着西部民谣，让我们在不知不觉中翻越了青藏线海拔最高的唐古拉山。

　　藏区的站点不多，停站时间也很短暂。可怜了一帮烟鬼，车未停稳便急冲而下，无奈高原缺氧，打火机啪嗒啪嗒直响，就是打不着。好不容易借到火种，列车员便开始催着上车，那种郁闷与煎熬，只有老烟枪可以体会到。幸有一路的景观让人震撼，雪山绵延，荒漠无垠，大河奔流，牛羊成群，天空湛蓝清澈，白云触手可及。

　　终于熬过了漫长的四十八小时，我们在拉萨站下了火车，随即乘坐公交车往部队方向赶去。一路上，我们又看到虔诚的朝圣队伍，他们双手合十，高举过头顶，神情肃穆，口中念诵着经文，然后向下匍匐跪地，三步一叩。我目送着他们的身影离去，那不断起伏的身影与不远处高大的山脉形成的永恒画卷在我心中留下了永不磨灭的烙印。

很快，我来到了奋斗十六年的拉萨大站，接待我的是司令部的王参谋，那可是与我并肩战斗多年的战友。得知我这两天到部队办理离队手续，他早早就把所有手续都准备齐全了，所以手续办得很顺利。

此行，我最大的遗憾就是没有见到我的救命恩人——西藏军区总医院高山病科的胡军医，听说他到内地出差了。胡军医是个极其负责的人，记得在我转业前，他精心医治好我的高原肺水肿，还不时给我做思想工作，让我最终战胜病魔。在住院的一个多月里，性格内向的我一直没当面向他道声谢谢。本想这次表示感谢，还是迟到了。

重返西藏，我趁机去了一些平时没空去的寺院、景区、游乐园、博物馆等，印象最深刻的还是去西藏各地欣赏湖光山色。走出西藏看西藏，我发现原来看惯了的山水都变得那么稀有而珍贵，当时真想把这里的一切都带走，最后发现我所能带走的只有一个藏在心灵深处的西藏梦。

西藏的美丽永远属于西藏，谁也不能带走一草一木、一沙一石，因为多鲜艳的花儿离开西藏就枯萎了，多好看的石头带回去就黯然失色了，它们只属于西藏这片神奇的土地。

把河流还给河流，把石头还给石头，把时间还给时间。我们应该把美好的高原记忆带走，让它温暖漫漫征途，这是我此行最深刻的领悟。

中年是一场觉醒

不知从什么时候开始，时间就像白开水一样灌满了我的中年。此时，我的生活失去了太阳般的热烈，也失去了月亮般的柔情，我感到时光故意绕开了所有有关春天的词语，将一个紊乱的秋天摁进了我的身体。

人到中年，往往是事业和家庭压力最大的时期。我和很多中年人一样，常常感到身心疲惫，甚至对生活有种无助感，这或许就是很多人说的中年危机吧。我承认我的中年有一段不算短也不算长的迷茫期。那是从西藏部队回地方工作后，一切都归于平静后，我便有了做梦的空闲时间。按说从部队回到地方生活稳定下来是好事，但对于我来说，恰恰相反。

工作稍微稳定后，我生活的航船却在风平浪静中失去了航向。

我中年的"闲"不是清闲，也不是无事可做，而是忙着做"发财梦"。那是八年前的一天，我吃完饭路过一家彩票店，突发奇想买了一张彩票，号码就用了我的生日，彩票开奖了，我居然中了五千元。我立马去彩票店兑了奖，等钱拿到手里的时候，感觉整个人都有点飘，我从没想到花两块钱买一张彩票能换这么多钱，这感觉实在是太美妙了，后来我被这个喜悦冲昏了头脑。从那时起，我就成了"彩迷"，刚开始只要手里有点零钱就去买彩票，后来就算借钱也要去买彩票。那次中奖后，我特别相信财运之神，于是我把父母、爱人、女儿、儿子的生日都当作彩票的幸运密码，可是分文未中。每次没中后，说实话，我都有点后悔，但是内心始终潜藏着"下次会中"这样的念头，所以一次次这样安慰自己，一次次加大资金投入，结果买了两年彩票，把多年积攒的钱全部用尽。这时，父亲的哮喘病突然加重，最严重的时候还进了重症监护室。正是在父亲住院的日子里，面对急需用钱的窘境，我才幡然醒悟。是的，一分钱难倒英雄汉。在父亲住院的日子里，我第一次感到手无余财的无奈。没钱，找亲戚朋友借去吧，一来羞于出口，二来怕吃闭门羹。但后来没办法，我还是厚着脸皮找一个朋友借钱了，当我开口说要借五万元钱时，朋友愣住了，说我工作了这么多年怎么连五万元也拿不出来，后来朋友说他手头紧，但我开了口，他出于老感情借了我两万元，剩余的三万元是妹妹拿给我的，这才让我渡过了难关。

父亲出院后，我发誓不再买彩票。后来，我还结合自己买彩票的经历，写了一篇散文《我和彩票的故事》，希望以我的个人经历告诉彩民朋友一个道理：买彩票不是投机发财，而是支持公益事业，绝不能成为生活的负担。有不少彩民看了我的文章后，给我留言说受到了教育，对买彩票有了更理性的认识。可以说，彩票给我的中年上了深刻的一课，它让我深深懂得人闲生烦恼，心闲生杂念。一旦闲下来，就会让自己陷入无边的恐慌和焦虑之中。所以，一定要让自己忙起来，因为忙碌是治愈一切的良药。

从彩票误区走出来后，我又开始拿起笔像在部队一样认真写作，积极工作。此时我感到中年不仅是一个重要的年龄段，还肩负着重要的社会和家庭责任，绝不能因压力大而逃避责任，甚至放纵自己。我想，中年的各种忙碌才是人生常态，中年阶段只有忙起来才更有意义，因为在就业压力大的情况下，忙说明你正在被需要，被社会需要，被家庭需要，这是好事。细想一下，中年人，哪个不是一手牵着未成年的孩子，一手搀着年迈的父母？我们哪头都不能丢下，我们需要工作，需要打拼，需要金钱的支持。人的中年，也是我们成就自我最为关键的时期，闲下来反而就会被边缘化。作家李娟说，再颠簸的生活，我们也要闪亮地过啊！这句话特别适合中年人，你说呢？

蓦然回首，我早已过了不惑之年，但个人的心智与文化不高的父亲相比还有一定差距。父亲的中年时光被永远也忙不完的庄稼活占据着，所以父亲的中年几乎没有负面情绪，这也为他晚年自信的生活打下了坚实的思想根基。父亲虽然不懂什么叫"晚年禁不得逆境"，更不知道这句话的深刻含义，但是父亲明白做人不能跟生活较劲，更不能跟自己较劲，要学会随遇而安。他经常对我说，顺境、逆境都是人生，都要笑着活下去。所以，父亲在村里有个非常出名的外号叫"笑师傅"。

晚年，父亲的身体状态如乘坐滑梯般迅速地往下滑。父亲明白，过了七十岁后，本来就是血雨腥风的晚年了，可再禁不起逆境了，所以父亲每天总是以乐观的心态面对生活，尽量避免逆境的出现。父亲的晚年有两件事是活得最明白的，第一件事是尽力带好孙子孙女，因为这是他进城生活后最大的使命。"使命"这两个字是父亲说的。他经常对我说："在老家我的使命是靠种地养活一家老小，进城后的使命就是帮衬着带孙子孙女，为子女分担生活忧愁。"父亲虽然读书不多，但对孙辈的教育有自己的一套理论。他说："隔辈亲，亲在心；隔辈亲，是非分。"所以父亲在带孙辈的过程中，总是保持严管与爱护相济。当我和妻子严加管教子女时，父亲会以我们的方式为主，并和我们保持同一战线，之后还会默默给孙辈们讲道理，尽量让一家人其乐融融。

第二件事是尽力让自己开心。近几年父亲的哮喘病是越来越严重了，但是父亲心态很好。他经常对母亲说："村子里和我得了一样病的人很多十年前就走了，幸亏儿女们孝顺，我才幸运地活到现在，活到今天早就赚了。"去年，父亲的哮喘病反复发作，住院成为家常便饭。父亲病倒后，母亲束手无策，焦虑不安，遇到心情烦闷的时候，也会在父亲面前发牢骚说："老头子，早死早投胎，看着你不死不活样，我心里更难受……"说着，母亲就会抹起眼泪来，过了不到两分钟，又对父亲说，"现在世道这么好，有吃有喝的，还是活着好，身边有个出气的总比没有人好……"母亲的焦虑我自然是知道的，我只怪自己工作太忙，陪伴父亲的时间少之又少。父亲却很乐观，每次母亲说丧气话的时候，父亲都会笑着说："我的生死我做主，谁说了也不算。"

其实，在这个世界上，母亲是最害怕失去父亲的。每次父亲病重需要住院治疗，母亲总是慷慨地将她人生中最贵的一张存折拿出来交给我，再三叮嘱我，让我一定要给父亲请最好的医生治疗，不要怕花钱。我对母亲说："儿子有钱，这张存折是你们二老生活的底气，你自己一定保管好。"每次父亲住院时，母亲的心总是吊在半天云里。一次，母亲陪父亲住院，母亲给我讲过一个事，这个事我这辈子都不会忘。她说："平时最讨厌老头子的鼾声，老头子住院后最想听见的却是他的鼾声，只要听到这鼾声，就感到他快出院了……"

父亲的晚年虽疾病缠身，但他的生活没有丢掉快乐的音符，他每天的生活都很有规律，上午一边在家吸氧，一边看看电视、听听音乐；下午出去晒晒太阳，和老头们聊聊天，晚上还会翻翻几本文学书。父亲尽量在力所能及的条件下提高生活质量，让自己开心，也让家人开心。从父亲晚年乐观的生活态度中，我找到了治愈中年的良药，那就是像父亲一样把顺境、逆境都当作宝贵的人生经历，那么逆境自然会悄悄转化为顺境。

是的，中年是一场觉醒，方向对了，路还会远吗？！

人生贵人

想把岳母的故事诉诸笔端，这个意念在我的心头深藏很长时间了。一直没有动笔，不是因为没有时间，而是提笔写了一半又放下，这一放就是好些年，直到不久前我在翻看和爱人的结婚照时，才恍然想起，岳母的爱已陪伴我走过了整整十个春秋。十年来，正是岳母细水长流的爱，让我度过了那段最清苦、最温暖的时光。

岳母姓黄，和我一个姓，曾居住在同一个村，按辈分和老家人的称呼，我应该叫她幺幺（小姑）。由于我们的父辈相互走动不多，这种隔代的亲情便日渐疏远，直到十年前我的突然出现，让这根亲情线又重新系牢。那个春节，我原本打算在部队过的，原因是害怕像前一年春节一样频繁地相亲，又频繁地以失败而告终。后来，父母的反复催促最终让我改变主意，决定回家过年。这次休假，我根本没有时间去研究自己的终身大事，因为买房办理按揭贷款手续、带母亲到市里看病等一大堆的事等着我去处理。

爱情这个东西有时挺微妙，你不去幻想它的时候，它可能会不期而遇，让你措手不及。我和爱人是在一次偶然的新春聚会中相识的。初与爱人相识，也许是青梅竹马的原因，我们一见如故。爱人是一个性格开朗、大方得体、很讨人喜欢的好姑娘，她是那样平平常常地进入我的生活，成为我生命中的另一半。如今我们已是有着十年婚龄的"老夫妻"了。十年，真正属于我们的时间却不到十个月，虽然我们的生活至今依然是聚少离多，小孩更是无暇顾及，但她对我的爱亦如她当初的选择一样坚定。

选择是短暂的甜蜜，长久的苦涩。婚后的日子，我没有给爱人留下任何东西，相反给她酿了一杯生活的苦酒。这杯苦酒有一半是爱人默默咽下去的，还有一半是岳母一饮而尽的。记得结婚那年，我的老家遭遇百年不遇的大旱，靠天吃饭的父母的那点血汗钱供小妹上学都已捉襟见肘，而我的全部积蓄都花在了装修新房上。当我回老家和父亲商量我的婚姻大事时，只见他耷拉着个脸，怎么也高兴不起来。是喜是忧？只有他心里最清楚，一向不善言辞的父亲将一种责任和疼爱深埋在忠厚的心底。我们的婚期定在冬月十八，这在老家是一个传统的黄道吉日，婚期进入倒计时的最后一个晚上，父亲在岳母的商店里商量着婚礼的事宜。记得岳母当时刚刚把经营了几年的早餐店改装成小超市，进货的钱还是东拼西凑而来。我想，绝不能因我们的婚事急于用钱而耽搁了岳母的生意，这个小超市可是她用了大半辈子的心血换来的。岳母说："婚姻是终身大事，生意可以慢慢做。"为了不延误婚期，岳母毅然决定以我俩的终身大事为重，从店里抽出大部分的钱来贴补婚礼的各项开支，这一年岳母家过了个"紧巴年"。

　　第二年休年假，为了还房贷，我又成了月光族，还欠了一屁股债，这时依然得到了岳母的慷慨解囊，从牙缝里给我们挤出了两万元钱应急。当我正准备去银行缴纳房贷时，老家传来爷爷病逝的噩耗，丧葬花销对于我们这样一个家庭来说，无疑又是一笔巨大的开支，真是屋漏又遭连夜雨！父亲憔悴的面容更显黑瘦了，眼睛仿佛向里陷了一些，两只大手变得更加粗糙，胡须趁机猛长。这时仍然是岳母向我们家伸出援手，让我们渡过了特殊时期的又一个"年关"。记得当时曾有亲戚劝过岳母，自己挣来的血汗钱不能这样一点不留，一定要给自己留一条后路。岳母却不以为意，她有自己的理论："孩子们最需要钱时不拉一把，等他们不缺钱的时候想给也给不上了，或者过了当口想给也没用了。"岳母无私的爱让亲戚们十分感动，后来再没见过亲戚劝岳母留后手了。

　　安葬好爷爷后，我原想好好帮岳母打理一下超市里的生意，让她在春节好好休养一下，可偏偏这时接到部队催促我提前归队的电话。军令如山倒！我立刻背起行囊准备出发，临行前，岳母偷偷往我包里塞了好多好吃的。我发现后对她说："在家时我已经吃得太多了，用不着的。"岳母说："用得着、用得着，给你的西藏战友带点吃的，让他们也尝尝咱们家乡的味道。"

　　不得不说，岳母确实有一手好厨艺，她做的肉丸子嫩滑香鲜、清炒黑鱼片鲜嫩可口、蹄膀海带汤香气扑鼻，令人食欲大增，饺子、馄饨、油馍尖等点心的味道，一点不比饭店做的差。知道岳母厨艺好，所以常有亲友到家中来聚餐，她也乐此不疲，热情招待，每当春节，她总是会多备些腊鱼、香肠送给亲友和邻居尝尝鲜。我的老表是一私营企业老板，可以说吃遍了山珍海味，可就是喜欢吃我岳母烧的菜，每隔一段时间就会自备食材找岳母炒几个菜解解馋。对待亲戚如此，对待进城办事的乡邻她也是热情招待。每次回乡探亲，几乎都能听到有人夸岳母是个能干人，更羡慕我的好福气！

带着岳母的爱，我再次踏上西行的列车，火车渐渐把平原甩在身后，两天两夜的风雨兼程，雪山、草原成了眼里唯一的风景，海拔3800米的站台告诉我目的地到了。我不由得感叹火车开得太快，悄悄带走了空气中残余的甜，于是迅速收拾行李走下火车。高原总是以最灿烂的阳光热烈地拥抱我的归来，我却醉在缺氧的阳光里无法自拔，常常感到有睡意，似乎比夜晚更加疲惫。缺氧！让我好几天才缓过神来，于是等待我的又是一种全新的考验。紧张的训练、严格的纪律、思乡的苦楚，一点点地磨砺着我，使我不堪重负，内心的焦虑是沉默而汹涌的怒吼。就这样，我入伍时的雄心壮志被一点点磨灭了，甚至想过退伍还乡。后来是岳母在电话中的一席话，改变了我的想法。她说："消沉度日，这可不是你的性格啊！我知道你在高原上工作很辛苦，但你说过当兵是你的选择，绝不会后悔，你可不能就这样颓废下去，我相信你一定能在高原上干出一番事业，全家人都永远支持你！"我感受着岳母话语中那浓浓的爱意，此时感觉什么苦累都是对自己的一种锤炼。于是我又重新振作了精神，以更高要求投入工作，白天我和战友们一起摸爬滚打，晚上打着简易的手电筒躲在被窝里看书学习。为了提高素质，我常常是熬到深夜一两点，第二天一大早就起床出操。由于工作出色，我连续两年被总部表彰为全军优秀士官、荣立个人三等功等荣誉。

　　每次站在海拔 4000 米的领奖台上，我都会感受到岳母的爱，她的爱如此深情、如此厚重，隐在岁月的深处，如细水长流润泽心田。她的爱透迤在生活的长卷中，像松柏一样四季常青。当我读懂了生活真谛时才知道，人生最大的贵人是岳母。

乌金哈达

　　每次从拉萨到北京总会有意想不到的收获。2014 年立秋后的一天，我有幸在北京见到青藏线管线团工程师姚志祥，见到他时，他已脱下了军装，剩下的只有军人的刚毅。只见他手里拿着一张房屋装修施工图，笑容满面地对我说："小黄，你看图，这边是我的书房，那边是女儿、女婿的房间……"说实话，施工图我压根看不懂，只是被他的敬业精神所折服。

　　"这是岳父通过自学研究出的设计图和施工图。"姚志祥的女婿提起岳父时由衷地佩服。

　　好不容易见到心中英雄姚工，我急着想听他讲青藏线的经历，可话题刚起头就被打断了。他一脸严肃地说："我做的那点事不值一提，我能有今天真是沾了青藏线的光，享了共产党的福……"

　　"享共产党的福"，这不是我第一次听姚志祥这样说。第一次听他说这话时是在 2002 年他的专场事迹报告会上。会上，有一段数据令我震惊：29 年累计行程 518400 公里，相当于绕地球 13 圈；解决科技难题 400 余项，给国家创造经济效益 7400 多万元， 3 项成果获得军队科技进步三等奖……

在青藏线上，知道姚志祥名字的人不少，但知道他故事的人并不多，因为他的故事被深埋在地下。这条深埋在茫茫冻土之下的格拉输油管线是他引以为豪的"青春线"。姚志祥告诉我，格拉输油管线是1972年5月30日，由周恩来总理亲自批准建设的一项重点工程，1973年破土动工，1976年11月试通油成功。这条管线成为西藏经济建设和国防建设的能源线、生命线、动力线。

在漫长的格拉输油管线上，姚志祥把智慧融入"地下事业"。一次管道焊接中，输油管线被迫停了油。首长在办公室里来回踱步，念叨着："一小时就是1.5万元啊，一个小时没油要耽误多少事呀。"这话碰巧让姚志祥听到了，他想能不能带油焊接。他把这个想法告诉了战友们，战友们都笑他疯了。他说："如果战时停油一个小时，那可是要吃败仗的。"

认定了的事，姚志祥从不犹豫，他一头扎进实验室，通信员送来的饭放在桌子上，早餐挨着午餐，晚餐挨着午餐，到了半夜才发现他都没碰。

那些天，姚工日夜思索破解难题的方法。一次，沉思间他一头撞在汽车上，忽然眼前一亮，黄油！驾驶员正在给汽车更换黄油。他带领技术小组艰苦攻关五年，反复实验，一种用钙基脂黄油封堵实施带油焊接的科学方法终于问世。

2003年，姚志祥满六十周岁。那年2月，姚志祥到广西参加学术年会，小女儿姚琳拉上妈妈从武汉赶过去，给爸爸过了人生中第一个有仪式感的生日。饭桌上姚志祥斟满一杯酒，说："今天是我在酒桌上过的第一个生日。上高原快三十年了，走的时候琳琳才一岁，我没有照顾好你们，辛苦你们的妈妈了。今天第一杯敬老伴，第二杯敬女儿女婿，感谢你们对我的理解。"说罢，姚志祥举起酒杯一饮而尽，老伴菊香脸上挂满了泪水。

转眼就是将近三十年啊，这些年，上有老母，下有女儿，一家三代，四个女人，只有她最清楚日子是怎么熬过来的。而二十七年前姚志祥离家奔赴青藏线的情景仍历历在目。那是 1976 年初，格尔木至拉萨输油管线工程即将竣工，总后征召二十名技术人员支援高原。得知消息后，1967 年毕业于北京钢铁学院，当时已是武汉 3303 工厂技术骨干的姚志祥萌发了一个念头，到高原去！回到家，面对年老体弱的岳母和两个幼年的女儿，他却难以对妻子开口。

终于，一天晚上，姚志祥鼓起勇气对妻子说出了去高原的决定。沉默，长时间令人难熬的沉默。最终，妻子菊香轻声叹了口气，说："好吧，相信你的选择不会错。"

到了青藏线，他很快适应了高原环境。1977 年春节刚过，姚志祥带领二十五名战士，每人一个干粮袋、一把铁锹，开始了艰苦的野外巡线，这一走就是 200 天。200 天里，他们每天徒步跋涉，冰雪解渴，干粮充饥，二十余人在海拔 4000 米以上地区的累计行程 30040 公里。

高寒缺氧、风雪交加，再加上过度疲劳，青藏线恶劣的气候还是把姚志祥这条汉子摔倒在巡线路上。昏迷的姚志祥被战士们背回兵站，医生在诊断单上写道："体温四十摄氏度，上呼吸道感染转肺炎。"战士们看了后，面面相觑，感冒、肺炎、肺水肿、死亡，这一死亡公式是由长眠于青藏线数百名官兵用生命写下的。团领导在电话中让姚志祥赶紧下山治疗，姚志祥说："现在正是输油的关键期，这里只有我一名干部，不能下，我挺得住。"休息了几天，他又扛起铁锹上线巡查。

人生是道选择题。姚志祥说，这是他人生第二次艰难的决定。这一年他五十九岁，团领导找他谈话："老姚，年底你就该退休了，大家都舍不得你走，按规定你可以申请延长工作时间，但你和嫂子一直两地分居，大家又不忍心留你。是走是留，想听听你的想法。"

领导的谈话让他失眠了。三十出头来高原，一晃快六十岁了。这么多年，格拉输油管线就像是亲手拉扯大的孩子，他熟悉它的声音、气味，知道它的脾气、性情。姚志祥内心的挣扎，老伴比谁都清楚，所以姚志祥给老伴打电话，说出留下来的想法后，她像二十多年前一样，叹了口气说："好吧，你的选择不会错。"姚志祥沉默片刻，缓缓说道："老伴，我就像一根焊条，只有焊在管线上才能发挥作用，才感到踏实。"

放下电话后，姚志祥写下了十几页的留队申请书。2003年初，总后政治部批准了他的申请，这一干又是好几年，直到体力不支，他才依依不舍地下了山。

这条埋在地下绵延千里的输油管线，藏族同胞称之为金珠玛米（藏语，意为解放军）献给雪域高原的"乌金哈达"。许多年来，这条"哈达"始终以山的坚毅与水的轻柔抒写着高原上最美的情诗。

一朵最美的浪花

雷文春是一个有着五年军龄的退伍兵。十多年前，他应征入伍，走进藏北高原当雄兵站。在兵站，他当过炊事员、饲养员和修理工，不管干什么，他都全力以赴。当修理工时，一次他得了重感冒，高烧不退，神志有些不清，可他执意要同大伙一起抢修发动机，结果一不留神砸断了一根手指，幸亏医生抢救及时，这根手指经过手术治疗只留下了轻微的残疾。

当雄兵站由于海拔较高、地处偏远，邻近的很多村镇都还在贫困线上挣扎着，同样出身寒门的雷文春深知贫困的滋味。于是，他经常和战友一起扶贫帮困。帮助藏族同胞首先要过语言关。为了学习藏语，他把常用的藏语注上汉语拼音，记在随身携带的一个小本本上，一有空就从口袋里拿出来背记。渐渐地，他会说些简单的藏语，也和藏族老乡熟稔起来。

平时兵站食宿接待任务重，没空接近藏族老乡，他就坚持每个周末带上自己买的理发工具，给藏族同胞和道班工人义务理发，这一坚持就是整整两年。兵站卫生室给他发的红景天、维生素片、护肤霜，他都一点不留地送给了藏族同胞。听说当雄县医院血液库存告急，他主动报名无偿献血。听说牧民家生活困难，他义无反顾慷慨解囊，刚领到工资，第一时间就送到牧民家中。

雷文春爱高原远远超过了爱自己。然而，他又不得不离开高原，因为在士官晋升体检时，他被检查出患有多种高原疾病，一张"不合格"的体检报告单，让他不得不脱下心爱的军装。脱下军装的他没有把大把的时间用来疗伤，而是选择到南方去实现人生理想。广东惠东是他事业的第一站，也是最后一站。2010 年 7 月 13 日下午，在惠东经营小四轮出租车的雷文春载着客人去惠东海边游玩。车子刚开到海边，他突然听到不远处传来小孩"救命！救命……"的呼喊声。循声望去，他看见涨潮时的恶浪正在向一个小男孩猛扑过来，他没有多想，立即跳入海中。海浪一浪高过一浪，他奋力与大海做着殊死搏斗，当他拼命游到孩子身边时，已经筋疲力尽了，他将落水孩子推进了救生圈，这时，好心的游客顺势将孩子救上了岸。有救生圈的护佑，小孩顺利获救了。

随后，当人们手拉手将雷文春拉上岸时，发现他的脸色发青，嘴唇呈紫黑色。在场所有人都不愿意发生的一幕还是发生了，三十三岁的年轻心脏就这样停止了跳动。

他走得那样匆忙，还没有来得及见一面未出世的儿子，就把自己的生命融入了浩瀚的大海。几小时后，大海又恢复了往日的平静，让人难以相信它曾经的怒号。轻快的浪花哗哗地敲击着岸边的礁石，似在鼓掌，为这个勇敢的老兵而喝彩！

大海无情地夺走了他的生命，但他的名字和精神温暖了惠东这座钢筋混凝土的开放城市，也感动了无数像他一样在城市务工的热血青年。几乎一夜间，他的名字被惠东的黎民百姓争相传颂。

雷文春走了，惠东的官员、百姓纷纷赶来为他送行，惠东殡仪馆内聚集着数百人的送行队伍。一名叫申华的老人哭喊着："小雷呀，小雷呀，你不能去呀，上次你帮我干了四天的活，我还没来得及谢谢你，你就走了……"老人哭着喊着。一位中年妇女双腿跪在地上，双手紧紧抱着雷文春的骨灰盒，哭喊着："恩人呀！要不是你舍命救了我儿子的命，死的就是我的儿呀……"妻子哭诉着："就在前一个星期，女儿在学前班考试得了双百分，他还托老乡带了五百元奖励她。这五百元，我用一半的钱给女儿买了学习用品，剩下的买了点肉，给双亲送去，爸妈怎么也没想到这竟然是儿子最后尽的孝心……"

雷文春舍己救人的事迹被他的乡党战友带上了冈底斯山，带到了当雄兵站。他的老站长说："小雷是我接的兵，这娃好呀！他做的好事就像天上的星星，看得见，数不清。"他同班的战友告诉我，多年以前雷班长就是见义勇为的模范。记得有一次，在休假归队的途中，他乘坐着中巴，透过车窗，突然发现不远处的一个水坑里有个小孩。他立即让司机停下车，并以百米冲刺的速度向小水坑飞奔过去，跳入冰冷的水坑中，费尽周折，终将那个小孩救了上来，然后悄悄地离开。后来听说孩子的父母为了找到恩人，找了四十多位中巴司机，最后还是通过他搭车的地点才打听到做好事不留名的好心人是竹北乡的雷文春。

雷文春走后，有位网友留言说："你从高山走向大海，大海从此多了一根山一样坚硬的肋骨；你从军营走向大海，大海里从此多了一朵最美的浪花……"

雷文春走后的那些天，念青唐古拉山月色深沉，星星、月亮一起躲进云层里，在七月飞雪的季节，唯有我的泪水，浇灌格桑花的芳香艳丽，为他送行。

第九辑
雪莲花开

冰山上的雪莲花

世界上最高的花朵

断崖上怒放　峭壁上丰盈

云雾里清澈　冰雪中晶莹

她叫雪莲　一朵行走的雪莲花

苦难给她心灵披上坚固的外衣

雪莲花开

　　军嫂也姓军，作为军嫂，注定要学会面对各种困难。李雪莲面对爱人突然的身体变故，她毫无怨言，甘于做爱人背后承重的山，凭借超强的毅力，不仅鼓励爱人战胜了生活的困难，也帮助乡邻脱贫致富奔小康，成为一朵行走的最美"雪莲花"。

雪莲花开

他们的爱情故事是从一封信开始的。写信人的名字叫李雪莲，收信人的名字写的是某边防连。

李雪莲做梦也没想到，自己邮寄的那封信会意外地被一个即将下连队的新兵王刚收到。那天下午训练刚结束，连队通信员抱着一大堆信喊他："王刚！有你的信哦……"听到喊声的王刚一个箭步冲了过去，从通信员手里接过信，顾不得细看就顺手把信拆了。打开信的那一刻，王刚愣了。

"亲爱的战友，我叫李雪莲，是四川成都师范学院的学生……"看完信的开头，王刚就知道自己拆错信了。作为新兵，拆错了信哪敢向外张扬，他害怕别人说他不道德，信封上没有你的名字也要拆，于是只好硬着头皮把信看完。

原来，这封信是李雪莲写给某边防连的，因为她在报纸上看到边防战士渴望读书，但苦于买不到书，便萌生了向边防连捐赠图书的想法，写这封信的主要目的是想问问他们需要什么类型的书籍。作为连队里唯一一个四川新兵，通信员误以为信是王刚的，就把信分发给了他。怀着内疚，怕张扬出去坏了自己名声的王刚，便给李雪莲回了一封信。就这样，阴差阳错的一封信让两个天各一方的四川老乡开始了书信往来。雪莲！王刚在想，这个名字似曾相识啊，原来在自己驻守的连队，雪山上就长着这样一种植物，它的名字叫雪莲花，它倔强地生长，又倔强地根治病魔，这是雪山里一种稀有的植物，它高贵、纯洁、顽强、坚毅，如同这里驻守的战士。他在心里暗想，这个世界上还真有叫雪莲这个名字的，就这样，他对雪莲这个姑娘有一种特殊的感情。

　　也许是李雪莲和王刚同样来自农村的缘故，她总是希望王刚不要辜负家人对他的期望，在部队好好工作。

　　王刚也是这样想的，绝不能辜负家人的希望，他在入伍不到一年的时间里，就向党支部递交了入党申请书，想入党就得样样事情都做在别人前面。同年兵中，他是第一个递交入党申请书的，要求上青藏线巡逻，连队交给他的任务，他都完成得非常出色。这一年底，因为军事本领过硬，他成为团部第一年度兵中的战斗力量骨干，在同年兵中第一个被提拔为班长，也第一个光荣地加入了中国共产党。第二年春，他在给李雪莲的信中，流露出想报考军校的念头。

　　收到王刚信的那天，李雪莲兴奋得像个孩子一蹦三尺高，她顶着烈日，跑遍了学校附近所有的书店，为他买来二十多本学习资料，帮助王刚尽快实现他的愿望。

　　入伍的第三个秋天，王刚如愿考进了位于重庆的后勤工程学院。李雪莲在信中为他呐喊加油。

　　在李雪莲的鼓励下，在后勤工程学院读书的王刚成为中队学习和训练尖子。在学院上学，每半学期放一次假，学校放假，他打算回家过年。

　　那是特别寒冷的冬天，在成都火车站，他看到一个女孩非常吃力地拖着个大行李箱朝站台内走去，穿着军装的他赶紧上前帮忙，就在他弯下腰去帮姑娘推行李箱的那一刻，他俩目光重逢，惊喜之中几乎是同时喊出了对方的名字。这个女孩正巧是李雪莲。

　　车站一别，回到家中的王刚怎么也忘不了李雪莲的清纯秀丽。谁也没想到，他们会在成都相见。春节过后不久，王刚回到后勤工程学院，当晚就给李雪莲写了一封信，尽管李雪莲在火车上告诉了他春节过后要在外地实习，但他还是把信寄了出去。

　　转眼两个月过去了，实习期满回到学校的李雪莲收到了王刚给她的七封信，从小向往军营、崇拜军人的她，当晚就给王刚写了一首充溢少女情怀的诗：

　　　　你是风吗

　　　　我愿伴你左右

　　　　你是云吗

　　　　我愿随你而去

　　　　你是雨吗

　　　　我愿沐浴在你温暖的雨乡里

　　　　……

　　日子就这样在没有大悲大喜中过着。很快，王刚从后勤工程学院毕业，被分到格尔木某汽车团工作，能够在这支有着光荣传统的汽车团当排长，他觉得无比自豪！这个月是他毕业后进藏工作的第三个月。这个月对李雪莲来说是备受煎熬的一个月，因为过去每周总有信来的王刚突然中断了与李雪莲的联系。于是，李雪莲除了给王刚所在连队写信外，还四处打听他的消息。因为思念他，李雪莲在心里设计出无数个假设：会不会是因为大雪封山了？会不会是上青藏线执勤去了？会不会是家里给他介绍女朋友了……

在煎熬中又度过了一个月，她在整理自己的包时偶然发现了王刚家里的电话号码，被她写在自己的日记本上，这个号码是王刚去年休假时在火车上给她留的。她立即一个电话打到王刚的老家德阳，她抓起电话就问："阿姨，王刚最近还好吗？"其实王刚的母亲早知道李雪莲和儿子的关系。去年休假的时候，王刚就一五一十地告诉了母亲。

没想到李雪莲的话还没说完，王刚的母亲就在电话那头号啕大哭，无论李雪莲怎么问她，她也不说一句话。此时李雪莲像热锅上的蚂蚁一样躁动不安。又过了将近十分钟，心情稍微平静的阿姨在电话那头哭着对李雪莲说："四个月前，他们排有好多车出现了故障，吃完饭大家都在休息，他一个人提前来到他的车前。因为是排长，他打算先把自己的带队车修理好，然后帮忙修理其他车。他换上工作服后，钻到车底下卸轮胎，没想到一不小心，支车凳滑了，他没反应过来，四五千斤的钢铁一下子压在他的双腿上，他惊叫一声就昏了过去，过了十几分钟，连队的官兵都赶来了，将他从大车底下拖出来，送到医院。在部队专家的会诊下，昏迷了三天的王刚从死神手中抢救了回来。由于下肢骨髓大部分坏死，无法恢复，现在只能躺在床上……"

　　放下电话后，李雪莲自己也不知道是怎么回家的，脑子里一片空白，只感觉到天要塌下来似的。这一夜她没合眼，一直望着天花板，回忆着和王刚有关的事情，从通第一封信到成都火车站第一次相见，每一个片段，点点滴滴像拷贝电影一样，在记忆的土壤里翻滚。

　　总算熬到了天亮，一大早李雪莲简单地收拾了行李，请假离开成都。她要去青藏线，去照顾王刚。

　　一路颠簸、一路汗水、一路泪花……坐在车上，李雪莲一言不发，却在内心暗自发誓："一定要好好帮助王刚渡过难关。"

　　坐了两天两夜火车的李雪莲终于辗转赶到西藏军区总医院，她顾不上去买束鲜花，顾不上找电梯，顾不上身处高原会有强烈反应，她一口气跑到四楼，一间间病房地找。当她推开病房的门，见到不成人形的王刚时，尽管早有心理准备，但她还是惊呆了。这哪是几个月前，与自己在成都火车站相见的那个高大、威武的小伙子？她不相信眼前躺在床上的、头上用纱布包扎得只留下两只眼珠子在外的人，就是自己朝思暮想、牵肠挂肚的王刚！

　　四目相望，王刚愣了一下，沉默许久后说："是谁让你来的？"

　　"我自己要来的！我想来看看你。"

　　"那你现在都看到了，反正我已经躺在医院了，不能动了，啥也干不了了。"

见到李雪莲的那一刻，王刚哭了，哭得撕心裂肺，这是一个男子汉经历了巨大打击后而发出的绝望声音。他是一个血气方刚的小伙子，正是施展才干、领略人生美好时光的时候，却失去了腿。

"你看到了，你走吧！"王刚说的这些话，好像是刚从冰柜里取出的，没有一点温度。

"我想留下来照顾你！"李雪莲用哀求的语气说。

"我不需要你照顾，我有人照顾！你走吧！"

王刚的话仍然是冷冰冰的。此时，李雪莲走到病床边，想伸手拉拉他身上盖着的被子，看看他的伤情。当她的手正要伸到床前时，王刚发怒了，大着嗓门吼她："你干什么呢?！你走吧，别感情用事了！"

为了回避暂时的冲突，李雪莲含泪离开了王刚的病房，来到医院大门口卫兵接待室，从站岗的哨兵那里借来笔和纸，她要给王刚写信。

"刚哥，即使你有一千个让我离开的理由，我也会找出一千零一个理由留下来护理你……"一封只有几十个字的信，李雪莲感到够了。她把信送进病房，交给护士，请她帮忙把信念给王刚听。

短短的几句话勾起了王刚对往日的回忆。他想起了和李雪莲从农村到城市，从唐古拉山、成都、重庆到雪山、哨所的美好场景，这一幕幕场景像幻灯片一样在他的脑子里再现。

心灵的沟通，使他们忘了时间的存在。这一次交谈从入夜一直持续到第二天天亮，阳光又暖融融地照进了这间病房。今天阳光格外暖和，她决定为王刚换件衣服。她翻出他的秋裤，从身后将他扶起，这一扶，李雪莲见到他的腿大部分血肉模糊，而且肌肉都萎缩了，她的心再次揪了起来，泪珠在眼里不住地打滚……

给王刚换完衣服后，李雪莲走出病房。走在病房的走廊里，她感到自己像生了病似的，拖不动腿。

我的手就是你的手

李雪莲从超市里买来牙具和洗发膏，将王刚扶起，在枕头上铺上一块塑料袋，垫上一条枕巾，一只手端水，一只手拿着牙刷为他刷牙。他不知道有多久没刷牙了，每天嚼几块水果就当刷牙了。

接着，李雪莲又给他洗头，这一幕被在门外守护的王刚父亲王大顺看在眼里，记在心里。闲来无事和病房里的人聊天时，王大顺谈起李雪莲，可以说是滔滔不绝。他说："雪莲姑娘给刚儿洗头的时候，我自己就站在旁边。虽然王刚是我亲生的儿子，可我不插手，好长时间了，我也闻着那些怪味，再难闻也没想到打盆水给他洗洗。这么长时间我这个当父亲的都没做到，她却做到了，就这点好多人都做不到。"

其实，在王刚住院期间，什么洗头、挠痒痒、掏鼻孔、喂水、喂饭……这是李雪莲天天要做的事。

最难伺候的事远远不是这些，因为长期卧床不起，再加上下肢瘫痪，排大小便都是一件痛苦的事。为了减少大小便的次数，王刚尽量控制自己的饮食。一周没排便的王刚，这才想解大便，李雪莲抬起他的屁股把接便器递了进去。十多分钟过去后，躺在床上的王刚憋得脸色发紫、满头大汗，也排不出大便来。

李雪莲看着他难受痛苦的样子，也真是不知如何是好。她想起小时候，大便干结时母亲用菜籽油深抹肛门处，不一会儿就解出来了。她连忙跑到食堂找来点菜籽油，照着母亲的样子给他抹上，可怎么也没见一点效果来。无奈之下，李雪莲将他侧过身子，错开他的双腿，在手上涂抹清油，将食指伸进了他的肛门内。由于没有正常进食，她触摸到一粒粒蚕豆大的粪蛋子，她用手指一粒粒地把它们抠出来。抠出的粪蛋子出奇地臭，熏得人恶心作呕。一粒、两粒……在抠出了十粒后，王刚的大便一下畅通了。排完大便的王刚竟然伤心地哭了。李雪莲安慰他说："你哭啥呢？是我自愿这样做的，你别在意了，我的手就是你的手！"

"我的手就是你的手"，缩短了她与他之间的距离。

李雪莲想着王刚自受伤以来都没洗过脚，就打来一盆水，想给他洗洗脚，修修脚指甲。洗脚时，她看到王刚腿上的肌肉已经大面积萎缩了，就有些心酸。这不真成植物人了吗？情绪有些激动的李雪莲，跑到医生办公室找到主治医生张博士。张博士说："你们要有心理准备，从目前的情况看，他只能躺在床上度过后半生。"

从医生办公室出来后，李雪莲悄悄蹲在厕所里流泪。张博士的话像针尖，扎得她心里直流血。那天晚饭后，她就试着让王刚练习站立。起初，他不愿，他怕万一成功不了伤了李雪莲的心。倔强的李雪莲却坚持自己的观点，叫他练。她说："世界上没有做不到的事，关键看你有没有勇气和决心去做，只要你敢去面对，成功的机会就很大。"

医院的花园就变成了王刚练习站立和走路的操场。

一天下午，李雪莲像往常一样揽着王刚来到花园练习走路，刚走两圈天就突然变了，只见黑压压的云很快盖过头顶，电闪雷鸣之后，豆大的雨点劈头盖脸地掉下来。见暴雨来了，王刚乱了方寸，差点摔在水泥地上。情急之下，李雪莲蹲下身子，赶紧将他背在背上往大楼里跑。雨水淋湿后的水泥路面非常滑，累得气喘吁吁的李雪莲试了几次都没能爬上去。一位护士见了，赶紧从楼道里跑出来帮忙，推着她才把王刚背到大楼里。目睹了这一幕的病友们，都向她投去钦佩的目光。

在李雪莲的精心护理下，王刚终于可以慢慢扶着墙行走了。

一天中午时分，正在煮饭的李雪莲突然听到公路上有人在喊，她抬头从窗户里一看，远远站在公路铁栏边的王刚在不停地向她点头。李雪莲激动了，她丢下锅里正在炒的菜，夺门而出，朝着王刚的方向奔去。见她来了，王刚自豪地对她说："李雪莲，你看，我终于可以站起来走了！"

王刚能拄着拐杖走路的消息瞬间像长了翅膀，传遍了西藏军区总医院。医院好多人就连医生听了都不相信这是事实。当大家证实这一切都是事实时，李雪莲也成了医院里争相传颂的人物了。李雪莲的事迹在西藏和四川引起关注后，四川省委宣传部以及主管双拥工作的领导作出重要批示，要求民政厅派人去调查。在王刚家里，主管全省优抚工作的副处长问李雪莲："你为何这样钟情一个高度伤残的军人？是他的家境特别好？是地位特别高？还是看中了他的前途？在我看来，这一切王刚都没有！你到底图个啥？"

她的回答很干脆，就两个字："英雄。"

阳光总在风雨后

　　在李雪莲的精心照料下，王刚出院后回到老家德阳，他将要面对全新的生活。因为这半年来李雪莲一直在医院照顾王刚，她丢掉了将要从事的教书工作。虽说王刚的腿伤有所好转，但还是不能久站，走路只能靠拐杖。无奈之下，李雪莲只有到德阳附近的农贸市场捡别人卖不掉的烂菜帮子过日子。

　　李雪莲丢掉了教书工作，她心中觉得最对不起的人就是大自己一岁的姐姐了。看看日历，12月20日，今天是姐姐二十六岁生日。她捧着一大束玫瑰，径直走向姐姐的坟头。这是怎么回事呢？事情还得从六年前姐姐的那场病说起，六年前姐姐放弃了读师范的机会，过早地捧起了社会这本大书。当时由于文化水平低，再加上时运不济，她一直没有找到合适的工作，便来到深圳的一家化工厂干起了生产明矾、硫酸之类对身体影响很大的活。而且姐姐为了支持雪莲完成学业，经常在工厂加班，一个人干着两个人的活，姐姐的身体终究还是累出了毛病。当姐姐得知自己患上了肺癌，需要很多钱治疗时，她在心头埋下了轻生的念头。姐姐见到父母一边为她治病，一边为雪莲读书四处借钱时，她在一个静静的夜晚选择了跳楼自杀。当雪莲的父母东奔西走、想方设法筹钱时，姐姐永远闭上了双眼。

李雪莲跪在姐姐的坟头，双手紧紧拥抱着墓碑，往事一幕幕涌上心头。这一天是只属于她们姐妹俩的一天，她一个人对着冰冷的坟头诉说着对姐姐的无限思念，她没有感觉到泪水伴着寒风早已冻结成冰块，她只感到抱着的这块墓碑是那样温暖。

"姐姐，还记得儿时的纸飞机吗？还记得村边小河里捕鱼吗？还记得儿时的梦吗？还记得……"

"姐姐，还记得六年前母亲长期卧床，家里无法支付我们姐妹俩的学费？是你说服了爸爸，让我继续读书，而你却从容地放弃了学习的机会。姐姐呀，你有一颗多么无私伟大的心啊！"

"姐姐，在你面前，我多么内疚啊！姐姐，不说那些不愉快的事了。你看到了吗？这是你梦寐以求的蝴蝶发卡。姐姐，我给你买了巧克力，这是你最爱吃的。姐姐，我给你削个苹果吧？这个又红又大，你一定爱吃。姐姐别责怪妹妹不节约，挥霍金钱，你看到的这些都是我捡破烂换来的。"

"姐姐，今天是你的生日，你也许又忘了。姐姐，你生前还没有过过生日，今天妹妹来'庆贺'你的生日，祝你生日快乐！姐姐，我们一起唱那支《生日快乐》好吗？祝你生日快乐！祝你生日快乐！祝你生日快乐！祝你……"

"姐姐，你生前最大的愿望就是希望我能够成为一名光荣的人民教师，对不起姐姐，你的心愿妹妹没能完成。但我觉得跟王刚这样的英雄在一起我收获了更多，我想你在天堂一定会为我感到高兴的……"

"姐姐，你在这里安息吧！我走了……"

转眼又是一年春节，她去看望王刚的奶奶，进村前她发现村子外有一片长满杂草的荒地，她见状就对王刚的父亲说："王叔，村口那片荒地荒在那儿怪可惜的，咱家能不能把它承包下来，种点庄稼贴补贴补？"

李雪莲这样一番提示，老王觉得在理，与家人一合计，便将十余亩地承包下来。

李雪莲开辟的那一块荒地四面环山，连绵不绝的山峰把它围了个严严实实，就别提开荒种地了，就是从这走出去都免不了要艰难跋涉。乡里有一个果农对李雪莲说，当时他们家承包了几亩地种起了橘子，好不容易碰上好年景，收获了几千斤橘子，因为运不出去，也没有人到这山沟里来买，只能偶尔挑一担到镇里去卖，由于家家或多或少都产些橘子，几毛钱一斤的橘子都卖不出去。橘子卖不出去，几千斤橘子放在家里就坏了一大半，气得他们把山上的橘子树一棵棵砍掉，家人看着老乡辛辛苦苦种的橘子树被无情地砍倒而流泪了。听了老乡的话，李雪莲打量着这座荒凉的山，她的心在淌着血。她问大山，她问自己，她能通过自己的努力让这里的乡亲摆脱贫穷吗？

一立春，王大顺、李雪莲，还有王婶就开始忙活起来，他们种起了玉米、土豆这些比较容易成活的农作物。

这一年天旱，李雪莲拖着王刚回去料理，她把椅子往树荫下一安，扁担就上了肩。浇玉米，一亩地要百十担水，连小伙子都发怵，李雪莲的两个肩膀被磨得像馒头高，仍然担不离肩。

真是没想到，诚实的土地还是没有因为李雪莲的苦心经营而奖给她好的收成。

想想承包期有五年，王大顺整个人像泄了气的皮球。李雪莲不住地安慰他："王叔，日子总会熬过去的，世上就没有过不去的坎。"

从这年冬天起，李雪莲下了狠心，白天料理完王刚的生活后，就到德阳郊区的一个风景区拾破烂换点钱，加上平时从牙缝里省下来的，筹了八百元钱买来一台抽水泵。然后，她按照《种植技术》书上说的，对这块坡地进行深耕细作，秸秆还田改造。李雪莲把三件法宝都用上后，地里的苗儿看得见地往上蹿，就等着秋后"算账"了。果然，坡地种出的玉米和小麦亩产都超过千斤。第二年，李雪莲又在坡地上进行套种，这一年，亩产在前一年的基础上增加了百分之三十。

坡地出了金，王大顺乐了，见人就说："还是雪莲这姑娘有能耐，这下可大发了！"

发了，这一年她家这十余亩地净收入一万元。李雪莲数着这一张张百元大钞，心里在想：咱一家人富不叫富，要是咱村上的人都富裕了，那才叫真正的富呢！

想了想，她还是去找了村支书，要求带领全村致富。村子里的人见李雪莲这两年实实在在挣了钱，都表示愿意跟着她干。

　　说干就干，她首先带领村里人修通了水渠，修通了道路。在她的号召下，全村老少爷们齐上阵。

　　单说修路就是一件充满艰辛的事，在此修路，必须得劈开这座大山。开始村子里的人有些想法："这要耗费多少人力、物力和财力呀？"当雪莲听外面打工回来的人谈起沿海人如何修路、如何致富时，她心动了，修路"战役"在此打响。有钱的出钱，有力的出力，乡亲们攀峭壁、登悬崖，打眼放炮，然后用手搬，用背背，用肩扛。"山高终究高不过人。"王刚奶奶家门前的那座大山被劈开了一道口子，一条长5公里、宽8米的路形成了。给村子修路的同时，全县各镇都掀起了修路的高潮。短短的时间内，笔直宽广的柏油路在全县境内纵横交错，四处延伸，与国道相连，延伸到了全国。"路长终究长不过脚。"祖祖辈辈冲出大山的梦想没想到竟然在雪莲这个倔强的弱女子手中变成了现实。这是多么激动人心的事呀！这是多么令人高兴的日子呀！乡亲们激动地流泪了，因为他们看见了小康路在向这条路延伸。

　　李雪莲觉得物质生活跟上了还不行，精神生活也得跟上去，她没多想就从自己的腰包里拿出两万元，到县里购买了上百本图书，在村委会的大力支持下，建起了村子里第一个图书馆。这一年村子里还建起了电视塔，山顶上那高高的电视塔，在阳光的照射下，闪着银白色耀眼的光，显得特别精神，茂密的橘子树把一个个山坡盖了个严严实实。山脚下，一座座楼房被竹子遮了半个身子，有的露出半边脸，做出十分害羞的样子，满载各种农副产品的车子在柏油路上来回奔跑，小溪里的流水发出叮咚叮咚的声音，似乎在向过路的人们演奏《春天的故事》。李雪莲合着它的节拍，不由自主地唱了起来："一九七九年，那是一个春天……"就这样，她唱着歌回家。

接下来，李雪莲还带领乡亲们建起了当地第一个蔬菜大棚，兴办了农副业生产基地，养鸡、养鸭、养猪，还养起了特别难伺候的梅花鹿、鸵鸟等。

贫瘠的黄土地上长出了欢笑，农副业生产也喜获丰收，村子里的光景一年比一年好。这个坚强的女人戴上了全国劳动模范的奖章，她的事迹经过媒体宣传曝光后，引起了社会各界包括许多著名企业家的关注，政府给予了政策支持，社会上知名的企业家给予了经济支援。如今，这个村子光兴办的农副业生产基地就有七八个，养殖基地也有两三个，这个村变成了远近闻名的富裕村，家家住上了楼房，有的还购买了小轿车。

富起来的李雪莲并没有买汽车、盖楼房，她想到了乡村那个破烂不堪的小学校。李雪莲听村子里的人说，村里的小学还是三十年前拆了座庙宇后建的，总共有三间教室，呈"一"字形排列，由于时间久远，又欠维修，一到雨天，地上东一个水坑，西一个水洼。每月十五，成群结队的信徒跪朝学校，烧香拜佛，烟雾弥漫着整个学校，半天都散不去。学生吓得不敢去上课，都趴在窗口探头探脑，无奈的老师只有放下手中的书和粉笔，气愤地去找村支书。

乡亲们这么一说，更让李雪莲对重建山村小学起了心，李雪莲这个人就是这样，越难办的事就越上心。建学校最重要的是资金，光凭她这些年省吃俭用的那点钱是远远不够的。为此，她和村支书下起了集资建校这步棋。要说这步棋，真是走得不轻松，开始有群众说，村里和李雪莲是借着集资建校的旗号捞钱，自然没有得到全村人的拥护。后来发生了一件令人痛心的事，乡亲们对重新建校有了新认识。那是一个没有什么特别的上午，学生照常来到学校上课，不料临近中午放学的时候，房梁上的一个大柱子和几十块瓦片顷刻间掉了下来，重重地砸在正拿着书本讲课、毫无防备的老师头上。由于失血过多，送往医院的时候，这个老师已经结束了他二十九岁的宝贵生命。乡亲们都记住了这个老师的名字——杨光。

送葬杨老师的那天，全村的人都到场了，送行的场面非常感人。但更感人的是，这场追悼大会变成了群众自发捐资建校的大会，乡亲们你一千，他一千，很快就捐资十多万元。没过几天，山村的重建小学就破土动工了，几个月后学校圆满竣工。剪彩那天，全村人眼见着高高的楼房、耀眼的琉璃瓦、洁白的墙壁、宽敞明亮的教室、标准的操场、宜人的绿化，处处展现着现代气息，都高兴得跳起来！李雪莲抚摸着刚来到这个村亲手栽下的第一棵杨树，感慨万千，原先瘦弱的树苗竟然也根壮叶茂了。如果树也和人一样有不同命运的话，如今它该扬眉吐气，意气风发了吧！

这时李雪莲想到了杨光，就是受人尊敬的杨老师，因为他才有了如今旧貌换新颜的校舍。后来在雪莲的提议下，一直被村里人叫惯了的山村小学改名为阳光小学，这自然是为了纪念那位已故的杨光（阳光）老师。

这一天李雪莲非常高兴！她一个人爬上了教学楼的房顶，默默地注视远方。就在那一刻，她找到了自己的人生价值。她这么多年的辛苦真是没白费，村里人告别了崎岖的山路、低矮的草房、乌黑的油灯，迎来了宽阔的大道、崭新的楼房、富裕的生活。面对山里的一系列变化，面对朴实的乡亲脸上绽放出的每一个珍贵的微笑，她在问自己："没有门前的那条公路，山里会发生那么大变化吗？没有国家的惠农政策，我们会有这一切吗？"

总之，付出才有收获，阳光就在风雨后。这是李雪莲此时体会最深的一句话。

特别的婚礼

　　时间到了 2008 年，这一年是中国改革开放三十周年，又是举办奥运会的喜庆之年，李雪莲和王刚被一纸邀请函邀请到青藏线作报告。这一天，沿线兵站和边防哨所都布置得十分整齐，战士们列队欢迎她的到来。在报告会上，她对守卫在冰天雪地的战友说："爱是一种幸福，是一种责任，但更多的是对国家的一种奉献。"

　　报告会结束后，青藏线官兵们纷纷找李雪莲签名，并向她敬献了青稞酒、酥油茶、哈达，这一刻她就是雪山上最耀眼的星。

　　2008 年 8 月 8 日，这一天是北京奥运会隆重开幕的喜庆日子，也是李雪莲和王刚的大喜之日。还是在王刚战斗过的那个边防团，战友们要为他们举行一场特别的婚礼。婚礼的场面显得有些简陋，却极其热闹。没有婚纱，没有钻戒，唯有的就是战友们用从雪山上采来的格桑花为他俩铺垫成的地毯和编织的花环。没有双方的老人和亲朋，却有身着节日盛装、成群结队的藏族乡亲，他们手捧洁白的哈达和香甜的青稞酒来祝福这对新人。婚礼上，十三岁藏族姑娘拉姆与八个小老乡一道跳起了欢快的舞蹈。小伙子罗布次仁的一曲

《跑马溜溜的山上》把婚礼推向了高潮。

　　婚礼结束了，歌声却久久没有散去……这下李雪莲可成了名副其实的军嫂了，她感到无比幸福，让她唯一遗憾的是他们不能像别人一样拥有属于自己的孩子，因为王刚伤残而失去了生育能力。她太想要一个自己的孩子了，这也是天底下每个妻子的愿望和权利，她多么想有一个孩子，她多么想听自己的孩子叫一声"妈妈"！婚后，每当村子里小孩从她身边经过时，她都会多看几眼，直到孩子的身影从她视线里消失，这一切都让坐在轮椅上的王刚看见了。一天，王刚突然想到了和他一块长大的同学张辰，去年就听村子里的人说他老婆生了一对双胞胎女儿，而且孩子如今没有妈妈。这是怎么回事呢？原来张辰两口子都是乡里的教师，在一次大地震中，张辰的妻子因抢救班上的一个学生牺牲了，现在最可怜的是张辰出世不久的孩子……他想张辰现在一个人带着两个孩子一定非常辛苦，他想领养张辰的一个孩子，一来可以减轻张辰的负担，二来可以圆了雪莲的梦。晚上躺在床上翻来覆去，怎么也睡不着觉。他在想，要是可以领养同学张辰的一个女儿该有多好啊，于是他把梦中的妻子推醒了，委婉地说出了想领养同学张辰孩子的想法。

　　这一说倒让妻子想起点什么。"张辰的孩子，张辰，哦！我记起来了，就是你常提起的送你当兵的那个张辰吗？"妻子喃喃自语道。

　　王刚连声道："是他，我当兵时还是让他当我的说客呢，嘿！没想到咱爸早就赞同我去当兵，就那年大阅兵的时候……"

原来，王刚与张辰不仅是同学，还是挚友，曾共同度过了从小学到中学的美好时光，但在高考中张辰如愿考上了理想的大学，王刚却名落孙山，一直在家待业。张辰上大学后迎来了第一个国庆节，便想着去看望发小王刚，和他好好唠唠嗑。一进门，张辰就见到王刚和他的父亲正在全神贯注地收看国庆大阅兵仪式的直播，对张辰的到来没顾得上欢喜，而是眼睛紧紧地盯住电视屏幕。等到阅兵结束后，王刚才和张辰出去打了半天台球。第二天上午，张辰又来找王刚，进了房间，王刚看了看没别人，就小心地关上了门。

"什么事这么神秘？"张辰有点疑惑地问。

"你觉得军人怎么样？"王刚小声问张辰。

"什么怎么样？"张辰更不解了。

"你对军人的看法。"

"打心眼里敬重他们。"张辰用十分肯定的语气告诉他，而后一想，觉得十分奇怪，就问他，"你问这干什么？你不会是想……"

"没错，我想当兵，你赞成吗？"有事他总是和张辰商量。

"你不是一时冲动吧？"

"你连我也不相信？"

"不，我相信。不过，你是家里的独子，你爸妈会同意吗？"

"这正是我担心的，"他看了看张辰说，"我想让你做我的说客。"

"我能行吗？我对这种事也无十分把握。"

"一定行！"他自信地说，"其实我很早以前就想当兵了，但怕我爸不同意，就故意等到国庆阅兵时，让他见识一下军人的风采，这样他会对军人产生好感……"

张辰终于明白了王刚的良苦用心。下午，张辰又去了王刚家，只有大叔在看电视，还是重播的国庆大阅兵仪式。张辰没有直接说明来意，而是与他谈起阅兵的盛况。果然，一谈及此，大叔就赞不绝口，还意味深长地说："要是我能年轻二十岁，我也去参军……"

"真的？"张辰故意截断他的话。

"怎么，你不信？"

"信，可是太遗憾了，时光不能倒流。不过，有人可以完成你的心愿。"

"谁？"

"你家的小刚啊！"

"你真的这么想？"看到那兴奋的神情，张辰简直让他们父子弄糊涂了。

张辰看大叔根本没有反对之意，就把来意全说了，谁知大叔听了哈哈大笑："你和我家小刚一起长大，本来我还想让你做他的思想工作呢，没想到这小子……"话还未说完，大叔又大笑起来。欢快的笑声回荡在屋子里……张辰明白过来，也禁不住笑了，就这样王刚经过严格的政审、体检，如愿当了兵。

如今，王刚向雪莲讲起他当兵的这段往事，讲起他和张辰的感情来仍然激情澎湃！

甜甜的未来

又是一个春光明媚的日子，王刚和李雪莲趁父母今天都特别高兴，就开诚布公地向二老提起了领养同学张辰女儿的事来，二老听后尽管觉得很意外，心里却格外高兴！不过不大一会儿，二老的情绪就被乌云笼罩了，眉头紧皱起来。其实父母所担心的问题和王刚、李雪莲是一样的，也不知这张辰是否愿意把孩子交给王刚夫妇来抚养，这是问题的关键。虽然他们有两个孩子，但是现在孩子都是家里的宝贝"疙瘩"，谁家还嫌弃多啊？"有没有希望，咱也得试试看。"王刚表情坚定地说，似乎他有几分把握。于是他和李雪莲迅速到镇上的超市买了老人吃的保健品、孩子吃的精装奶粉等一大堆礼品，然后心惊胆战地去了张辰的家。这条不太宽敞的路，曾经留下他们兄弟俩太多的足迹，一切都是美好的，一切又都是新鲜的。想着自己如今只能依靠拐杖在这条路上艰难地走着，他心里顿时伤感。妻子李雪莲看出了他的心事，在一边不停地安慰道："没事的，总有一天你会站起来的。"

就这么一条只有两三公里的路，他们却走了两个多小时。终于到同学张辰的家了，可他们徘徊了半天，谁也没敲门进去，王刚也只是在门口不停地擦汗，不知是走了半天路太热了，还是心情太紧张。正当他们鼓起勇气准备敲门的时候，只听吱的一声门开了，准备出门倒垃圾的正是同学张辰。张辰赶紧把王刚迎进来说："今天是什么风把你们两口子吹来了？"王刚没有直接说明来意，而是说了几句在路上就想好的客套话："我们听说你喜得双凤，本应早来祝贺！可是由于我腿脚不灵便，雪莲一直陪在身边潜心照顾我，所以就没来成，这是我们送给你的一点小礼品，不成敬意，望笑纳……"张辰连声道："你啥时候变得这么客套了？你能来我就很高兴了，知道你的腿受了伤，本身我应该早点过去看望你的，只因这两个孩子牵绊着，所以才没去成。"张辰的老母亲开口道："你们都是老同学了，何必这么客气？我下厨去做几个菜，你们在这吃个饭吧。你们哥俩好几年没见面了，好好唠唠嗑。"说完她就准备饭菜去了，王刚和李雪莲也根本没有走的意思，从一进门他俩就被张辰的热情包围着。一顿丰盛的午餐在有说有笑、热热闹闹的氛围中结束了，可以说是酒足饭饱。可王刚和李雪莲谁也没有忘记此行的目的。王刚再也坐不住了，于是他把在路上想好的话一字不落地说给张辰听了。过后，王刚和李雪莲就像在等待老师批评的学生一样，他俩谁也不敢正眼看张辰，因为他们怕被拒绝。接下来张辰的一席话着实让张辰和李雪莲感到震惊，张辰说："我知道你们的心意，我们这么多年的同学，我也知道你一定能够当个好父亲，可是我实在舍不得我的两个孩子呀……"

面对眼前，这个坚强的男人——张辰，他俩都沉默了，沉默的气氛一直持续到黄昏，他们什么也没说，就返回了家，好几个月没有再提及领养一事。

后来发生的一件事让王刚领养孩子的事变成了现实，但那对张辰来说是极其残酷的现实。2009年春节，张辰慈爱的母亲因心脏病突发而永远离开了他，工作繁忙，加之又当妈又当爹，张辰真是无力照料身边的两个女儿，只得把小女儿交给王刚夫妇。领养孩子那天，王刚并没有说过多感激之类的话语，但张辰把小女儿交给王刚夫妇，从内心说他是放心的，再说他们两家相隔也不是太远，隔三岔五的，张辰也可以去看看女儿，想到这里，他觉得心里好受多了。当雪莲抱着小女儿起身要走的时候，这个铁骨铮铮的七尺男儿还是忍不住落泪了。

孩子领回来了，王刚的父母在村头望了又望，这下终于盼来了孩子，此时这个家更像是一个家了。他们添置了儿童床，买了孩子穿的衣服、喝的奶粉等东西，一天忙下来累得腰酸背疼。孩子睡着了，雪莲静静地躺在床上，她在想，他俩并肩走过的路都布满了艰辛，所有的坎坷都是他俩用勤劳、朴实、善良把它填平的，多少苦难都是他俩咬碎后咽下的。因为他们吃了太多的苦，受了太多的难，因此他俩给女儿取名叫"甜甜"。女儿甜甜虽不是他们亲生的，但她的到来不仅给他俩的生活增添了快乐，还给整个家带来了欢笑。

今天是甜甜周岁生日，张辰想着让她们姐妹俩团圆，那天，他大清早就起床来到王刚的家，终于见到了小女儿甜甜。见到甜甜在这个新家生活得幸福快乐，而且长得白白胖胖，张辰的脸上也露出了久违的笑容。生日宴上，王刚夫妇俩给张辰敬酒，王刚先开口说："感谢你让我们拥有了一个完整的家。"张辰激动地说："我的同学是英雄，甜甜的爸爸是英雄，甜甜今后准有大出息。"

"这话一点没错，女儿甜甜虽是女儿身，但她自幼爱识枪弄棍，不愧是军人的后代。"王刚经常在父母面前骄傲地说。

让王刚和雪莲欣慰的是，女儿甜甜非常懂事，刚学会走路的甜甜，每天总是学着妈妈的样子，拿着馒头先让爸爸吃一口，再让妈妈吃一口，最后才自己吃一口。这三口之家一双筷子一只碗，这种场景真是让村子里的每个人都为之动容。

尽管在王家大门一侧，"军属光荣"匾牌的红漆已被雨水冲刷成褐色，然而在初春的阳光照耀下，这四个大字仍然放射出夺目的光彩。

女儿在这种简单的幸福中成长着、坚强着、快乐着，王刚抚摸着女儿的头，不知不觉进入了梦乡。这一夜他做了个甜甜的梦，他又梦见了昆仑山、唐古拉山，那是他毕生最爱的地方。在雪莲花盛开的地方，女儿长大了，也穿上了军装，显得英姿飒爽。女儿将要踏上西去的列车，妻子熬夜为女儿绣了一双鞋垫，鞋垫上绣了四个鲜红的字：爱军爱家。妻子慈爱地对女儿说："孩子，拿着吧，这是母亲的一点心意，想家的时候就拿出来看看……"

女儿甜甜缓缓举起右手，行了个军礼，背上背包，大步走向远方。

附 录

写给"青藏线大学"的一封信

尊敬的"青藏线大学"各位老师:

你们好!想起来真是感到很愧疚,直到转业八年后我才给你们写下这封信。真像你们说的那样,我一直不善表达,做事也不圆滑,还好转业的这些年,同事们都接受了我的秉性。我平时除了工作,业余时间还是像以前一样热衷研读关于青藏线的文学作品。我一直遵循你们的话,少应酬多看书,少研究人多琢磨事,大多时候我把时间留给了自己。

我说的这所"青藏线大学"是无形的。因为无形,所以更能储藏无限知识力量。在这所大学,我起初学的是厨师专业,后来选择了文学路。在文学路上,我苦苦寻觅风雪与文学的真相。每次有机会下基层部队,我都不会忘记揣上一个小本子,走一路,记一路。渐渐地,我发现青藏线上值得讴歌的人物、事件不少,但把这些写出来宣传出去,却没有想象中的那么简单。记得有一次,我用了一个多月的时间创作了一首军旅长诗，结果被退稿了。当时，我虽有些气馁，但依然坚持写作，并不断向《解放军报》《西藏日报》等各大报刊投稿。写了两年，投了两年，结果仍然是石沉大海。当时我真有点想打退堂鼓了，觉得自己不是搞文学的料。但倔强的我还是不甘心，因为不甘心，所以我坚持了下去。后来我又鼓足勇气向《西藏日报》副刊寄去一篇散文《不发我也写》，在这篇散文里，我把写作的艰辛统统道了出来。没想到，几天后这篇文章见报了，成为我的处女作。

后来，在青藏兵站部宣传业务培训班上，我遇到了一个照亮"青藏线大学"的文学老师王宗仁，一个把文学雪水化作雨水的老师，从他那里我读懂了"草船借箭"的故事。他让我懂得，文学的根就在脚下，就在眼前。他常对我说："青藏线上有文学，文学里有青藏线。"王老师的这句话深深地影响了我，让我在青藏线文学道路上不断茁壮成长。

回望与王老师二十多年的交往历程，他像一支红通通的火把，照亮了我前行的道路。王宗仁老师，陕西扶风人，著名军旅作家、原总后勤部政治部创作室主任、鲁迅文学奖得主，著有散文集《藏地兵书》《雪山无雪》《藏羚羊跪拜》等四十余部作品。王老师从1958年走进军营，在青藏高原历任汽车兵、团政治处干事等，曾在青海格尔木驻扎七年，后来调入总后勤部政治部创作室工作。四千里青藏线，给了王老师生命的坚强和创作的灵感。在北京，一个与"格尔木"一样遥远而浪漫的名字"望柳庄"成为他书房的代名词。

为了这个代名词,他把一辈子的笔墨都瞄向了青藏兵站部这个师级部队的定盘星上。

王老师,您知道吗?我一直不敢提起笔给您写信,因为在"青藏线大学"里,我没有成为一个好学生,没有从"青藏线大学"字典里摘下一颗军星戴在自己的肩膀上,也没有写出一篇轰动青藏线的雄文,更多的时候,我借助昆仑山石头的硬、纳木错湖水的软歌唱一种生命的微光。所以我写下了人生中第一首诗歌《致昆仑》:沉默的昆仑山/你经受了多少磨难才有今天/静看人世沧桑的稳重/是你的激情冻结成千年的冰雪/还是你的泪水终年流淌/看破斜阳/独坐成夜幕下的雕像/要用多少年/才能读懂/你深邃的眼眸/爬上你的山巅/一万年够吗/用我的热情/能否融化千年冰雪/沉默的昆仑/是否你在凝视/山那边/一个士兵的风采!

"青藏线大学"是我虚构的大学名字,但它实实在在让我圆了大学梦,还让我荣幸地捧回几张亮丽的成绩单。这些年我的诗歌、散文、报告文学等作品开始见诸报端,并获得总后勤部第九届、十届、十二届军事文学奖。

大学是一个敢于追梦的地方。2006年建军节那天,我的第一部散文集《走在雪域阳光里》出版发行了,让我更加坚定了自己的文学梦想。后来,我又应总后勤政治部的邀请,编写了报告文学集《忠诚铸辉煌》、长篇报告文学《血脉之旅》,出版了纪实文学《心路拉萨》、报告文学《洗衣歌的故事》等文学作品。

走过青藏线的人一辈子都在回青藏线的路上,只不过有时是在用心去回忆和交流。在我荣升四级军士长第一年冬日的一天，我应邀参加第四届"社科法律人"学术论坛活动。那次讲座主题为"风从高原走过——我的路上人生"，2010 级和 2011 级全体法律硕士研究生参加了那次讲座，没想到一个高原兵的故事分享会遇到如此高学历的知音。

"请问黄老兵，青藏线到底什么样？"学生问。

"青藏线一年只刮一场风，从春刮到冬。记得有位大首长有一次到青藏线视察时，在烈士陵园见到和平年代牺牲的 700 多名高原官兵时，感慨地说：'在这里当兵，躺着也是一种奉献！'"我回答。

"请问黄老兵，你在青藏线当兵那么久不寂寞吗？"学生问。

"那里天上飞的乌鸦都是公的，能不寂寞吗？"我回答。

······

从社科院讲完学，回到拉萨后，我一直在思考一个问题：我心中的"青藏线大学"其实也是一个能够唤醒知识的地方。我想，只要你的心是温暖的，知识的光芒就不会冷却。只要你的梦想是清醒的，风雪中锻造的课程也能轻易打开你的视线，将你带到生命的高处，那时从高等学府走出的学子也会为你鼓掌。

最后，我想对所有帮助我成长的青藏线老师、领导、战友、朋友真诚地道一声谢谢！

此致

敬礼！

雪域学子写于 2023 年 10 月 22 日凌晨

后 记（一）

从青藏线出发

我本不是一个怀旧的人，但我喜欢坐在明媚的阳光下，静静地梳理往事和梦想。

2021 年疫情期间，我有了更多追忆往事的时间。当年 4 月，老家突发疫情，全城封控。我本在指定的一个社区参与志愿服务，因本小区出现新冠病例，不得不居家隔离，这次隔离时间长达半个月。在这半个月里，我一边享受着社区志愿者热情周到的居家服务，一边拿起笔追忆在西藏当兵期间的往事，于是我又重新开始了中断很久的写作。

人生中有些往事是岁月带不走的，仿佛越是历经洗刷，越是清晰透亮。我尽力一笔一画地找回青藏线军旅生活的笔记，写下青藏线上我所遇见的感动的人、感动的花、感动的草、感动的树木、感动的石头，这些都是天路上独特的霜雪与花香。

我羡慕天路上的每一片雪花，它偷袭了高原兵明月千里的夜，俘虏了天路上所有的灿烂。我更钦慕每位高原兵身上的纯，炊事兵用一把菜刀找到纯粹的理想，管线兵用一把焊枪找到纯粹的信仰，汽车兵用一个方向盘找到军旅的方向。

十六年的雪原军旅，四个月的虔诚追忆，六十篇沉入心底的散文镜片帮我找回远方的兵与雪。我曾经无比向往活在当下，也创造了无数个当下。我尽情地让那些鸡零狗碎的日常主宰时间的沙漏，每个周末常常在不想睡与不愿起的纠结中神游远方。这些天，感谢微友们用温情的手指对准凌晨的风为我点赞，让我有了坚持写作的信心与决心。

昨天是今天的过往，今天是明天的历史。我万分怀念西藏的日子，怀念西藏自然而然的气质。那里的山叫圣山，那里的地叫圣地，那里的湖叫圣湖，那里的云叫祥云，那里的鹰叫神鹰，这些美好的词语深刻地影响了我对人生、对文学的解读，对人与自然关系的看法，对活着与死去的审视。

这是我涉猎青藏高原题材的第四本文集，前三本是在西藏完成的，唯有这一本是在内地完成的。走出青藏高原看时间之雪，一靠回忆，二靠情怀。没有情怀的回忆只是回忆，回忆的旅程只有换来精神的觉醒才有意义。于是，我尽力把笔尖对准与天路同行的高原军人，探求他们少有人知的平凡而又伟大的故事，从而找到高原军人心灵的彼岸、生命的彼岸。四个月的挑灯夜战，我静坐在书桌前，从电脑相册里翻看在青藏高原拍摄的所有照片，重新阅读在西藏写的诗歌、散文、小说、报告文学。十六年间，我走遍了青藏高原的每一片土地，领略了漫漫天路的浩瀚，领略了高山江河湖泊的清澈，领略了冰山雪峰的壮观，领略了高原兵站的孤寂，领略了倒下而又站立的军魂。我也以一个旅行者的身份深入藏北辽阔的大草原，聆听牧羊人娓娓动听的诉说，也曾光顾藏族青年的婚礼，在熊熊燃烧的篝火旁跳起欢快的锅庄。我还走进牧人的帐房，目睹藏族人民生活翻天覆地的变化。我走在清澈的阳光下，连喝三杯浓郁的青稞酒，陶醉在妙舞清歌中。

我的心在西藏，西藏早已融入我沸腾的血液里。

在高原兵的世界里，天路是西藏最美的前方。西藏的诱惑是一往无前的，是无法抵达的，它包罗万象的深沉、纯净、智慧、壮美，一旦让你动心，便一生无法放下，纵然千难万难，你会一路追随。这部散文集里的炊事兵、汽车兵、卫生兵的故事，无论是凄美的、壮美的、唯美的，他们都活在"老西藏精神"的风骨里，他们用无声的行动给苍白的生命增添了一份底色、亮色、美色，也给天路增添了一份美的内涵、善的内涵。尽管他们只是一个没有肩扛军星的战士，但他们的故事足能抵达人们心灵的彼岸。

天路之上，逐梦前行。天路，装满梦想的种子、勇气的种子、美丽的种子。倘若你没走过天路，你也许不会明白它的绵长与无限。倘若你走过了，可以肯定的是，你还想再去，尽管途中可能会给你带来劳累与伤痛。事实上，以我的愚钝、阅历、学识，根本没有资格谈论天路的神奇，我只能用朴实的文字推荐它。我确实打心眼里钦慕西藏，也满心渴望世界上的每个人都能拥有它的美，走向它的美。

雪山之外，兵心无悔。提笔与天路对话，与沿线兵站、泵站、机务站的官兵对话，让我再次回到了青藏线，原本平静的心随着思绪的波动再次激动了起来。总想把天路的故事讲得丰满一点、动人一点，但又不知从何讲起。青藏线所有的秘密都浇灌在它的沉默、沉静中，而智慧往往隐藏于静中，走进了天路深处，才有机会领略自身的真实处境。从这条路中认识人的大与小、强与弱、悲与喜，这样的话，你的人生会少走许多弯路，会少承受许多自己制造的痛苦。其实天路教会我的东西还有很多，那是时间之外的时间浓缩出的宝贵经验，那是风雪之外的风雪总结出的深刻哲思。

远方之恋，情暖高原。高原兵离开家的温暖，将爱装进行囊，脚下的天路变为相聚的桥，纵使前方雪海茫茫，也阻挡不住家的方向。家是天路上的灯塔，路越长，灯越亮。在思乡的天路上，多少次思乡的烈酒灌醉柔软的月光，多少次思乡的月光陷入疼痛的网里，多少次思乡的信件远离熟悉的村庄。青藏铁路的开通让家的方向不再遥远，每当远远的火车声响起，都会惊起高原兵的思乡梦，梦里开满彼岸花。

时光的天路在路上，记忆的天路在我的皱纹里，将和我长相厮守、相伴终生。

情长书短，不尽依依。在散文集《时间之雪》出版之际，再次感谢一如既往支持、关注我的文友们，我会继续努力加油，不断攀登文字之上的文字，让高原风雪真正落在手上，让文学作品抵达我们共同的心灵。

黄刚桥

后　记（二）

高原兵的精神世界

黄刚桥的散文集《时间之雪》，把我的思绪拉回风雪弥漫的青藏高原。从青海格尔木，经南山口、纳赤台、西大滩、昆仑山口、不冻泉、五道梁、沱沱河、雁石坪、唐古拉山、桃儿九岭、安多、黑河、当雄、羊八井，一路向南抵达拉萨，两千里路云和月，青藏公路旁每一座兵站、泵站、通信站，每一位我见过的高原军人，都历历在目，那么熟悉、那么亲切。

刚桥是1999年的兵，离开家乡湖北，在青藏公路沿线军营里服役十六年，算得上"老高原"了。对文学的执着追求，使他成长为高原部队中不多的、既当好兵又当好文人的军旅作家。他创作的散文、报告文学和诗歌，充满了浓浓的高原情。

《时间之雪》描写的人物和故事，有许多也是我陪青藏兵站部首长"上线"（上青藏公路）时的所见所闻。十多年前，为了给我敬仰的高原军人写一本书，我以五十五岁的年龄、四十岁的身体、

后记（二）

三十岁的心态、二十岁的憧憬，先后四次上线，足迹遍布每个兵站、泵站和通信站，经历汽车兵运送物资进藏的全程。直到现在，那楚玛尔河的红滩、五道梁的大风、沱沱河的日出、雁石坪的冰雪、唐古拉山口的军人雕像……仍深深刻在脑海里，一辈子不能忘却；坚守高原三十多年的青藏兵站部首长范银瑞、文义民、贾新华、翟振发、王应德……在世界海拔最高兵站唐古拉山兵站服役的站长、教导员、炊事班班长，每年开车十几趟翻越唐古拉山口的汽车团领导……常常在眼前过电影般闪现。由此，我也认识了黄刚桥，一位普通士官、后来的四级军士长，与他成了战友与文友。我写的散文集《走一趟唐古拉》附件中，收进了他的诗《以葵花的虔诚行走高原》。

《时间之雪》令我再次感动的是，刚桥叙述高原军人"缺氧不缺精神"的文章。和平年代当兵，要在平均海拔 4000 米以上的生命禁区坚守，天天与严重缺氧、寂寞孤独的极端恶劣环境作斗争，没有"特别能吃苦，特别能忍耐，特别能战斗"的精神支撑，思想、身体都承受不住折磨，必然倒下或者逃离。当兵的理想信念、生活的憧憬期待、人生的追求梦想都会在缺氧中缺失。当我们在平原、海边、森林尽情享受自然，尽情呼吸提神的时候，何曾想到高原军人正头痛欲裂地守护着平安？

《时间之雪》还突出了一个我听来特别亲切的称谓：高原兵。我写《走一趟唐古拉》时，用的是"高原军人"这一称谓，既包括部队首长，也有普通士兵。刚桥的散文让我感到，高原军人中的普通士兵更令人感到亲切，而首长也是从当士兵开始成长起来的，一样具备兵的素质、兵的品格。在线上，我见过许多十七八岁、二十郎当岁就当兵到高原的战士，他们把人生最美好的青春年华奉献给大山、奉献给祖国，他们的默默付出是别的年轻人不可企及的。

青藏高原是一座永远写不尽的文学宝库。刚桥的散文集写出了他在青藏高原的精神世界，也写出了高原兵的精神世界。愿刚桥以从青藏兵站部成长起来的著名军旅作家王宗仁老师为榜样，继续以高原兵为题材，把他们的故事挖掘出来，为他们立传，树立丰碑。

刚桥的文字定与高原同在，与高原兵同在！

广东省依法治省委员会原主任、省人大常委会原委员

张宇航